幻想领域

被遗落的三万年
The Thirty Thousand
Years Left Behind

被遗落的三万年

郭治学 著

THE THIRTY THOUSAND
YEARS LEFT BEHIND

北方联合出版传媒(集团)股份有限公司
万卷出版公司

ⓒ 郭治学 2019

图书在版编目（CIP）数据

被遗落的三万年 / 郭治学著 . -- 沈阳：万卷出版公司，2019.4
　　ISBN 978-7-5470-5100-9

Ⅰ . ①被… Ⅱ . ①郭… Ⅲ . ①科学幻想小说 - 中国 - 当代 Ⅳ . ① I247.5

中国版本图书馆 CIP 数据核字 (2018) 第 275492 号

出 品 人：刘一秀
出版发行：北方联合出版传媒（集团）股份有限公司
　　　　　万卷出版公司
　　　　　（地址：沈阳市和平区十一纬路 25 号　邮编：110003）
印 刷 者：辽宁泰阳广告彩色印刷有限公司
经 销 者：全国新华书店
幅面尺寸：145mm×210mm
字　　数：300 千字
印　　张：9.25
出版时间：2019 年 4 月第 1 版
印刷时间：2019 年 4 月第 1 次印刷
责任编辑：胡　利
责任校对：高　辉
装帧设计：末末美书
ISBN 978-7-5470-5100-9
定　　价：42.00 元
联系电话：024-23284090
传　　真：024-23284448

**常年法律顾问：李　福　版权所有　侵权必究　举报电话：024-23284090
如有印装质量问题，请与印刷厂联系。联系电话：024-86255551**

序

2016年夏，我无意中读到一则征稿启事——第二届"晨星"科幻文学奖征稿。那一刻，用普希金的话说，"新魔鬼潜入我的心坎"。在其后的十多个夜晚，抱着试一试的心态，两部作品从头脑滑落纸面。一部中篇《地球的最后诗篇》完稿，一部长篇投稿时尚为提纲，题目也不叫"被遗落的三万年"，而是佶屈聱牙的"隐秘统治者"。

距我如饥似渴、半懂不懂地翻阅《简·爱》和《复活》，开启最初光辉灿烂，其后若有若无的作家梦，已经过去整整二十年了。二十年间，闭门读书，朝九晚五的工作生活，日子循规蹈矩，就像路边的野花野草，沉醉于自己淡淡的、不为人知的芬芳。幸福，但似乎少了点什么。直到那一则征稿启事，在恰当的时刻将沉睡已久的梦想唤醒，让我忽然忆起中学时代，野心勃勃、不谙世事的期许……

当然，生活磨砺了我。而立之年，再不会如血气方刚的毛头小子，为一点新鲜念想激动得坐立不安。敲下最后一行文字，按下发送键，两部作品便自动滑入记忆深处。直到四个月后，我惊讶地获悉它们均被大赛提名；时至今日，中篇和长篇先后得以出版——于我，堪称奇迹。有句英文名言：Publish or perish。出版，是所有舞文弄墨者最执着的心愿。然而，在惊叹于自己好运气的同时，另一个声音依旧在耳边萦绕不断：科幻，我竟然写了科幻！

我与科幻结缘，颇为浅近。启蒙于世界名著的博大精深，过渡到诗词歌赋的雍容典雅，延伸至历史哲学的微言大义，在我的私人阅读生涯中，科幻最初只占据一个微不足道的角落。印象中，读到的第一部科幻不是真正意义上的经典——法国作家皮埃尔·布勒的《猿猴星球》，如今已被电影用烂的点子，在当时十多岁孩子眼中新奇而有趣。作品中严谨实证的科学态度，更令人印象深刻。然而读过，也就放下了。重拾科幻是在高中时代，在热爱科幻的同学影响下，一期又一期《科幻世界》开始攻占书架，外国名家的作品同时登场。科幻文学用放荡不羁的想象，为我波澜不兴的生活开启了新维度，恢弘、绚烂、天高地阔。一篇接一篇，我沉醉于发现的喜悦，直到传奇的《三体》在《科幻世界》上连载，刘老师的文字更是伴随我从大学步入社会。我想，打算动笔写一部科幻小说的念头，就是在那时悄然潜入心坎。

然而科幻于我，不止于阅读。工作之后，手头渐渐有了积蓄，我沉迷于旅行，每每置身于夜幕低垂的旷野，都会情不自禁地仰望星空。在非洲草原，在喜马拉雅山麓，在贝加尔湖畔，在所有远离灯火侵扰，因而格外璀璨的星空下，都会有一阵如歌的惆怅从襟袖中吹过。浩瀚无边的群星，每一个都该是迥然不同的世界吧？仰望如此悠远各异的世界，双脚却被地心引力禁锢，今生今世，该是何等遗憾！幸而，我们有想象，有科幻……

我对于科幻的期许，大体滥觞于此。我不同意很多人将科幻归于通俗文学的看法。就个人阅读体验而言，科幻文学可以很深刻、很优雅，不输于任何一部文学史上浓墨重彩的名作。更重要的是，科幻文学得天独厚，有条件为读者拓展更为空灵、更为宏大的尺度，让困守四维时空的我们跳出红尘，以出人意料"陌生化"的视角打量身处其中的生活世界、宇宙时空——这，是我认识的科幻文学无可替代的价值。

最后说说这部小说吧。小说灵感部分来源于2015年的一次旅行，我和妻子跋山涉水，来到婆罗洲的丹浓谷。五天四晚，我们在纠结的藤蔓间穿行，在巨大的板根下惊叹，在高耸的树冠上静听猿啼鸟鸣，在热带雨林的河流中游泳。凡此种种，为小说提供了取之不尽的素材。小说的另一部分灵感，来源于写作当年的思考——那一年，我正广泛涉猎世界近现代史书籍，对于人类历史上的文明与扩张，有着近乎义愤填膺的理解。由此生发，杂糅进对于科学和宗教的反思，成就了这部带有寓言色彩的长篇科幻小说。

小说从提纲到成篇，历时将近三个月。工作之余写作，颇为不易。如今出版在即，我想特别感谢"晨星"科幻文学奖抬爱，让我已然缥缈难寻的作家梦再续前缘；特别感谢我的妻子王冉冉，作为第一读者提出的中肯评价，以及一系列灵光闪现的建议；特别感谢博峰文化的编辑李雷，从专业角度给予的修改意见。读者诸君通览全书，如能在前半部分体味少许阅读乐趣，在后半部分得到几点感触启发，将是作者无上的荣耀。

是为序。

郭治学
2018.8.9

目 录

第一部

第一章	002
第二章	010
第三章	018
第四章	027
第五章	034
第六章	043
第七章	053
第八章	061
第九章	071
第十章	082

第二部

第十一章	092
第十二章	101
第十三章	111
第十四章	120
第十五章	128
第十六章	138
第十七章	147
第十八章	157
第十九章	167

第三部

第二十章	180
第二十一章	191
第二十二章	200
第二十三章	208
第二十四章	218
第二十五章	228
第二十六章	237
第二十七章	247
第二十八章	256
第二十九章	266
第三十章	276

第一部

TIME.SPACE.LOVE

文明啊，是一句不确定的允诺……

我们以为几万年累积下来的文明能让我们过得更好，我们总以为古人生活在水深火热之中。但见得多了，才知道这一切都是不确定的。

第一章

前方，藤蔓后面，有什么东西在动。

落雨松俯下身体，躲在叶子背后，右手紧握石矛。巨大叶脉张牙舞爪地伸向头顶树冠，那里有一条蛇，落雨松察觉到了，但它离得还远，一时半刻不会发动进攻。

藤蔓又晃动起来，蓝鸟伸手碰了碰落雨松，向他示意。落雨松没有回应。这个蓝鸟，经验还是太少——在关键时刻绝不能轻举妄动，伸手碰胳膊太容易让猎物警觉，导致功亏一篑。藤蔓摇摆越发剧烈。落雨松皱了皱眉：不太像猎手，猎手不会弄出这么大动静，倒像是……倒像是……

"唰！"叶子左右分开。不用琢磨了，猎物自己跑了出来，原来是两只小麂鹿。看那娇小身体，总让人觉得还是幼崽，其实这两只已经成年了，正等人架起火来，烤得焦黄、香喷喷……蓝鸟显然就是这么想的，身体开始前倾，打算随时发动进攻。"唉。"落雨松心下叹息，也顾不上可能引起敌人注意了，一把按住蓝鸟，对他摇了摇头。神山族有几位不错的猎手，很可能正和他俩一样，就躲在对面的叶子背后。如果轻举妄动，放走了猎手，只换来两只不够族人塞牙缝的小鬃鹿，可就得不偿失了。

话说回来，蓝鸟的判断还是准确的，单从狩猎来看，确实是最佳时机。眼前一片林中空地，无遮无拦，树叶间透落的光影斑驳，两只小鬃鹿近在咫尺，棕褐色身体和脖颈上的黑白条纹看得一清二楚。这两只贪吃的小东西，光顾低头啃食矮草，对即将到来的灭顶之灾浑然不觉。现在出击，极有可能一击即中。再晚一会儿，小鬃鹿躲到左侧高草背后，就很难猎取了。落雨松决定赌一赌运气。直觉告诉他，在另一端，林深叶密处，一定有神山族的猎手——只希望人数不要太多……

连续几十天，河谷族在与其他部落的战争中一无所获，反倒自己损失了两名青壮男子。这也难怪，随着第一批浆果熟落，多数部族都会开始"大祭神"，虽然习俗不同，但少则两个、多则八个献祭是必须有的。如果捉不到他族俘虏作为牺牲，就只能从本族男子中挑选——显然，谁也不希望这种情况发生。

落雨松和蓝鸟当然不用担心，他俩是河谷族的后起之秀，无论狩猎还是战争，都不可缺少。这也是南木选择两人前来偷袭的原因。

"把神山族最强壮的猎手带回来吧!"南木在两人出发前说，"如果神明满意，下次献祭也许可以放缓些时日……"

南木是河谷族族长，落雨松幼时的偶像，部落中神一般的猎手。传说他每次出猎从不会空手而归，还曾经凭借一己之力从蚁群中夺回部落追寻多日的猎物。但如今，南木已经是六十多岁的老人了，除了狩猎技巧,他对部落再没有多少贡献。辛朱一直想推举他人作为族长,只是碍于南木的威望,暂时还没有提出。

落雨松知道老猎手的下场,哪怕曾经贵为族长——无非是好吃好喝地供养起来,等待有朝一日牺牲紧缺的时候,就会用身体为部落做出最后的贡献。

作为牺牲是一个漫长而痛苦的过程,虽然辛朱和其他科学家把这作为秘密保守起来,但落雨松还是听人提起过:多日的折磨、苦不堪言的赎罪、皮开肉绽,直至全身肌肉溶解、骨骼消散,最后连一片遗骸都不会留下。落雨松为南木感到悲哀。他一直回避去想这一天……不仅南木,还有部落中所有男人,在迟暮之时都会走上同一条道路,包括落雨松自己,包括蓝鸟。

蓝鸟其实不是他的理想搭档,太年轻、太毛躁,只能凭借敏捷身手来弥补注意力和洞察力上的缺陷。假以时日,或许他可以成为落雨松一般伟大的猎手,但现在还不是——喏,他刚注意到头顶的蛇,比落雨松晚了整整一顿饭的工夫。蓝鸟又要伸手来碰他,被落雨松一转头,严厉制止住了。蓝鸟缩了缩脖子,继续伏身监视。

这时,小鼷鹿对面的叶子抖动了一下,只一下,便静止不动了,轻微得几乎不可能被察觉,连小鼷鹿这种警觉生灵都没有注意,但落雨松看到了。"终于等来了!"他心里一阵激动,五脏六腑抽搐起来,一种熟悉的即将出击的悸动,从体内荡漾着传遍全身。蓝鸟没有发现异常,还傻乎乎地盯着小鼷鹿,心里大概正纳闷:为什么部落里的顶级猎手,就这样任凭最佳狩猎时机白白溜走?

落雨松在判断。附近一带叶片不大,平均只有两人来高。在行进间能让叶片颤抖成这个幅度,又能迅速平息下来,对方应该不超过两人。太棒了!只要再等一会儿,小鼷鹿踱到左边那片高草区附近,敌人就会获得最佳视角。耐心,再耐心。等到敌人出击成功,注意力最为松弛的时刻,再与蓝鸟猛然发难——运气好的话,可以一举制胜!

太顺利了,小鼷鹿仿佛听到落雨松心底的期盼,顺从得犹如山坡滚落的石头,优哉游哉地走向高草区。对面,叶片再次颤抖起来,一次,两次,三次——他们就要出击了,马上……

"嗖!"石箭射了出去,一只小鼷鹿应声倒地,另一只从这边已经看不到了,只有高草的窸窣声表明它正跌跌撞撞地逃走。落雨松目瞪口呆,石箭不是从对面射出的——蓝鸟!他转过头去,正好看到蓝鸟翻转身体,石矛对准头顶树梢猛刺!伏击的蛇反倒成了猎物,根本来不及躲避,头部就被准确无误地钉住,鲜红的信子还来不及收回,便永远悬在了半空。

"蛇还远着呢……"落雨松暗叹。

全完了。前方叶片"唰"的一声后左右分开,敌人不顾一切扑了过来。落雨松一把夺过蓝鸟的石矛,顺手将蛇身挑起,向敌人的方向甩去。巨大的黑黄相间的蛇在半空耀武扬威,敌人低头躲避。蓝鸟意识到犯了大错,不用落雨松再做进一步指示,身子一缩,向左侧翻去。落雨松则抓着两根石矛,向右侧的叶片后面闪避。

看清楚了,敌人真的只有两个。落雨松都认识,那个膀大腰圆的叫阔叶,是神山族里数一数二的猎手。另外一个身材较小,也很瘦,面目清秀,好像是叫白峰。"好吧,光明正大地打一场。"落雨松屏住呼吸,蓄势待发,犹如果实缀弯的枝丫。

这时,真的希望雾月还在啊……打小培养起来的默契是不可替代的。如果雾月处在蓝鸟的位置,现在一定会审时度势,发动进攻,吸引敌人注意,把后背留给拥有两把致命石矛的落雨松。

一想到雾月,落雨松心头就是一痛——死了,都不知道是怎样死的……一定不会是蚁群,凭借雾月的身手,躲避蚁群应该不成问题。

可能是茅膏菜，在"归还地"那东西实在太多，稍不留神就会被它卷入叶片。

落雨松只见过茅膏菜一次。那还是小时候，妈妈带他出远门，采集浆果，曾经一脸严肃地叮嘱他"见到这种草就跑，躲得远远的"。他还记得那种草漂亮极了，修长翠绿的叶片，无数毛茸茸的粉红色的触手上挂满晶莹剔透的"露珠"。幼小的落雨松被那亮闪闪的梦幻光芒吸引，伸手去抓，幸亏妈妈动作快，把他抱住。

"那根本不是露珠。"后来妈妈告诉他，"那是它的'手'。一旦碰到，它就会用'手'把你黏住，然后你会被它的叶子裹进去，裹得紧紧的，再也回不来啦！"

族人对这种可怕植物恨之入骨，部落附近的茅膏菜早被砍伐一空。但正因此，很多人对这致命威胁知之甚少，在远离部落的"归还地"见到它，不但不懂得躲避，反而会像幼小的落雨松一样被它吸引，因此落难的人不在少数。

唉，"归还地"。如果雾月没有得罪辛朱，就不会被派去了。雾月也实在年轻气盛，怎么就不明白，"大首席科学家"不是他这样年纪轻轻的小猎手可以开罪的呢？原本，归还种子这类敬神差事，只要妇女和几位二流猎手就可以完成——不过是把吃过的浆果收集起来，拣出硬核，带到远方的密林，分十六处抛下。辛朱却坚持要求雾月前往，而且孤身一人。谁都知道，这是在报复上一次他与南木正面冲突时，雾月替南木出头的一箭之仇。可恨的是，落雨松提出异议，辛朱还道貌岸然地斥责他不顾大局。

"部落已经很久没有像样的猎物了，如果女人再不外出采果，饥荒还远吗？"他讥讽地说，"在缺少人手的时候，像雾月这种年轻人顶上，不正是猎手的职责吗？反正也打不到猎物，还有什么比敬神更值得尽心的吗？"

确实已经多日没有猎物了，因为部落刚刚与赤发族发生过战争，很多动物受到惊吓，都逃到别处。但谁愿意听你解释呢？落雨松只得退下。

"没关系的。最多四五天，我就回来了。"雾月安慰他说。

然而已经过去三十多天了，雾月再也没有回来。落雨松努力不去想他被茅膏菜缠住的样子。从小的玩伴就这样死掉，真是……真是太没道理了。

当然，也可能不是茅膏菜——或许就像现在这样，雾月被其他部落的猎手俘获，去做他们的牺牲了？这比直接喂给茅膏菜还要悲惨，天知道他会经历多少折磨，遭受多少痛苦，才会最终……落雨松又不愿想了。

"如果被捉住，阔叶和白峰也会是同样下场吧。"落雨松脑子里突然闪过这样的念头。从小妈妈和族人就告诉他，异族男人都是恶魔，见到就要毫不留情地杀死。但……那个白峰，是不是有点像雾月呢？

落雨松苦笑一下。今天真邪门，净想些乱七八糟的。他从叶片后面偷窥，敌人被那条死蛇惊扰，奔袭不成，又失了他俩的行踪，现在不敢再轻举妄动，正背靠背呈防守姿势，一动不动，侧耳倾听。"不，才不像雾月呢——雾月可没有这么笨！"落雨松想着，两支石矛交到左手，从兜囊里掏出一把石子，突然拨开树叶甩了出去。

一把石子不足以致命，但可以吸引敌人的目光。落雨松趁机一跃，两支石矛一同刺向敌人。

"啊！"阔叶不愧是神山族少壮猎手，应对敏捷，身形如箭，向后方纵身跳去。白峰就没那么厉害了，动作稍慢，被矛尖划破臂膀，鲜血立刻流了出来。

另一边，蓝鸟从隐身处跃起，一手紧握石刃，向阔叶刺去。阔叶还未站稳脚跟,躲不过近身一击,石刃狠狠刺入他的右胸。

"别!"落雨松急得一喊,白峰趁机低下身子就地翻滚,躲到一旁。

大祭神的牺牲必须是活的,蓝鸟难道不知道吗?

蓝鸟一愣,阔叶掉转石矛向他疾刺。蓝鸟名副其实,石刃拔起,身子像鸟一样飞了出去。落雨松抢上一步,石矛向阔叶挥舞。倒在一旁的白峰已经恢复了猎手本能,这时没命地扑过来。落雨松不想和他硬碰硬,只得退下两步,留给阔叶一丝喘息的机会。

偷袭没有成功。落雨松十分懊恼,这下双方成为公开对峙的态势,虽然敌人受了点伤,但都不重,对猎手来说几乎可算皮外伤。看来,一场恶战不可避免。更严重的是,蓝鸟手中没有了石矛,只剩些石箭、石刃之类的短兵器,明显不占优势。

"管不了那么多了!"落雨松决定先解决眼前的白峰,再去帮助蓝鸟。

然而这也不易。白峰瘦小的身体十分灵活,连续躲过好几次进攻,间或反击一二,倒让落雨松有些狼狈。那边,蓝鸟似乎完全被阔叶压制住了,左蹿右跳,没有还手之力。落雨松焦急起来,不明白为什么连续进攻竟没有击中,自己还握着两支石矛……对了,正是因为两支矛!落雨松豁然开朗,这看似优势,实则拖累——耽误了进攻速度不说,还牺牲了每一刺的准头!他动念极快,立刻甩掉左手负担,双手一并抓住石矛——啊,熟悉的攻势、熟悉的血性!白峰立刻落于下风,躲闪不及,两臂和左腿都被刺中,跑跳起来,一瘸一拐,如果不是必须活捉,他早就死在矛尖之下了!

"哎呀!"蓝鸟一声惊呼,落雨松望去——还好没有受伤,只是射空了所有石箭和石刃,摸到空空如也的兜囊,不禁发出绝望的叫喊。

要快!再快!落雨松看见在他分神的工夫,白峰已经躲到一片巨叶背后。这家伙脑子还算灵活,明白敌人不想把他杀死,所以躲到叶片后面，一则拖延时间，二则想等落雨松转过去再行偷袭。"还是太蠢了！"落雨松想，举起石矛，横着重重地甩在叶片上。打死不行，打伤还是可以的！

"噗！"叶片发出沉闷的叹息，碎成两截，白峰的身子被扫在半空，撞到树上，又狠狠摔落，再也爬不起来了。

落雨松抢上一步，用石矛重重在白峰腿上敲打。只要一时半会儿不能站立起来，就可以了！再向蓝鸟那边看去。不好，蓝鸟已经被阔叶压在身下。阔叶面目狰狞，高举石矛，刺向他的喉咙。蓝鸟紧紧抓住矛尖，试图阻挡这致命的下压，脸涨得通红，却无济于事。

"来不及了！"落雨松绝望地想……

咦，怎么回事？天空忽然亮了起来。本就是白天，但天空还是不可思议地亮了起来。伴随一阵爆裂般的巨响，所有阴暗角落一同亮了起来。就好像太阳突然掉落森林上方，树叶缝隙被一道道惊心动魄的强光撕裂。叶片仿佛水做的，叶脉蜿蜒曲折，被照得清清楚楚。但落雨松只仰面望了一眼，便被刺得低下了头。曜，就连地下，水洼都变成白花花的一片，蘑菇伞都闪着奇异光芒！四面八方，震耳欲聋的声音钻进密林，仿佛有重量一般，压得人透不过气来。树叶疯狂摇摆，发出地动山摇的呻吟，就像在狂风暴雨之中。

弥漫而喧嚣的明亮。四个猎手都放下片刻之前的搏斗，落雨松呆呆地站在原地，阔叶也忘记了那致命一击，就连命垂一线的蓝鸟都没想起趁机躲到一旁。然而优秀的猎手总能在最短时间内恢复正常。落雨松忽然警醒过来：天哪，神助一般，阔叶停手了！

"蓝鸟！"一声高呼，石矛抛出，刺中阔叶的右腿！

蓝鸟回过神来，握住矛尖猛地向上反击。阔叶的眼窝被石矛柄重创，一声凄厉长嚎，捂着眼睛在地下翻滚，鲜血汩汩地从大腿根部流出。

落雨松扑在阔叶身上，将他死死压倒。

"绳子!"

蓝鸟跳过来,从落雨松的兜囊里抽出藤蔓鞣制的绳子,将阔叶死命捆住,又赶到正在奋力爬行、妄图逃走的白峰身边,一脚踢翻,也捆得结结实实。

大功告成!蓝鸟和落雨松坐倒在地,大口喘着粗气。头顶,亮光正渐渐退去,巨响也在慢慢消减。落雨松看到蓝鸟的腹部被划了一道,血流不止,好在不深,用树叶包上就好。蓝鸟却仿佛不知疼痛一般,仍抬着头,望着已经可以直视的树冠。

"天哪,那到底是什么东西?"

"不知道。"落雨松说,"但它救了你一命!"

第二章

奥苏走进餐厅。

照明非常昏暗,只有五六桌人用餐,不同深浅的灰色光晕在皮肤上跳荡——看来,大伙儿都很无聊。只有角落里那三个,笼罩着淡黄色光圈,可能在不温不火地讨论着什么吧。

不出意料,没人主动招呼他。奥苏独自在门边坐下,桌面立刻亮了起来,"扫描生物信息"几个字忽明忽暗。扫描很快完成,菜单出现在面前。奥苏叹了口气:还是那几样,生物改造技术虽然为舰队解决了星际旅行的寄养问题,但无法满足口腹之欲。就地取材的限制,让最高明的厨师也没有用武之地。看看今天的选项吧——高浓汤、绿叶汤、营养汤、例汤,好像汤就是全宇宙最美味的东西!当然喽,奥苏知道,这只能怪银河外悬臂的这颗气态恒星太过荒芜,且不说唯有第三行星值得开发，可供改造的食材还只有植物。更要命的是，植物纤维粗得惊人，如果不用高分子研磨器磨碎，他们鱼尾座 α 第四行星人的纤弱消化道根本无福消受。问题在于，头脑明白道理，身体依然抗拒。一想到那汤的味道，奥苏就感到一阵恶心。

后视眼忽然亮了起来。奥苏坐直身子，咪咪的信息素像雨后清风一样传来。下意识地，他的皮肤染上一层紫红色的柔光。

咪咪坐下，桌面再次亮起来，但她视而不见，直接从口袋里翻出两包紧致的压缩粮来。奥苏有些激动，体色明暗闪烁：分享储备粮，这该算得上星际旅行中最浪漫的举动了吧？这么说，连续十多个日出日落的热烈攻势，终于有了结果。

"你简直是我的救星。"他说，向咪咪那边调了调座椅。

咪咪没有回答，只是俏皮一笑，两只纤细小手上下翻飞，与压缩粮的密封包装斗争起来。

奥苏小心翼翼地将皮肤的颜色调暗，装作自然而然，尝试着向咪咪靠过去。咪咪忽然放下压缩粮，"啪"的一声干净利落抛在他面前，信息素同时接通，嗔怪的气味迎面扑来。

"呀，看来火候还不到……"奥苏暗叹。

"我读了你的报道。"咪咪忽然说。

报道洋洋洒洒几万字，奥苏十分怀疑她只看了个开头。但听到赞许，小小的虚荣心还是得到满足："三篇都看了？可费了我不少心血呢……"

"嗯，难怪好久没见到你——要让没来过的人知道这里什么样子，纯靠文字，真是不易呢。"

"没办法。什么时候信息素也可以跃迁传输，我就解放了。"

咪咪的皮肤愉快地闪了闪："说不定，信息素可以跃迁传输的时候，你就失业了！咦，别急着反驳……你想啊，看起来什么样子、闻起来什么味道、听起来什么声音、摸起来什么硬度，要是这些东西都能传输过去，谁还有耐心看你们记者写下的干巴巴的文字？"

奥苏一愣，顿时有些泄气，生硬地抗议："新闻是一门艺术。"

"开玩笑呢……信息素跃迁传输要消耗的能量，比文字大出好几个数量级，我估计啊，我们有生之年是实现不了的。依我看，你的职业生涯还长着呢！"

奥苏沉默地掰下一块压缩粮，放到嘴里细细咀嚼起来。虽然不是什么美味佳肴，但总算可以吞下去了。咪咪用柔软的信息素包裹着他，就像小臂上的皮肤一般光滑。

"真生气了？"

"不是……"奥苏同时用前后视眼扫过餐厅，"但你说得没错。看这里，除你这小技术员外，谁还愿意主动和我说话？我知道大伙儿怎么想：不过是张一张嘴，写一些华而不实的、干瘪瘪的句子……'嚼舌头的小文人'他们这么说过。不光舰队船员，就连商业代表都瞧不起我。"

"你想多了。"咪咪换上暗淡的蓝色，"这次行动能否继续，全靠你那三篇报道的作用，谁敢说你不重要呢？"毛茸茸、软绵绵的信息素一阵一阵，像歌声般传来。

咪咪在试图逗他开心。奥苏感激地看着她："你知道吗？这是我五次担任随行记者以来，唯一有可能发挥作用的一次。幸亏这颗行星情况特殊，否则我那些报道就会像往常一样，不过装装样子，给民意局一个交代……"

"无论如何，这次你可是举足轻重的大人物啦。"咪咪伸出大臂碰了碰他，"倒是那些商业代表，白跑一趟——还来了五十多个！"

奥苏不禁笑了。他想起舰队启程之前，首席商业代表博万曾经在公众场合不可一世地预言，这次行动将为舰队带来"巨大商业利润"。

博万对记者说:"在将近五十亿年的寿命中,菲米星系的第三行星一直处于稳定的大气环境中,又有单一卫星和巨大的第五行星作为屏障。我们相信,那上面一定有高等智慧生物存在。我们的使命是将他们带向更高级别的文明,与我们共享商业繁荣的利益!"

"虚伪,从头到脚的虚伪。"当时奥苏就是这么想的。谁都知道,舰队的主要任务是拓展移民星域,只有当目的星存在高等智慧的时候,商业代表才会派上用场。星际贸易的获益方永远只有一个——倚仗母星的先进技术和商业经验,利用目的星生物的落后和经验不足,为母星攫取最大利润,这是商业代表永恒不变的追求。

当然,宇宙之中孕育高等智慧生物的可能性极低,在他们漫长的六千多个母星年移民史中,只有寥寥六十多颗行星存在可与之发展贸易的智慧。二十多年前,他们在银河系的对角悬臂发现了一个高度发达的星系文明。那些生物拥有完备的技术力量,甚至超越了母星,但商业代表——特别是博万——依然利用狡诈头脑和丰富经验出色地完成了任务。商业代表从此成为"行星开发委员会"中最重要的一支力量,博万功不可没。

仅仅过了四十年,便又在茫茫宇宙中发现了智慧生物的迹象,这不可多得的运气,自然让一直摩拳擦掌的博万激动不已。一般的星际舰队,派出两名商业代表足矣,因为他们发挥作用的概率低得就像与小行星正面相撞。但这一次,五十三人的庞大队伍,博万可是下了血本!也难怪,行星开发委员会的首席科学顾问都认为:"第三行星存在高等智慧生物的概率,几乎是100%!"

然而世事难料。别说智慧了,舰队刚刚降临这颗行星的时候,就连能归为"动物"的生命都没见到——满眼绿色,全是植物。后来才发现,原来动物还是有的,只是总量少得惊人。其中智力水平明显高于其他物种的,不过是一类发展到小规模群居的两足动物。

商业贸易什么的就别想了，现在的问题是：它们，能否被归为智慧生物呢？智慧生物的认定极其复杂，这颗星球恰恰处于模糊地带，舰队无权做出单方决定，只能向行星开发委员会汇报，等待最终授权。

"明显不是智慧生物嘛！"咪咪说，"你见过没有发明文字的智慧生物吗？"

"说实话，还真有……"咪咪代表的是最为典型的大众误区——科学界早已将"文字"排除在外了。

"我知道你要说什么，"咪咪不服气地争辩，"但那几种生物，都不是用声波语言交流的，与这里情况不同嘛。"

奥苏宽容地笑了笑。要不是舰队生活太无聊，他是不会追求这种头脑简单的姑娘的。判别智慧生物，需要借助异常复杂的加权体系，交流手段只是其中微不足道的一项，但……何必向她解释这些呢？

"要是直接定义为'非智慧生物'，就可以启动改造工程了，哪儿用得着这么苦等。出来日子太久，都有些想家了……"咪咪仍在抱怨。

为了引导母星上的民意，奥苏写了三篇事无巨细的报道，从方方面面记录第三行星的环境，并特别描述了两足群居动物的外在特征，以及随行科学家的推断。舰队总执行官蒲迪思曾经暗示，希望他能够"有所选择"地写，以便让改造工程尽早获批。

"如果能让民众与我们看法一致，行星开发委员会就不会那么瞻前顾后了。"他说，"早点拿到授权，我们就可以早点开工，早点回家……没有人在家里等你吗？"

"没有。"

奥苏一直信奉"独立主义"，不愿与任何人结成稳定关系。也是因此，他不无职业骄傲感地拒绝了总执行官。

"我会如实报道的。"他说。

"你要知道，在最终决定下达之前，我们什么也干不了，全部活动都要搁置，可能长达好几十个母星日。"蒲迪思说，皮肤跳动着亮红色的光斑。奥苏从他的信息素中感受到寒冷的裹胁，这让他非常不快。

"我知道。"

"所以，还是那句话，你们做记者的，要学会怎么写报道。"

奥苏被他的傲慢态度激怒了。"我是记者，我知道该怎么写报道。"他说着切断了信息素，向门外走去，"如果没有其他事，我要去工作了。"

就是在关门的时刻，奥苏听到蒲迪思说："嚼舌头的小文人。"也不知道是自言自语，还是故意说给他听的。

"蒲迪思是个笨蛋。"在确认随行记者那天，奥苏的同行兼朋友德米为他践行，"我跟过他的舰队。那家伙当总执行官的日子太久，已经忘记自己是文明人了。他觉得什么民意局、什么行星开发委员会，都是混饭吃的蠢材，管不着他。他也从来不认为随行记者有什么用，'胡乱写两行，就能交差了'——他甚至以为，记者不过是把他说出的话变成文字，传输回母星而已。有一次他居然告诉我：'喏，你就这么写——这里资源丰富，荒无人烟，适宜开发。'关键是，你没法和他讲理……"

"我躲开就好。"奥苏说。

今天想来，德米的话是对的，蒲迪思真是个大笨蛋。他还想对舰队的一切行动说了算呢，提到"民众""委员会"的时候，满脸不屑一顾的表情。"简直像蛮荒星球的土皇帝。"奥苏想。

曾几何时，鱼尾座 α 第四行星各舰队的总执行官的确大权在握，开发也好，商贸也罢，全凭总执行官定夺。但发生过几次重大偏差，导致母星民意沸腾，于是十余家规模较大的舰队总部联合成立了行星开发委员会，总执行官的权力被大幅削弱——只有在完全排除智慧生物可能性的时候，才有一票决定权。

起初，各舰队怨声载道，因为星际开拓的效率严重降低，利润周期过长，导致一些小型舰队破产。于是委员会派出了商业代表，在发现智慧生物时，商业代表有权与总执行官一道做出决策。只有像第三行星这样，生物特征与先期构想极不相符时，才需要向母星委员会汇报，等待授权。舰队慢慢发现，委员会制度自有妙处，特别是在得知那几位曾惹得民意沸腾的执行官锒铛入狱后，更是将委员会视为保护伞，举四只手赞成。只有少数笨蛋还喋喋不休，看不到民意越来越可怕的威力，蒲迪思就是其中之一。

"偏巧，他的舰队就遇上了复杂情况，我可真是倒霉。"奥苏给咪咪讲过与蒲迪思的对峙后，垂头丧气地说。

咪咪一边用两只小手将压缩粮碾碎，送到嘴里，一边用左侧的大臂碰了碰奥苏，以示安慰。她这种一心二用的技能让奥苏羡慕不已，他可没法一边用小臂做精细活儿，一边准确地操纵大臂。他估计这是咪咪年纪轻轻就能胜任技术员工作的关键。

"其实，如果就像他说的那样，'有所选择地写'，又如何呢？这样我们就可以早点开工，早点回家了。"

"亲爱的咪咪，我可是记者。"奥苏借机用右侧大臂握住了她没来得及收回的手，"要是有一天被人发现虚假报道，可就完蛋了。"

"你这下作的小文人。"咪咪没有挣脱，释放出假怒的信息素，好像小针尖一样刺在他的皮肤上。

奥苏心里一阵抽搐。啊，感觉美妙极了。

"嘿，当心点。"咪咪说。

他醒悟过来，连忙将表示兴奋的橙色收敛下去，但还是有几个人看到了他体色一亮一暗。远处那桌，还有人礼貌地释放出表示祝贺的信息。有什么好祝贺的？不过是漫长旅途中的一点娱乐罢了。或者说，漫漫人生中的一点娱乐。

奥苏觉得自己的生活无聊透了，在母星上是漫长的无业期，有了工作，在舰队上又是漫长的旅程。说起来，在将近两百个母星日里，那三篇报道是他做过的唯一"正事"。

"人家船员看不起我，也是正常的吧。"奥苏自我感慨。像他这种没有固定舰队的小记者，也就只能来给蒲迪思这种笨蛋打零工。说好听些叫"自由"，其实就是朝不保夕。蠢到不配备专职记者的舰队越来越少，奥苏已经看到这一票干完后，自己在未来两百天内的生活了——每天去无业人员保障部和职业登记所报到。

无聊啊，无聊。饿不死也是一种惩罚，为懒散的人宣判的无期徒刑，所以……

奥苏把注意力转回到咪咪身上，看着她不算精致、但差强人意的身体——四条腿过于纤细，身体曲线不够圆滑，但前后两只眼睛在标准的轴线上。单单这点，就足以弥补一切了。

和大多数人不同，奥苏的两眼连线略偏右侧。小时候，这被视为生理缺陷，受到玩伴的嘲笑，甚至连最好的朋友都称他为"右撇子"，他却没法反唇相讥，因为大多数人的双眼连线都在左侧。童年阴影总是难以逃脱。所以，当他第一眼看到咪咪的时候，就惊叹于那两只眼睛的完美均分，在最初的狂热追求中对她的各种缺陷视而不见。

当然，现在他已经看得很清楚了，包括她肤浅的头脑，都令人不甚满意。但有什么办法？在这浩渺无边的宇宙时空，在舰队母舰的一百来人里，除了咪咪，谁还能给他亲近的机会？

压缩粮已经吃完了，奥苏伸出小臂，试探着向咪咪的小臂挪去。这胆大包天的行为似乎真的惹恼了她，咪咪皮肤突然迸发出警示的明黄色光斑，同时切断了信息素。

确实有些冒失，奥苏张皇失措。在这方面他经验不足。没办法，自从离开学校，漂泊不定以来，就很少有女人让他碰过，他对男女关系的微妙张力也一直懵懵懂懂。

"我吃好了。"咪咪生硬地说，站起身来。

"我也吃好了，一起出去走走？"

"马上还有事做，改天吧。"咪咪向门外退去，关闭了正对奥苏的后视眼。

"哦，那就改天吧。"奥苏望着她远去的背影，叹了口气，"今天又没戏了……"

至少没说"永远不"，至少今天还碰到了她，虽然只是大臂，肯定也算重大进展。要不，那边桌上的人凭什么向他祝贺？奥苏重新在桌边坐下，要了杯饮料，一边喝，一边百无聊赖地点着桌面，看起三天前的新闻来。

第三章

危险总隐藏在貌似平静的时刻。

沉静如水的夜里，落雨松忽然惊醒。连续五天，他和蓝鸟押送两名俘虏，为避免与神山族不期而遇，挑选了最绕远、最艰辛的道路——可以说根本不算道路，披荆斩棘、涉水溯溪，全凭落雨松过人的方位感，才没有在迷宫般的叶片和藤条中失去方向，但行进速度慢得惊人。铺天盖地的绿色浪潮包裹着他们，闷热潮湿的空气也像一双大手，阻滞前行的脚步。阔叶和白峰都受了伤，一瘸一拐、跟跟跄跄地根本无法赶路。带的口粮早已消耗干净，每天采果、捕猎，也占据了大量时间。

没有空闲休整,落雨松急于离开神山族的狩猎范围,每天硬着心肠,逼迫两名俘虏拖着剧痛身体走向宿命般的结局。终于在一个汗流浃背的午后,他判断已经彻底从危险区域脱身——整整一天,没有在泥土、草叶、树皮中发现追踪猎物的痕迹,甚至一根非自然折断的藤条都没有见到。看来,这里不仅人迹罕至,就连猎物也很少流连。

"晚上可以好好休息了!"他向蓝鸟宣布。

不仅蓝鸟,两名俘虏也都长出一口气,重重坐倒在地。许久,身边一片安详,除了四人此起彼伏的喘息声外,没有任何动静。头顶的巨大树叶也都死气沉沉,仿佛陷入了梦乡。

阔叶和白峰都是好样的,一路没有出言哀求。两人受伤不浅,特别是阔叶,腿上被石矛刺穿的伤口已经化脓,黄白色的脓液从伤口包扎处渗出——虽然明知没有必要,落雨松还是为两名俘虏简单处理了伤口,算是对敌人惺惺相惜的敬重吧。但随后的高强度急行,加之匆忙间找不到合适的草药,让这有限的善意也付诸东流。看起来,如果再得不到妥善处理,阔叶的右腿就只能砍掉了……

"算了,没用的。"蓝鸟猜到落雨松的心思,摇摇头说。

是啊,回到部落,过了几天就会举行大祭神仪式。作为牺牲,俘虏的腿伤好也罢、坏也罢,又有谁在意呢?

落雨松默默将中午剩下的口粮分成四份:烤好的鱼还有三条,自己和蓝鸟一人一条,阔叶和白峰分食一条;还有三捧被挤压半烂的浆果,只能均分。四个人狼吞虎咽,将食物打扫干净。蓝鸟小心翼翼地将掉在地下的残渣收集起来,徒手埋在地下。这份谨慎让落雨松非常满意——好猎手不仅要善于出击,还要学会躲避风险。多少优秀的猎手就是因为麻痹大意,最终丢了性命,比如雾月……

"唉,还是别想了。"落雨松摇摇头,下意识地向白峰看去。

几天下来,他发现白峰不仅长得和雾月有几分相像,就连神态也常觉似曾相识。虽然没有向自己坦白,但落雨松一路狂奔,力争早日回归部落,一方面是为了躲避神山族的伏击,另一方面也是隐隐担心相处日久,自己心软下来,大祭神的时候对白峰下不去手,可就太丢人了……作为河谷族少壮猎手中的顶尖代表,下一任族长的有力竞争者,这种污点绝不能有。

中午剩下的口粮,四人果腹明显不够,蓝鸟出去转了一大圈,却空手而归。

"奇怪,什么都没有,连一只珍珠鸡都没见到。"

"今天将就一下吧。"落雨松宽慰他,"好好睡觉,明天早上再碰碰运气。"

多日的紧张一扫而空,蓝鸟将两名俘虏身上的绳结检查一番,倒在地下,立刻鼾声大作。阔叶和白峰有伤在身,尽管被捆绑得极不舒服,也几乎同时坠入梦乡。大地的诱惑如此强烈。落雨松站起身来回走动,舒展肌肉紧绷的四肢。头顶,密叶遮蔽的天空渐渐暗淡下去,夜晚即将来临。必须保持清醒!前半夜守卫就只靠他一个人了。虽然判断出已经远离敌族地盘,但丛林依旧危机四伏,尤其是莫测高深的夜晚,藤蔓中潜伏着不怀好意的气息……

转瞬间,漆黑夜色从四面八方翻涌蒸腾。夜晚仿佛从天而降的捕猎的鹰,呼啸着,将渺小人类紧紧压在身下。不敢生火,怕引来其他部族的敌人,落雨松感到就像儿时不慎落入逮捕疣猪的狭小陷阱,手脚都被束缚,看不到出路。

黑暗中听觉异常锐利,虽然没有风,但叶片的隐秘生长和藤条的微妙爬行,都像在他耳边窃窃私语。他强迫自己集中精力,倾听黑夜的脚步,生怕遗漏分毫响动——哪怕一条树枝折断的声音,都可能是危险的警示。静静听着,直到夜里起了风,直到雨点在身边沙沙落下。这雨又轻又密，前后左右连绵不断，身上却没有感觉，就连一丝凉意都没有。

不对！这不是雨！落雨松忽然惊醒，到底还是太累，睡着了！风和雨都是梦境，但那沙沙的声音却依旧在四周低吟——糟了！

"快起来！"他一步跃到蓝鸟身旁，劈手将他拍醒，"火蚁！"

透入骨髓的恐惧。只需两个字，不仅蓝鸟一跃而起，就连阔叶和白峰也都绝望地翻动身体，试图逃走。

河谷族也好，神山族也罢，抑或是其他任何一个部落，都见识过火蚁的厉害。落雨松第一次认识这些冷酷无情的杀手是在五岁时，那铺天盖地的灾变印刻在他幼小的心里，直到今天。他记得，在得到仓皇逃回的猎手报信后，南木指挥族人撤离部落，躲到远方的高挑树冠上。为分散蚁群注意，还特意将连日收获的猎物留在原地。但那一次，经验丰富的老猎手对蚁群的动向估计错误——享用"供品"后，蚁群没有按照既定路线前行，却转而向族人藏身的树丛涌动。

落雨松记得，就在蚁群刚刚从草叶中冲出的一刻，撞击在他心头的反感与惊惧。在他五岁的印象中，领先的兵蚁几乎和自己一样大，疯狂舞动的触角和足，以及开合不定的锯齿状弯曲的下颚，都引起他近乎生理反应的恶心。一只、两只、三只，转眼就变作一群，密密层层像一张移动的网，从气不敢出的族人身下扫荡而过。落雨松觉得浑身血都凉了，本能地紧紧抱住树干，生怕一不小心掉下去，落入这无边无际的多足杀手当中。他还记得，当时部落中有比自己年幼的孩子，原本都在哭闹，忽然也被蚁群的肃杀气氛震慑住了，一声不吭。四面八方，万籁俱寂，只有身下蚁群的行进声，漫长得好像过了一辈子，沙沙沙，沙沙沙，就如现在一般……

"浑蛋！"落雨松暗骂自己，难怪这一带空空如也，什么动物都没找见！怎么会忽视如此明确的警示！

蓝鸟已经手脚麻利地将阔叶和白峰的绳索松开——这时候再不给两人松绑,别说大祭神的牺牲,就连一根白骨都不会留下!两位俘虏相扶着爬起来,没有急于逃走,反倒和落雨松一道,辨别起蚁群的方向来。

成为猎手后,落雨松不止一次与火蚁在野外遭遇。它们丑陋的模样依旧令人反感,庞大的族群永远令人胆寒。它们没有儿时印象中那样壮硕,个头最大的也不及半条胳膊,但它们行动敏捷、组织严整而且毫无情感,在疯狂杀戮中从不顾惜自己的生命,这是任何部族的猎手都无法比拟的优势。火蚁居无定所,永远在长途奔袭的路上。它们有时排成密集纵队,有时却散作广阔的横队前行。侦测到猎物时,它们会分支、包抄、围攻,配合再默契的猎手也要自叹不如。一旦被围住,猎物便绝无生还可能,它们会不紧不慢将猎物杀死,撕成便于携带的碎片,然后整军前行,向着下一个目标挺进。

躲避蚁群,因此成为所有猎手的必备技能。说实话,若不是连日来太过仓皇,落雨松和蓝鸟绝不会对它们的活动踪迹视而不见,若不是太过疲倦,也绝不会等到蚁群近在身旁才惊觉危险。

"那边,那边,那边。"阔叶开口了,分别指向前方、后方和右方。五天以来,这还是他头一次说话。

"没错!"落雨松赞同道。

只有左边还有一线希望。但那里,正是刚刚逃离的神山族领地!现在顾不得这些了。很明显,蚁群已经发现了他们,正在合围过来。如果瞻前顾后,就只能坐等成为火蚁的颚下之食了。

"跑!"

四人对视一眼,转头就逃。蓝鸟身形敏捷,纵跃起伏跑在最前面。落雨松紧随其后,一边奔跑,一边注意观察,以防蓝鸟经验不足,带错了路。白峰身上有伤,好在两腿没有大碍,这时咬牙跟在后面,虽然狼狈,也还不至于太慢。最惨的是阔叶,他本就身材高大,加之腿伤极重,苦苦挣扎却依然落在最后,而且越来越远。

落雨松转过头,看见阔叶面目狰狞,显然疼得不轻。"这不行!"他急了。辛苦俘获的牺牲,怎能任凭蚁群不劳而获!

"看住白峰!"他一边奔回阔叶身边,一边招呼蓝鸟。白峰伤势未愈,凭借蓝鸟的身手,控制住他应该不成问题。

阔叶几乎是在走了,硕大汗珠从紧紧咬合的腮边滑落。落雨松扯住他的胳膊,一半搀扶,一半胁迫,硬生生拖着他加快脚步。阔叶依然没有求饶,但压抑不住的痛苦呻吟还是像远方闷雷一样在他上下起伏的胸腔里翻滚。

速度明显慢了下来。前方的蓝鸟没有独自跑远,拉开一段距离便会停下来等待,白峰也不愿抛弃阔叶,没有表现出一丝趁机逃脱的迹象。四个人不像前几日拼得你死我活的敌手,却像是生死与共的多年搭档。是啊,在那组织严密、冷酷无情的洪流面前,人的力量多么渺小,与平日随意捕杀的草鼠、蹄兔一样,转瞬之间,就会被它吞没。

沙沙的声音,没有犹豫,没有起伏,从身旁、身后传来。

落雨松心里越来越焦虑:按照这个速度,很快就会被蚁群撵上!必须当机立断,他猛然停住脚步,阔叶被拉扯得腿上吃劲,疼得"啊"了一声。落雨松顾不得被敌人袭击的危险,不等阔叶反应过来,便一把将他抱起,横着扛在肩头,像射死的野猪一样,大步流星向前飞奔。

果然比搀扶伤员要快一些,两人很快追上蓝鸟。蓝鸟威胁地对阔叶摆了摆手,意思是:"如果你敢轻举妄动,我就不客气了!"

阔叶很现实地摇摇头,大约是说:"谁也不愿意被火蚁生吞活剥啊,老兄!"

据被火蚁袭击过的族人讲述，这小东西的下颚不仅力大无穷，而且有毒。咬伤处就像火在骨头上燃烧，灼痛感会延续好几天。被一只火蚁咬伤尚且如此，何况一群！

对痛苦和死亡的恐惧，驱使四个人——应该说三个人，不顾一切地奔跑。落雨松觉得这辈子从没跑过这么远的路，虽然身强力壮，虽然有蓝鸟轮换，但阔叶毕竟是个大块头，扛在肩上非一般负重可以比拟……跑了多久了？天光早已大亮，树叶像往常一样在头顶招摇，间或有几缕阳光照落，花香般轻盈。多么不协调的景象！蓝鸟气喘吁吁，落雨松也已筋疲力尽，蚁群的肃杀之气步步紧逼，似乎就在身旁！绝望笼罩在他们心头：距离太近了，现在，就算将俘虏全部甩下，也不可能逃脱蚁群的追击。奔跑，只是盲目的求生欲带动双腿，拖延大限之时罢了，除非……

"只能这样了！"落雨松艰难地做出决定，边跑边对蓝鸟嘱托，"带着白峰，一直往前跑……不要被他偷袭！"

蓝鸟吃了一惊。

"放心。前面……安全的地方……等我！"

说着，他将阔叶在肩头扛稳，转身向右手边跑去。

听部落里老人说，蚁群有一个怪现象，叫"死亡旋涡"。成千上万的火蚁围绕一点不停打转，就像着了魔一样。即便中心的火蚁已经死去，外围的火蚁仍会源源不断加入那绝望的旋涡，踏着沉重的脚步，再也无法离开。

"是神的大手，摆布邪恶的蚁群。"科学家们这样解释。

但有经验的老猎手曾经猜测，或许只是领头的火蚁搞错了，将错误路线留给后方，带领那些头脑简单而纪律严明的杀手步入死亡迷宫。

"如果真是这样的话……"落雨松决定赌赌运气，唯一的运气！

他放慢脚步，左顾右盼——那边，粗枝大叶的树正适合藏身！他奔跑过去，将阔叶从肩头放到树下。阔叶抬起头，虽然猜不透计划，但明白生命即将在此刻终结。啊，那眼神中蕴含了说不尽的仇恨！落雨松从背后抽出石矛，长出一口气，狠狠向阔叶的腿部刺去！一下、两下、三下！阔叶真是好样的，咬牙强忍剧痛，硬是没有哼一声。

"你跑不了了。"落雨松抽回石矛，在草叶上擦拭血迹，同时避开他的眼神，"我本不想把你留在这里喂火蚁——如果我的猜测是正确的，你还有一线生机……如果很不幸，我猜错了，你就是我的最后防线！"

没有时间多作解释，他留下一脸绝望和迷茫的阔叶，径直向蚁群的方向走去。通常，每一支蚁群都会由八到十只兵蚁作先锋，它们既是蚁群的矛尖，也是蚁群的眼睛。兵蚁一般速度较快，和后面的工蚁拉开一段路程——这一段路程的长短，就是今天生死之间的距离！

沙沙沙，雨滴般的死亡之歌在前方吟诵。落雨松握住石矛，紧绷身体，恶狠狠盯住面前的草叶。草叶颤抖起来，惧怕地、微弱地、求救般地颤抖……草叶分开，第一只兵蚁晃动魔鬼的触角，从隐身处冲了出来！落雨松死死站在原地，从兜囊里掏出一枚石镖，抛在脚下——务必要保证回到原点！领头的兵蚁径直向他爬了过来，没有狂奔，也没有迟疑——杀戮计划早已拟定，兵蚁简单高效的头脑中只有按部就班、有条不紊地爬近。又近一些，再近一些！草叶继续分开，第二只、第三只、第四只兵蚁源源不断地爬出。

时机到了！落雨松举起石矛，对准面前张牙舞爪的头蚁，重重击落。要打到它，但不能杀死！他谨慎地控制力道。头蚁显然被激怒了，大颚开开合合，向落雨松扑来，速度明显快了起来。

人们从来不明白，不会说话的火蚁如何交流，而且那么高效——几乎就在同时，后方所有的兵蚁全都亢奋起来，个个昂起头，六只脚疯狂舞动，一同向他袭来。

落雨松且战且退，一边用石矛逼退步步跟进的兵蚁，一边注意着脚步与大树间的距离。要绕树一圈——如果老猎手没有猜错，那将是死亡旋涡的第一道波纹！

兵蚁已然锁定目标，四五只齐头并进，一同发起攻势。落雨松手忙脚乱，不得已还是杀死了一只——它已经挥舞着大颚向自己脚面咬过来了！"不知道对计划有没有影响。"他边想边加快了后退的步伐。

后面的工蚁，这时千万不要跟上啊！落雨松紧张地观望，沙沙的声音像挥之不去的噩梦一样，从身后传来。

终于回到原点了！他松一口气，大喝一声，举起石矛，刺穿了最先冲上来的兵蚁，随后连它一并提起，刺向第二只、第三只！唯有顶级猎手，才能在眨眼间调动所有肌肉力量，连续刺死六只火蚁——第一批次的全部！落雨松扔下石矛，跳跃着向树干后撤——现在，必须减少留在地下的痕迹。求生的强烈欲望唤起无限潜能，仅仅四个起落，他就蹲到了阔叶身旁。

有几分不忍。要不要将他拖到树上？落雨松迟疑片刻，立刻否定了自己：危急时刻，必须采用最保险方案。他克制住再看一眼阔叶的想法，甩开酸痛的臂膀，向大树高处爬去。脚下，第二批次的兵蚁正踏着第一批次的脚步前行。

现在一切都看运气了……他要一动不动躲在树上，等待后续火蚁接收到领头兵蚁的错误信息，放弃对蓝鸟的追踪，卷入死亡旋涡。经验告诉他，没有给养，火蚁大军将在三到五天之内全部毙命。但如果老猎手错了，火蚁闯过圆环陷阱，来到树下，就只能用阔叶做它们的牺牲了……只希望那时，吃饱喝足的火蚁不要再生出上树一探的心愿……

落雨松望向身下。阔叶无力地倒在地上，胸膛起伏，似乎已经对命运臣服。外面，第二批次的兵蚁即将回到原点——之后将如何前行？是继续打转，还是掉转脚步？再远处，无风的草叶摆动不休，死亡歌声在耳边轻叹。

沙沙沙，沙沙沙……

第四章

奥苏从没觉得自己这么笨过。整整一上午，他都在咪咪的指导下学习侦察飞船的驾驶技巧，但毫无进展。

"驾驶飞船是一项技术活，新手很难掌握的。"咪咪用幽香的、淡紫色的声音包裹住他，宽慰的气息在船体中飘荡。

两人间的小小龃龉早已烟消云散。应该说，在那一次放肆的尝试后，奥苏感到咪咪离自己更近了一些。如今挤在这狭小窘迫的飞船体内，身体不经意地碰撞接触，他甚至感到一丝暧昧，就像已经结成稳定关系的情侣那样。

咪咪把要领重新演示了一遍——释放信息素，与飞船操作系统建立连接，调整动力系统，检查制动，将引擎摇杆放在第一挡位，设定系统同步速率，设定角度同时缓慢释放速度参数……

"太困难了。"奥苏颓然叹气。怎么可能有人掌握如此复杂的系统？

"不是这样。"咪咪向他解释，"我们的飞船是半自动化的，除去为避免信息误差而强制使用的几个操作杆外，驾驶飞船的关键在于信息同步。一旦与飞船建立起连接，你的信息素与飞船信息端保持稳定的同步速率，后面就轻而易举了。飞船会完全听从你的指挥，就像在与你对话……"

"我知道，'随心所欲……想快就快，想慢就慢，想升就升，想降就降'，所有人都是这么说的。"奥苏抱怨道，"但从来没有人提起，建立同步的过程这么困难！"

"只是一道门槛，跨过去就简单了。"

"我真是自找苦吃。"奥苏坐倒在操作椅上，"非要学这个……"

坚持原则是有代价的。几天来，奥苏觉得无聊透顶，漫长等待变得无止无休，一成不变的生活让人抓狂。每天醒来，从舷窗望下去，金灿灿的阳光洒在一成不变的绿叶的海上。这曾经让他陶醉的景象，如今就像每日例汤一样，让人提不起兴趣。于是，他缠着咪咪，要她传授飞行的法门。

"什么时候，我也能自己驾船出游，就不至于这么无聊了吧……"

到底要等到什么时候呢？奥苏熟悉母星上那一套形式完备的把戏，无止无休的陈词、辩论、民意统计，每做出一个决定都像打一场内战，不仅让小心谨慎的行星开发委员会筋疲力尽，更把在异域星系翘首期盼的舰队耗得耐心全无。有时就连奥苏自己都恨不得替蒲迪思骂两句——怎么就不能有倾向性地写上几句，让委员会好办一些，也让自己免于如此无聊的景况？若不是担心职业信誉度受损，他真想追加一篇报道。

咪咪倒是整天忙忙碌碌。驾驶迷你型侦察飞船，穿梭在天地之间，为日后的大开发收集各种信息——气象、地貌、植被、动物，不一而足。

"这星球简直就是一座大花园。"咪咪告诉他，"几乎什么都没有，只有树，参天大树……丁尼，那个生物学家，瘦瘦高高的那个斜眼，这回可高兴了。他有一次提起：在这二十多个日出日落之间，已经收录了六万五千种不同植物。他还说，从没在哪个有智慧生物的行星上，见到过如此多样的植物。"

"他似乎对你很有兴趣呢。"奥苏略带警示地说。

咪咪嘴角露出一丝微笑，显然有意让他看到。女人真是虚荣，多一个追求者值得这么骄傲？而且，还是那样一个丑陋的老单身汉……奥苏也笑了。

"话说回来，他凭什么认定那些两足群居动物是智慧生物？"

"我不知道。他似乎特别热衷于散布'智慧生物论'。有一次，蒲迪思还把他叫去臭骂了一通。"

"丁尼确实代表了不少人的困惑。"奥苏想起舰队科学家的论辩，"他们说，那些两足群居动物的语言系统虽然还建立在声波震动的基础上，相当于我们第一纪文明的程度，但非常复杂……应该说，异乎寻常的复杂。按照一般文明进程，比如我们的母星，早该脱离部落形式。说绝对些，如果不是因为复杂的语言系统，本可以直接将它们定义为'非智慧生物'的……但如此复杂的语言，竟然没有发明出文字，这也是不可思议的地方……"

"什么智慧生物啊。"这一大段学究气十足的论调显然没有说服咪咪，她一边玩弄手边的备用操作杆，一边指向窗外，"你知道吗，我近距离观察过。那些动物特别野蛮，我见过它们互相残杀的样子……你相信吗，智慧生物会毫无道理地残杀同族……"

智慧生物残杀同族，这在宇宙中根本不算新闻。奥苏摇摇头，算了，还是不要试图给她启蒙了。就让她头脑简单地错下去吧，与自己又有何干？

"它们还特别愚昧，总对着些大山、大树拜来拜去，似乎是一种原始宗教……"

"那可不是原始宗教。"奥苏还是忍不住反驳了，"而且根据弗洛的观察，它们虽然对着大山、大树拜来拜去，但是真正崇拜的对象似乎更加超脱，像是……像是……某种抽象的神！"

弗洛是舰队总科学顾问兼副执行官，全舰队少有的聪明人，至少奥苏这么认为。弗洛说，两足群居动物的宗教也是它们不可思议的地方，与文明的发展极不相符——绝大多数星球的原始部落都信仰多神教或万物有灵，而这颗星球的生物居然信仰一神教！对比母星，直到第五纪文明，才发展出一神教崇拜，更让科学家百思不得其解。

"一神教，你疯了吧？"丁尼曾经跳出来反对，"你明明见到它们既拜山，又拜树，还说那是一神教？"

"正是这样！正是因为它们既拜山，又拜树，才说明不是多神教——你见过只崇拜两种东西的多神教吗？至于山和树，我认为都是他们对抽象神的变相寄托——否则，为什么只对某些山、某些树祭拜，而对于其他的山和树视而不见呢？"

丁尼哑口无言，蓝色流光在皮肤上跳荡，看来心有不甘。

正是从这一次交锋，奥苏认定弗洛是个聪明人。与蒲迪思不同，他总一副笑呵呵的样子，即使对奥苏这无足轻重的小记者，在舰队里遇到，也会愉快地打个招呼，主动攀谈几句，交换信息素，好像认识多年的老朋友一样。

然而咪咪似乎对他没有兴趣，又或许是奥苏的态度让她困惑，反正她忽然站起身来，略带烦躁地说："别提什么弗洛了。到底还学不学了？"有传言说，弗洛曾经向咪咪示好，却遭到拒绝。奥苏可不相信：如果作为舰队总科学顾问兼副执行官的弗洛都入不了咪咪的法眼，她又怎么会跟一个记者眉来眼去？

"不说了，不说了。"奥苏忙释放出讨好的气息，"我接着学就是！"

咪咪示意他坐下，重新将操作要领解释一番。奥苏把两只手分别放在引擎摇杆和制动摇杆上，左侧小臂搭在信息端摇杆上，以防万一。他有些紧张，既担心再一次在咪咪面前出糗，又担心飞船真的启动起来,慌乱中措手不及。

柔软而温暖的信息包裹着他——咪咪在给他鼓劲呢。他心里一阵温暖,几乎感到有义务尽早学会驾驶。"好吧。"他对自己说,"要飞上天了呢。"

释放信息素。奥苏谨慎地切断与咪咪的信息连接,同时向飞船信息端释放出连接请求。对于新手来说,驾驶飞船的时候干扰越少越好。友善的反馈信息传导过来,飞船在响应他的请求。"真的像人一样。"他想。与飞船操作系统的连接已经建立好了。

调整动力系统。他小心翼翼地将动力参数设置到较低阈值。咪咪警告过他,经验较少时,千万不要把动力设得过高。"新手不可能有那么快的应急反应。"她笑着解释。好吧,奥苏试验了几次,认为动力参数已经控制在保险范围之内,又谨慎地将反馈通路扩大一个等级。这下万无一失了。

检查制动。这一步几乎是自动完成的——即便驾驶员忘记发送指令,飞船也会在最后补充操作,并且将信息反馈给驾驶员。

将引擎摇杆放在第一挡位。这是第一个强制手动流程,为避免操作中的信息误差,所有飞船上都设有引擎摇杆,用最原始的方法修正高效信息交流中的不确定性——奥苏觉得这一设计有几分黑色幽默的意味。

设定系统同步速率。还是老话,保险起见,要设置较低阈值——这意味着将更多应急权限交给飞船,而不是驾驶员本身。否则,如果出现意外,驾驶员反应不及,飞船又没有应急权限的话,危险自不必提。

设定角度。这是初学者的老大难问题——与人交流的时候,你不需要设定什么角度,也从来没有一个现成的角度模式供你选择。整整一上午,奥苏的时间几乎全部耗费在"设定角度并将角度信息传输出去"的尝试中。更何况，设定角度的同时，还要把速度参数缓慢地释放给信息端——算上刚才，他一共只成功了三次。

"好的。"奥苏给自己鼓劲，"就是这样……慢一点……稳住……"引擎抖动起来。

"控制好速度，一点一点地释放！"咪咪在身后提醒。

呀，真的。刚才全部心思都放在设定角度上，竟然忽略了速度参数——飞船亮起了警示灯，同时"提醒注意"的尖锐信息扑面而来。奥苏强迫自己冷静下来，一心二用。

"15度……"他在心里默念，同时像呼吸一样将速度参数缓缓送出。

什么感觉都没有，飞船忽然平稳地滑动起来，感受不到颠簸起伏，甚至感受不到加速过程，便已然越过起降平台，一下子悬停在半空。

"天哪，我飞起来了！"奥苏激动不已。

"别说话，注意控制。"咪咪伸手按在他肩头。

飞船开始爬升，轻盈得就像落在池塘里的一片叶子。

"不错。"咪咪赞许道。

奥苏有一种奇妙的体验：自己似乎与飞船融为一体，飞船外的风迎面拍打着他的面颊，清新而微薄的寒冷在体内穿行，让人神清气爽。信息端将外部参数源源不断传导进来，寒冷、炎热、风速、触感——仿佛不是飞船外壁，而是自己的皮肤擦过无尽高空的云层。他则像控制自己的手臂一样，指挥飞船畅快翱翔。哦，这感觉太美妙了！

"驾驶和乘坐是截然不同的感受。"奥苏听飞行员讲过，"驾驶飞船的时候，飞在空中的不是飞船，而是你自己！"

现在他明白了。与飞船合二为一，让飞船成为身体的延伸，这就是半自动驾驶的真谛！

"我在飞!"奥苏兴奋得像一个孩子。

"注意角度!"咪咪在身后高呼。

他一惊,瞬间回过神来:天哪,方才太兴奋了,无意中发送了错误的角度信息。只一下,飞船便从15度陡然上扬,提升至43.5度!虽然微型重力场让人感受不到陡峭的坡度,但窗外极度倾斜的大地还是让他胆战心惊!

奥苏紧张极了。他明白应该重新传输角度信息,同时降低速度,但忽然间头脑中一片空白!刚刚获得的人机一体的感受荡然无存,奥苏重又变成那个笨手笨脚的学徒,慌乱地回忆设定角度的方法,不知所措。

"嘿嘿!慢下来!"咪咪大叫。

飞船已经不再继续上扬,却像冲出峡谷的水流一样直射而出!该死,速度,控制速度,要慢……不行,已经慢不下来了……蓝色天穹迎面扑来,速度快得惊人,寒风像刀子一样从体侧划过,发出狞笑的长吟。

奥苏下意识切断了触感同步,并终于成功更新了角度,飞船倏忽改变方向,流星一般向大地俯冲!天哪,速度太快,要缓慢释放信息……缓慢释放……不行,这当头怎么慢得下来!天哪!奥苏发出恐怖的惊叫。

某种强大的信息场突然在船舱内部充斥,奥苏感到自己与飞船的连接被一双大手强行扯断,原本扑面而来的寒风瞬间被生生隔绝在舷窗之外。咪咪强势介入,双手紧紧捏住奥苏的肩头,似乎怕他轻举妄动,同时以最快速度完成了与飞船的连接——哦,终于稳住了。

"天哪……"咪咪闪动着白光,"我从没见过一个人,能把飞船开成这样!"

窗外,大地重又恢复水平,近在咫尺的树冠优哉游哉地从船舱下面掠过。奥苏惊魂未定，望着咪咪，半天说不出话来，明亮的红黄两色在皮肤上跳动。

"幸亏你把系统同步速率设定为'低'。"咪咪边操作飞船爬高，边对他说，"允许飞船在紧急情况进行应急处理——知道刚才发生了什么吗？飞船判断你不具备驾驶资格，强行断开与你的连接……幸亏这样，我才有机会重新介入——在你与飞船正常连接的时候，任何人都无法插手——好险！"

说是"好险"，咪咪却并未显得特别紧张。奥苏不禁怀疑如果她没有插手，仅凭飞船的判断，是否也能转危为安。

"多半是可以的……"他对自己说。

"真是个难忘的'首飞'，对吧？"咪咪心情未受影响，还略带打趣地问，同时接通了两人的信息，就像一只细软的手轻抚后背。

"好吧。"她说，"既然已经飞出来了，就带你兜一圈。来了这么久，你还没有出过门吧？走，让你看看什么叫真正的'绿色海洋'！"

第五章

月光温润如水，落雨松在朦胧月色中兴奋起来。茅棚间飘荡着稀薄雾气，身周的树木、草叶、爬蔓、藤条全都看不真切，只剩下被人踩出的小径通往高深莫测的远方，隐隐约约地像是悠长又撩人的呼唤。

落雨松浑身燥热。他爬起来，蹑手蹑脚地走到茅棚外面。膝边草叶挂满露水，一碰便滴落在脚面，痒痒的，就像乔叶的手从身上滑过。根据月亮位置判断，应该刚刚入夜不久，时间足够跑一趟神山族，兴许还能神鬼不知地回来……年轻身体迸发出的火热情欲与蔑视危险的无畏勇气在心底交织，落雨松感到一阵久违的激动。决心已定：今夜，要去神山族与乔叶会面！

从上一次会面到现在，已经过去二十多天了。当初与乔叶的约定是十五天——若不是狩猎途中被火蚁大军阻截，若不是前几日太过疲惫，他早该前去赴约了。唉，倒霉的火蚁，白白浪费了一个俘虏……

落雨松的判断是正确的。火蚁真的在领头兵蚁的错误信息诱导下，踏入了死亡旋涡。整整四天，越来越多的火蚁在他藏身的大树周边打转，对围在中心的阔叶不理不睬。到了第五天，不知休整又没有给养的火蚁大军开始死去。死亡就像水面泛起的波纹，从内侧向四面八方荡漾开去。

重生的希望在落雨松几乎绝望的心底复苏。五天来，他几乎没有进食，全靠树上的几小丛浆果维生。第一天，他动一动手指都会心惊胆战，生怕折断一根枯枝，碰落一片叶子，就将蚁群从垂死的梦中惊醒。后来经过反复尝试，胆子大了起来——无论弄出多少动静，就算在树上手舞足蹈，蚁群都没有响应，依旧踏着整齐的脚步在画地为牢的迷宫中旋转。当然，下地是不敢尝试的，但在树上穿行，摘取寄生藤蔓的果实，大可随心所欲。可惜慌乱中没有选对大树，孤零零地没有退路，否则从高高的树冠上脱离蚁群包围圈，也不失为一条捷径。

野果当然不足以饱腹。蚁群渐次死去的时候，落雨松也被饥饿折磨得头晕眼花。他觉得自己真是幸运：若蚁群能够再多支撑两日，被死亡旋涡困死的，就不止那些凶残的小杀手了。

第六日，目之所及的火蚁全都没有了生气。落雨松被咕咕直叫的肚子驱使，冒险爬到地下。平安无事，蚁群已经构不成任何危险。有几只火蚁虚弱地动了动触角，却没有力气再站起来。然而阔叶已经死去——旧伤新创加上多日滴水未进,这结局几乎是必然的。落雨松感到深深的沮丧:早知道蚁群不会突破那道虚拟屏障,就不必给阔叶致命一击了。

好在蓝鸟保住了白峰。死亡旋涡成功吸引了火蚁主力,蓝鸟顺利脱身。在神山族的领地,蓝鸟凝神屏息,等候了整整三日,终于绝望地放弃,押送白峰回归河谷族。因此,当看到落雨松拖着沉重的步伐从部落外的矮树中走出,蓝鸟居然激动得涕泪横流。

族人们也都出来了,像儿时迎接满载而归的南木一样夹道欢迎。头发花白的南木毫无嫉妒之心,哈哈大笑,赞许地拍打他的肩头。就连向来不愿以好脸色示人的辛朱都夸奖了几句。不过落雨松没有理他——自从雾月失踪,落雨松就很难不把好友的遭遇归咎于他。

"总有一天,等我当上族长,一定要让这老家伙付出代价!"

这多半是自我安慰。落雨松能不能当上族长,没人敢打包票。就算当上了族长,又能拿大首席科学家怎么样呢?

走到辛朱的茅棚外面,落雨松就在满腹心事中惆怅起来。

"算了,不想这些!"他摇摇头,弓下腰,加快脚步从这令人心塞的茅棚前走过。

回到河谷族,落雨松整整睡了三天——这次狩猎消耗过大,饶他身强体健,依旧一头栽倒在地,站都站不起来。若换成其他猎手,恐怕休息五六天也缓不过来。啊,这么多天,乔叶想必也在翘首企盼……想到那张俊俏的脸,落雨松不禁笑了,蓬勃张扬的情欲将一切烦恼驱逐出去,四肢百骸重又燥热起来。

前面是蓝鸟的茅棚。蓝鸟向来警觉,睡得也轻,从他门前走过必须要格外小心。落雨松已经不是刚刚发育完备的毛头小子,走婚归来不知避讳,反倒四处宣扬——蓝鸟就经常这样。

谨慎是有道理的。这种事在部落中向来都是禁忌,南木曾经教训不知羞耻的蓝鸟,说他"像开屏的孔雀一样邪恶"。

"你想诱惑部落里的姑娘,都跑到你的茅棚里去吗?"南木愤怒地痛骂。

"又有什么不好!"蓝鸟不服气。

"想想紫兰山生下的魔鬼,你就知道为什么了!"

紫兰山是部落里的姑娘,胯骨粗壮,被视为传续后代的好手。可是不知为什么,她竟然没有和其他部落的男子会面,反倒被同族的年轻猎手飞果迷了心窍。两人的偷欢情事,直到生下一个什么都学不会的孩子,才真相大白。

说起那孩子,也是奇怪:看长相没什么特殊,但养到三岁,依然既不会说话,也不会站立。除了爬行,除了像野猪一样尖声号叫,什么都做不了。

辛朱主持了对紫兰山的审判。起初,她死活不肯承认,一口咬定会面对象是风口族猎手。

"你抵赖不掉的。"辛朱威胁道,"生下这种魔鬼,只有一种解释——你犯了'通奸罪',触怒了神!"

落雨松听老人们说过,凡是犯了通奸罪,也就是与本族男子会面的女子,都会生下被魔鬼纠缠的孩子。他们有的就像紫兰山的孩子,什么都学不会,有的不能长高,还有的永远体弱多病。辛朱和其他科学家说,这是因为她们不守神的戒律,不行走婚,因此触怒了大能的神,将惩罚降临在部落。

为了赎罪,紫兰山被投在猪笼草里祭神,魔鬼孩子也被一道处死。没有人同情她——本应为部落生下身强体壮的后代,却逃避义务,铸下大错,如果不用生命向神谢罪的话,恐怕更大的灾难会降临在部落中。

飞果也受到了惩罚——用藤条鞭打五十次,口粮也被强行减半。

"可是他没有犯错啊。"不少人为他鸣不平,"紫兰山的义务是给部落生养猎手,飞果的责任是狩猎——他一直在狩猎啊。"

"这是为了警戒部落里的年轻人,不要再诱惑负有责任的女子。"南木如是说。

"有时间应该再和蓝鸟谈谈。"落雨松想到这段往事,就不禁为蓝鸟担心。蓝鸟毕竟年轻,沉浸在单纯的肉体快感中,体会不到其中蕴含的责任与危险。如今,落雨松已然明白,走婚成为禁忌,除去避免罪行这一层考虑,还是出于趋利避害的本能。

"你会见的姑娘在风口族,对吧?"落雨松有一次劝他,"你到处说,人人都知道。可是你想过没有,我们族内想必也有和风口族猎手会面的姑娘。如果经由她们的嘴,让风口族知道了你的'好日子',想想会发生什么吧!"

虽然不常见,但老人们确实提起过,有猎手在走婚的时候被那个部落的男子伏击,抓做俘虏,最终成为大祭神的牺牲。

"这就是情欲的危害!"辛朱厉声疾呼,"你们冒着生命危险,飞蛾扑火,却让敌族女子生下优秀的猎手!神让你们降生,是为了给部落带来食物,替族人战斗,而不是满足你们肮脏的情欲!"

以辛朱为代表的科学家总希望能让部落男子禁欲,落雨松觉得这想法不值一哂。鼓励本族女子生育,却阻挠本族男子让敌族女子生育,这削敌壮己的简单道理,偏要扯上什么神啊、责任啊,本身就很可笑。再说,那情欲与危险的奇妙交融,不正是走婚动人心魄的魅力吗?哪个血气方刚的小伙儿甘于被危险吓倒,而违背内心火烧火燎的欲望?走婚虽然是禁忌,却也因此成为部落男子心中勇气的象征。就像今晚,狩猎英雄落雨松在归来三天后就踏上走婚之路,如果不巧被人撞见,在善意的笑容背后,隐藏的应该是钦佩与羡慕吧。

夜色在林中游走。左侧传来窸窸窣窣的声音,应该是小麂鹿或者草鼠一类的动物，被脚步惊扰，落荒而逃。现在可没有工夫狩猎，落雨松加快了脚步，一心想要尽早去到乔叶身旁。

与乔叶在一起，已经快两年了吧？起初选中这姑娘，是因为她骨盆狭小，看上去不善生养的样子——事实证明，他的眼力很准。两年来，尽管两人频繁会面，乔叶却一直没有生育。没有生育，就意味着落雨松不必更换会面对象——在上一个姑娘怀孕后，经历漫长而折磨的求偶期，他才最终与乔叶稳定下来。然而出乎他的意料，随着两人会面越来越多，落雨松想到乔叶的时候，已经从单纯的肉体欢愉变为更复杂的东西。如今，他已经无法想象离开乔叶去和其他女子会面，乔叶也是如此——两人甚至约定，有朝一日乔叶怀孕，待生养之后依旧和落雨松回到一起。

"我们不换了。"落雨松对她说。

乔叶报以灿烂的微笑。

快要到了，已经可以看到神山族的茅棚。薄雾渐渐散去，茅棚沐浴在柔和的月光中，就像一首唱不完的谣曲。落雨松蹑手蹑脚走到部落右侧，他认得乔叶的茅棚。这是最危险的时刻，他要通过两人约定好的方式告知乔叶，同时绝不能惊动神山族的猎手。

落雨松爬上最近的一棵大树，从兜囊里掏出一粒石子，深吸一口气，右手疾挥，稳稳地将石子抛了出去。

"砰。"石子落在茅棚顶上，分毫不差。

又掏出第二粒石子，落雨松在手上掂了掂，再次抛掷出去，紧接着第三粒——连续三下，一慢两快，这是他与乔叶约定的暗号。

他从树上滑落，矮下身子，躲在草叶后面。现在必须谨慎，万一有敌族猎手注意到他，前来偷袭，他必须赶在敌人靠近之前溜之大吉。

等候中，时间无止无休，漫长得就像大王花的花期。

"咕咕咕。"终于,前方传来鹧鸪的鸣叫,稍停一会儿,又是三声。那是乔叶在按照约定的暗号召唤他现身。

落雨松心头一热,从藏身的地方一跃而起。乔叶就站在林中空地,长而浓密的头发披及腰间,娇小玲珑的身体像一只温顺的母鹿,皮肤在月色映衬下仿佛萦绕着圣洁的光。落雨松不禁看呆了,张口结舌说不出话来。

乔叶灵巧地跳荡到他身旁,伸手按在他火辣辣的唇边:"嘘,不要浪费时间,我们开始吧……"

雾气完全散去。树冠顶端,繁星一颗一颗连成线、缀成网,清冷星光在芳香的露水上闪烁。两只野兔从洞穴中探出头来,好奇地望着空地上两具缠绕在一起的身体。树梢上,一只捕猎的灵猫被地下粗重的喘息声惊扰,放过了命悬一线的斑鸠。

落雨松感到漂浮在春天的潮水中。潮水欢快地拍打河岸,溅起朵朵浪花,又娇羞地沉到水底,在源源不断的流逝中放声高歌。他就在这温暖多情的水中游荡,畅快地舒展腰身,将用不完的劲力挥洒在逆流而上的搏击中。他就像一条光溜溜的鱼,跃起又落下,在天空、水下,愉快而自在地呼吸。

"哦,乔叶……"他叹息着抱住那滚烫的躯体,紧紧贴在胸前。

乔叶抬起头,一双明亮的眼睛望着他,好像要将他的样子永远刻在心里。草叶如同母亲的手,轻轻拍打两人汗涔涔的腰身。许久没有交谈,他俩平躺着靠在一起,沉醉在徐缓的夜风中。头顶,繁星璀璨。

"真希望时间永远在这一刻停留……"落雨松不禁想。

"你说,那些星星上面,有没有住人?"还是乔叶先开了口,在落雨松的怀里靠了靠,换了个舒服的姿势。

"别傻了,星星上怎么会住人。"

"我听赤土说,神就住在其中一颗星星上。他说,之所以有那么多星星,就是因为神不要人知道他确切的位置。他还说……"

"赤土知道什么。"落雨松不耐烦地打断。

赤土是神山族的大首席科学家,相当于河谷族的辛朱。这一身份,让与他素昧平生的落雨松有了本能的反感。

"你知道吗?赤土的弟弟出去狩猎,没有回来。"乔叶忽然向落雨松转过头来,眼眸闪烁。她是不是猜到了什么?

赤土的弟弟就是白峰,如今正在河谷族的地穴里面作祭祀前的"清洁"——也就是不吃不喝,将体内的污物排净,当然再也回不来了。落雨松是有分寸的男人,尽管与乔叶亲近,但有些话能说,有些话不能说,这道理他懂。特别是猎取神山族猎手,这样敏感的事情绝不能向乔叶坦白。

"族里很多人怀疑是你……"乔叶居然追问起来。

落雨松始料不及,一时语塞。他不愿向乔叶扯谎,心里着实为难。乔叶向另一边转过头去,又忽然坐了起来。如水的长发从面颊滑过,就像野雉的尾羽,逗弄着落雨松渐渐重生的情欲。他向乔叶伸出手,抚摸着她紧绷的面颊,想要将她拉过来,再次靠在身旁。

乔叶轻轻扭动身体,没有躺倒,却突兀地问:"前几天,树上有吵闹的亮光压下来,你见到了吗?"

"见到了,我那时正在……正在捕猎。"

"哦……那猎物肯定逃走喽。"

"当然不会。"落雨松骄傲地说,"好猎手不会为无关紧要的事情分心!"

乔叶不再说话,抱着双腿,将小巧玲珑的头倚在膝盖上,一副心事重重的样子。落雨松也坐起来,温柔地将她揽在怀里。"她一定猜到了。"落雨松想……但猜到又有什么关系呢?不同部落的猎手相互残杀,这是人人尽知、天经地义的事。作为河谷族的少壮猎手,他当然负有义务。

"和敌对部落的女人欢爱,与对本部落效忠,这两者原本就不相干。"落雨松对自己说。他不是瞻前顾后的男人,更何况在心爱的女人面前。

乔叶依旧沉默不语,落雨松决定转移话题。

"对了,乔木的石镖投得怎么样了?"他问。

乔木是乔叶的弟弟。母亲死后,乔叶就一直把弟弟带在身边。落雨松没见过乔木,但是乔叶经常提起他。上一次会面,乔叶说到弟弟正在练习投石镖。

落雨松非常诧异:"十二岁才开始练习石镖,太晚了吧?"

乔叶解释说,可能是自己疏于管教,弟弟从小贪玩,对狩猎、搏斗之类都不感兴趣,只喜欢在林子里乱逛,还说出一些稀奇古怪的话,比如"和松鼠做朋友",还有"想把天上的星星数清楚",等等。如今年岁日长,才在乔叶的催促下练习谋生技巧,不过也是三天打鱼,两天晒网。

"现在开始练习,恐怕到成人的时候,还不能完全掌握啊。"落雨松不无担忧。虽然是敌族后起猎手,但因为乔叶的关系,落雨松也为他的前途捏一把汗。

没有答复。落雨松在婆婆的月色中看到两行清泪滑过乔叶的腮边。是为弟弟的前途担忧,还是更有什么不好消息?落雨松关切地转到正面,打算问个究竟。

询问的目光让乔叶不安地转过头去。

"乔叶,你……"落雨松有些担心。

她没有答话,只默默地抚去泪水,就像曼陀罗花在雨中摇摆。随后,她抬起头,急切转身,呼吸粗重,双眸燃着狂热的火,双手紧紧握住落雨松结实的两臂。

"来吧……"她呻吟着扑过来,与他一同滚倒在地。

乳房坚挺的触感激起一道酥酥麻麻的洪流,向落雨松两股间窜去,疑虑被冲刷得销声匿迹。

"哦,乔叶……"他呻吟着,将她再次压在身下……

第六章

奥苏永远忘不了这一次壮丽飞行。咪咪驾驶飞船,轻快地从无边无际的绿色海洋上掠过,向着太阳沉落的方向奋起直追。霞光挤破云层,冲杀出来,锐利的锋芒将飞船舷窗刺透,直直坠入万劫不复的深渊。时间就此停留在半明半暗的光影里,既能看到脚下绿色植物组成的延绵不断的丘壑,又能在另一边,瞥见夜色中神秘的返照。

迎风飞扬的感觉,通过咪咪的信息素源源不断传送过来,奥苏感到浑身上下筋骨都是轻的,流动的空气就像水一般包裹着他们。

"太美啦!"奥苏赞叹道。

"这算什么。"咪咪柔顺的信息中透露愉悦,说话却故作矜持,"你还没见到暴风雨呢,那才叫惊心动魄!黑压压的一片乌云,翻滚着,就像……就像……还有闪电,一道道劈下来……嗨,总之能让你永世难忘!"

奥苏莞尔:这头脑简单的姑娘,有时却有说不出的可爱。

"该回去了。"咪咪说,"兜风一下午,也该看腻了吧?"

"哪儿可能啊。"奥苏抗议道,"且不说飞在天上有多刺激、有多过瘾，就说如此壮观的植物海洋，在母星也是见不到的——这美景，连续看上十个日出日落，也看不够啊！"

奥苏想起记忆中的街巷——高挑的居民楼压着道路蔓延，一幢一幢，黑亮亮闪着冰冷的光。居民楼侧面用管道相连，头顶融为一体，是为一个单元，反复累加……这就是建筑师引以为豪的"孔窍式构造"。他记得十岁的时候曾经在书上看到，高楼顶端是辽阔高远的天空。啊，他多么想见一见那"辽阔高远的天空"。于是他从学校里逃出，沿着窗户后面的楼梯一个劲儿向上攀登，他手脚并用，踏着、握着陡峭的台阶，感到就像落进噩梦的谷底，拼尽全力跑啊跑啊，却没有终点。

前方亮起来的时候，年幼的奥苏几乎要叫出来了。他向着那希望之源一路狂奔，终于看到了光，看到了窗，看到了……另一段楼梯的开端……

印象中，自己从来没有哭得那么绝望过。不仅因为看不到辽阔高远的天空，而且因为他向脚下探出头，恐怖地看到近乎九十度的坡度——他下不去了！

最后是妈妈找到了缩在墙角瑟瑟发抖的奥苏，一边用小臂抱住他，一边迈开腿，吃力地下楼。

"傻孩子。"妈妈用芳香的气味安抚他，用温暖的信息素呵护他，"谁能靠四条腿爬上这么高的楼啊！你就算跑上一天，也只能看到下一段楼梯而已……"

奥苏哭得更厉害了。

两周后，奥苏的妈妈带他去了城中心的林带。在那里，他第一次见识到"森林"——今天想来，所谓"森林"是多么名不副实！但在他当年幼小的心里，那就是城市中最美的景色。他记得一片片枝叶在人工降雨的冲刷下绿意盎然，似乎将旁边死死围拢的楼房、高塔都染上了生命的颜色。他心旷神怡地看了许久，心都醉了。

那天，奥苏在森林中跑来跑去，还登上了建在中央高树旁边的脚手架，终于看到了一小片天空。和这座星球一样，母星的天空也是湛蓝如洗，但小得可怜。四面环绕、苦苦相逼的人工建筑将天空剪得只剩下头顶那一小片。但奥苏还是为之倾心，幻想有一天能够"爬到"天空上去，看一眼真正辽阔的世界。

"这——才是真正辽阔的世界啊！"如今，面对飞船外巨毯般铺陈的大地，奥苏怅然若失。

"可不是。"咪咪张开四条胳膊，拥抱迎面扑来的气流，"我们的母星要是有这里十分之一的剩余空间，就不必大费周折搞什么移民计划了。"

"何况满眼绿意……"

"简直就是一颗植物星球！"

"说来也奇怪。"奥苏忽然想到弗洛的疑问，"这里，树木实在太过茂盛，动物总量却少得惊人，而且不足以支持智慧生物，或者说'准智慧生物'的进化。"

"丁尼猜测说，这里可能发生过物种大灭绝……"

奥苏语塞。他想起弗洛与丁尼的争论，弗洛坚决反对物种大灭绝论调。

"但凡物种大灭绝，都是在外部环境的改变中，由于物种自身对于环境不耐受，从而导致大规模死亡的现象。"弗洛雄辩地说，"在这一过程中，最先灭绝的必然是食物链顶端的生物——它们处于三角形的最上面，因而是最脆弱的。这颗星球的情况恰恰相反，两足群居动物明显是食物链顶端的生物，却大量保存下来，与其他动物的贫乏相比，你不觉得奇怪吗？"

丁尼散发出刺鼻的、火辣辣的信息，针锋相对地反驳。

"两足群居动物既然能够生存下来，就说明星球上的生物总量足以维系，哪里谈得上'贫乏'。"

"你犯了一个概念性错误。"弗洛风度翩翩地笑着，"生物总量维系是静态概念，只能说明这颗星球上的蛋白质总量达到了某种标准。我们今天讨论的是，如果发生大灭绝，两足群居动物是否能够幸存……很显然，从生物多样性的贫乏来看……"

"正是如此。"丁尼抓住时机尖刻地指出，"如果不是物种大灭绝，你怎么解释生物多样性贫乏和'智慧生物'出现——这两者之间的矛盾？"

结果谁也没有把谁说服。

奥苏倒是还听过另一种说法，宣称两足群居动物是"天外来客"，从某一星际文明的遗民退化至斯。对此，舰队的主流科学家嗤之以鼻。

"我们要是移民到这颗星球，十万年后也会如此不堪吗？"他们嘲讽地问。

奥苏觉得也未必就不可能。如果留下的都是咪咪这类头脑简单的人，几代过后恐怕就要回归蒙昧了吧……他心里想着，手臂却攀上咪咪的肩头，继而向身体滑落。咪咪微笑着，用一支空闲手指回应他的爱抚。温热的触感从指间传遍全身，奥苏得意极了。连日的狂追猛赶终于有了收获，就像儿时做了什么不起眼的小事，却得到父母夸张的赞许一般。

"今晚，我在舰桥上等你……"他轻轻把脸凑在咪咪的后视眼旁，赞叹地打量她小巧玲珑的头颅。

咪咪释放出令人舒心的味道，仿佛温和的夜晚挂满繁星。奥苏头晕眼花，全身血液急速奔流。

"回去吧。"他说，迫不及待地向往触手可及的浪漫春宵。

咪咪减慢速度，时间就像冰川一样滑动，迅速汇入黑暗之海。

飞船悬停在密林上方，带动旋转的风。树冠暴躁摇摆，发出地动山摇的哀号。

奥苏紧靠着咪咪，一种熟悉的颤抖从她体内荡漾着漫延过来，细微涟漪在空气中摇曳。他伸出小臂，又试探性地碰了碰她。咪咪没有躲开，反倒用小手指绕住他的小臂，眼睛直勾勾望着，就像要把视线点燃……

"哦！"许久，两人同时惊醒。

"天哪，我在干什么？"奥苏想，要是被监控拍下来——在侦察飞船上暧昧，可就太尴尬了！

咪咪往后靠了靠，试图离他远些。一阵微寒的、疏远的气息再次潜入两人中间。半晌，谁都没有说话。

"那个，夜里的景象……你还没见过吧。"终于，咪咪打破僵局，装作不经意地将奥苏面前的后视眼关闭。

"她在没话找话……"奥苏想着，还是不由自主向窗外望了望。

他惊呆了。在这没有任何人工灯火的夜里，漫天繁星竟好像落在脚下——树冠上、枝叶间，闪动着星星点点、蓝幽幽的火，在飞船激发的风浪中忽明忽暗，梦幻般缥缈。

"这……这是什么？"

"我也不知道。"咪咪回答，"每次想要近距离观测的时候，它们就不见了。不过，像这种神山，周边森林在夜晚都会发光，可能是一种磁场效应——仪器测出，神山附近电磁干扰都很强烈。"

奥苏奇问道："'神山'是什么？"

"呀，神山都不知道。"咪咪笑他，"这座星球到处都有神山，距离基本相当。两足群居动物就是对着这些大山顶礼膜拜——所以丁尼才给它们起名叫'神山'啊！"

"原来如此……你刚才说，神山附近都有磁场？"奥苏好奇心大胜。记者的敏锐告诉他，这里面大有文章。

"是啊，你看——"咪咪指向右下方的圆形表盘，荧光色指针正对着神山方向疯狂摇摆，"丁尼也对这现象大惑不解，认为是星球三大谜团之一。"

奥苏正要追问何为"三大谜团"，就看到在舷窗左后方的密林中，一丛蓝光跳荡着亮了一下，立刻重归黑暗。

"那是什么？"

咪咪将前后视眼全部打开，三百六十度扫视窗外。

"哪有什么……呀，真的！"就在她扫视的同时，仍是同一片密林，蓝色火光再次一闪而逝。

"去看看！"奥苏兴奋地说，"罕见的奇景啊！"发现星球隐藏的秘密，这是每个记者梦寐以求的际遇。

咪咪却犹豫了："一般遇到这种不明物体，舰队都要求我们留下影像资料——如果可能的话，采集信息素，然后必须撤退。在不明所以的情况下贸然涉险……"

"呀，什么涉险不涉险的！"奥苏急得身体一亮一暗，就像远方招摇的密林，"不过是去看看，又没要你下飞船！"唉，这时奥苏觉得，如果自己会驾驶飞船该有多好！他用颤抖的乞求的气息缠住咪咪，眼中灼烧着焦虑。再过一会儿，如果闪光消失，就全完了……

"天哪，你可真会磨人。"咪咪咯咯笑着，"说好，只去看一眼就回来！"

奥苏满口答应。

飞船平滑掉头，没有一丝震颤，向着左后方飞去。咪咪得意地瞥向奥苏，谁知他全然顾不上，只赞一句"驾驶技术真高"，眼睛直勾勾盯着目的地，恨不得挣脱飞船的束缚，直接跳上去。咪咪噘了噘嘴，娇嗔地甩过头，操纵飞船继续前行。

密林深处的幽蓝色光源陡然增亮,仿佛感受到飞船临近,同时快速闪烁起来。

"这……"咪咪有些迟疑。

"快,快过去!"奥苏催促,"一定有什么东西在那儿!"

咪咪小心翼翼地调整着速度,几乎是让飞船在滑行中靠近密林顶端。引擎的声音降到最低,奥苏能听见舷窗外树叶"哗啦哗啦"的骚动。他恶狠狠地盯着那一片闪烁的蓝色幽灵,它像回应一般越发耀眼起来,明暗交替越来越快,面积也变得越来越大,犹如漆黑一片的水下,藏匿不住的妖魔鬼怪纵身跃向苍穹。

"天哪!"咪咪惊呼一声。

脱离密林的蓝色光源骤然分散,化作一个个跳荡的光斑,盘旋着、冲撞着,编织成一幅张牙舞爪的可怕图景,向飞船猛扑过来!

飞船再无法保持平稳。咪咪下意识地陡然后仰,背朝下翻转180度,飞船来不及转正便落荒而逃。若不是船体设有微型重力场,两人一定会狠狠摔在船舱顶上。

"什么鬼东西!"奥苏恐怖地尖叫。

光斑竟然毫不迟疑,笔直向飞船逼近。飞船在翻转状态无法保持全速,立刻被上下左右的光斑困在当中。此刻看来,那蓝幽幽的一片再不似星空般静美,反倒像被加热的分子,狂躁地高速运动,一个又一个向飞船撞了过来。闪烁的刺眼明光在舷窗外流星般滑过,令人难以直视。奥苏有一种奇怪的感觉,似乎有成千上万双眼睛正逼视着他,直直看到心底,他无处可逃……

"去死吧!这东西真让人抓狂!"咪咪一边驾驶飞船左冲右撞,一边咒骂,"你能不能别闪了!"

奥苏这才注意到:在慌乱中,自己无意识地变换着颜色,红黄蓝紫狂乱交替,给飞船内部染上了绝望的气息。他强迫自己平复情绪,抑制住体内时刻要冲破皮肤的躁动，然后扑到舷窗上观看。

窗外原来是一大群会飞的生物，它们圆滚滚的腹部在气流激荡下迸发出明丽的蓝光。翅膀接近透明，高速扇动中几乎不着痕迹，仿佛借助着某种非自然的力量悬停半空。方才那被逼视的压力也并非错觉——在蓝色魔鬼细细的腰身上面，是大得不成比例的头颅，而头颅的大部分就是两只空洞怪异的眼睛——那双眼睛转向你的时候，你会觉得它们既盯着你看，又穿透了你的身体。没有表情的目光仿佛徘徊在你的前胸，同时又在后背攀爬。这真叫人毛骨悚然！

每一只飞虫都大得惊人，三四只并在一起就和船体不相上下。数量更是可怖，它们在空中凌乱地穿梭往返，左右盘旋，速度极快，发出令人头昏脑涨的嗡嗡声，铺天盖地一般将渺小的飞船裹挟其间。

进攻开始了。仿佛有谁下达了指令，三五成群的蓝色光斑突然同时向飞船撞击。

"妈呀！"咪咪手忙脚乱，全凭本能，才在千钧一发之际从那粗壮的肢体缝隙中逃走。

攻势一波接着一波，腹背受敌，有些成功躲过，有些却闪避不及。不堪重负的飞船仿佛太阳磁爆中的一块陨石，身不由己地剧烈颠簸，让人担心它随时会解体。蓝色魔鬼个个视死如归——那些壮烈牺牲的个体在飞船外壁留下黄褐色的汁液，随即挥舞着六条细腿掉落下去。空下的位置，很快又会由队友补上……

飞船颤抖着，在这大自然的恐怖狂潮中呻吟。

"没有武器吗？"奥苏绝望地向咪咪怒吼。

"当然没有……侦察飞船……天啊，又来了！"咪咪根本顾不上与他交谈。

错过了最初的躲避良机，如今飞船已被这发光的魔鬼团团围住，再也逃不脱了。咪咪尝试着向上下左右突袭。但那些飞虫全然没有喜生恶死的本能，面对全速冲击的飞船，毫无躲避意图，反倒自杀式地合拢，一次又一次将飞船逼退。咪咪的努力毫无成效，渐渐急躁起来。

"一定有办法的。"奥苏告诫自己。稳住，不要慌张！他望着窗外纷繁芜杂的光影。"天啊，简直是群魔乱舞。"他想。但是……好像……什么地方不太对劲——在那看似随机的冲杀中，隐然透露出一种秩序，似乎有一双看不见的手在指挥调度，就像……就像……

"信息素！"奥苏忽然明白过来，"用信息素！"

"什么？！"咪咪一边审时度势，准备下一次突袭，一边高呼。

"信息素啊！它们用信息素交流！"奥苏狂热地喊叫，"释放信息素，现在就……快啊！"

五点光斑从三个方向同时袭来，咪咪惊叫一声，下意识地听从奥苏的指挥。飞船表面忽然滑过一道一道水波状条纹，用于船际交流的信息素瞬间充斥四周。奥苏紧张得几乎把自己在舷窗上压扁。不同种群的信息素是否能起到干扰作用？干扰的强度能有多大？能否将飞虫的交流通路彻底隔绝？

奇迹出现了。正在俯冲的五只飞虫突然停了下来，疑惑地在原地打转，似乎突然被蒙住双眼，再找不见敌人的去向。

"扩大！扩大信息素范围！"奥苏下令。

咪咪不由自主地服从于他的"权威"，机械般执行，将信息素释放到"舰队交流"的空间。

奥苏紧张地望着窗外。不一样了——虽然依旧飞舞不定，但隐藏在群体中的秩序明显消失了，原本密不透风的围墙被扯开一道道裂痕，原本此起彼伏的冲袭完全销声匿迹。接着，更不可思议的一幕出现了，那些飞虫似乎彻底失去了方向，彼此在空中碰撞跌落，跟跟跄跄。

"太奇异了！"奥苏感叹着，心鼓犹自狂敲不止，"走，从那条'路'冲出去！"

飞船继续闪动着明暗相间的条纹，精准调整方向，势能累计一挡、二挡、三挡……

"走了！"咪咪孤注一掷地高呼，飞船像箭一般地直射出去。

完全没有阻碍。光斑间的空隙不但没有像先前一般地合拢，反而在飞船带起的风中进一步撕扯开来。几只飞虫靠得过近，翅膀被风刃齐刷刷切断，旋转着向密林深处坠落。方才还是重重叠叠的包围圈瞬间便被突破，飞船直向高空挑头，皎洁月色映在奥苏眼里，美得不可方物。

安全了！奥苏浑身脱力，一下子靠在墙上，又软软地坐倒在地。咪咪也将操纵权限完全交给飞船，皮肤笼罩着惨白的荧光，委顿在操作椅上，一句话都说不出来。

星光，洒落在无边无际的绿树之海，曾经美得令人窒息的景象，如今竟成了梦魇过后的心悸。

"咪咪……"奥苏有一种逃出生天的感觉，不自觉地伸出手，向身边生死与共的同伴寻求安慰。

"呸！"咪咪突然爆发，"你这笨蛋！非要看什么'奇景'！"

奥苏愕然。

"你这笨蛋！笨蛋！笨蛋！笨蛋！"咪咪一个劲骂着，再不理会他惶恐的目光，硬生生地切断两人间的信息连接。突如其来的暴怒让身体充满力量，她愤然挺立起来，四只手同时搭在操作杆上。飞船桀骜不驯地甩过头去，既没有减速，也没有延迟，拖着伤痕累累的躯体向归程方向狂奔。

第七章

好猎手在睡眠中也能察知风吹草动。乔叶起身的时候，落雨松就醒了。

"不过是起夜。"他想，在温暖的树叶中翻了个身。夜晚静谧，让人难以抗拒睡眠的诱惑，更何况心爱女人就陪在身旁。他打算等到太阳把林子另一端的天空照亮再赶回去，凭借自己的脚程，估计能在族人出门前抵达。

乔叶到哪里去了？半天没有回来。他迷迷糊糊伸出手，摸了摸旁边依旧温热的土地，心里很舒坦。

就这样，一辈子守着一个女人，估计还没有谁尝试过吧？落雨松对自己的特立独行隐隐有些得意。还是个漂亮女人，他想，而且全心全意惦念着自己。如果能顺顺当当生下孩子，他就是部落里唯一确知子嗣的男人了，该有多美妙⋯⋯

"哗——"草叶轻微的颤抖，让落雨松一下警觉起来。

他没有动，只悄悄抬起头，辨识声音。那是人的脚步，蹑足潜踪、生怕惊扰猎物的脚步⋯⋯浑身肌肉紧绷，落雨松缓缓转动脖颈，判断声音来源——四面八方⋯⋯浓密草难以压抑的摩擦声从四面八方传来，时断时续。没有经验的猎手会误以为是风的玩笑。然而落雨松已然明了：他被包围了！从脚步判断，十来位经验丰富的猎手已将自己困在当中。他伸手摸到石矛，又喟然放下。没有用了，与其此时做无谓的挣扎，不如保留精力，见机行事。

索性不再等了。落雨松一骨碌着坐起，对着密林深处大喝："出来吧,我听到你们了!"

林中忽然齐刷刷安静下来,然而只持续片刻,便被一阵毫无节制的纷乱惊扰,犹如暴雨突降。终于,前后左右,草叶陆续分开,八位身强力壮的神山族猎手从藏身处跳了出来。

落雨松不禁苦笑:"果然瞧得起我,竟来了这么多!"他四面打量,不禁感叹神山族人才之盛——个个看起来身手不凡,只从他们坚实有力的掌骨和匀称光滑的肌肉就可见一斑。八个人全都手握石矛,摆成严谨的防御态势,明显经过事先训练。反倒是落雨松大剌剌地坐在原地,没有一丝战斗气息。

"我是河谷族猎手落雨松,想必你们已经知道了。"他平静地说,目光从每一位猎手脸上扫过,却没有停留,"谁是领头的,报个名吧!"

出乎意料,其中一位身材比较瘦小的猎手站出一步,未说话,先脱去上身披戴的皮毛,挥手甩给他。落雨松这才意识到自己赤身裸体,有些不好意思,忙接过皮毛,缠绕在腰间。

"我是神山族猎手追风。"瘦小猎手等他整顿停当,方才开口,同时向族人使了个眼色,包围圈随即缩小。

"若非敌人,应该是很好的搭档吧。"落雨松不禁想。

"落雨松,早听说过大名。"追风戒备不懈,语气却很客气,"坏了你的好事,十分抱歉。你看到了,我们势在必得。你手段虽然厉害,但孤身一人,恐怕……"

"我明白。"落雨松打断他,抓过石矛,横着抛了出去,"没有必要跟自己过不去。给你们刺得七窍流血,最后还不是要被扔进猪笼草里祭神?罢了!"

乔叶……乔叶在哪里?落雨松用余光四处打量。哪儿有她的身影……

"那就好。"追风显然松了口气,向对面一位膀大腰圆的男人示意。那人便从兜囊中拽出一根皮绳，在落雨松身后蹲下。

双手双脚被缚的时候，落雨松不禁感慨：真是造化弄人！前几日刚刚将神山族的猎手捆绑结实，送上不归路，如今就轮到自己走向人生终结。不知道辛朱听说此事又会发表什么高论？好不甘心啊！

八位猎手见落雨松被捆得结实，终于松弛下来，呵呵笑着击掌相庆。追风向远处的密林打了个呼哨，尾音忐得意满地向上轻挑，就像野犬翘起的尾巴。落雨松惊奇地看到草叶再次分开，又有四名猎手跃了进来——原来设了两层埋伏。看来这次狩猎，神山族下了苦功，操练恐怕不止一日吧？想必围追堵截，各种局面都有应对方案。谁知自己这么容易便缴械投降，难怪敌人扬扬自得。

追风一声令下，落雨松便被捆绳结的猎手一把扛到肩上，毫不费力的样子。这让他又想到了阔叶，不禁苦笑。原来，被扛在肩头是如此难受。猎手蹿高跃低，颠簸如同抖动的蝉翼，他肌肉横突的肩头不断在小腹上撞击，落雨松险些呕吐起来。

好在路程不远，十二位猎手健步如飞，几乎没有交谈。高大树木从横在半空的眼前掠过，退向可望而不可即的远方。草叶敲打在脸上，划伤了面颊，但他顾不上疼痛——晨露的芬芳令人心醉。啊，他怎么从来没有注意过，晨露也会像果子酒一般馨香？

神山族！两年来只在村外偷窥，今天终于进到村里——却是如此狼狈！落雨松东张西望：一座座茅棚与河谷族别无二致，只是布局略有不同。河谷族依水而建，所以地势平坦，村民的茅棚散落在绵延的河滩上，看不出区别。唯有南木和辛朱的住所略高大些，卧在上游河湾里，位置更佳。神山族依山而建，茅棚明显集中得多，沿着渐渐隆起的地面簇拥而上。中央高大的茅棚一目了然，定是大首席科学家的住处。落雨松被倒提在半空，就向那里一步步靠近。

"神山族的猎手啊，神祝福你们！"

一声高亢呼唤，震得人头皮发麻。落雨松被扔到地上，十二位猎手同时单膝跪倒。想必是赤土，敌族的大首席科学家。

他奋力扭过头，顺着两条粗壮的腿向上望去。先看到了一身崭新油亮的皮毛，随后是宽阔胸膛上悬挂的头骨饰链。落雨松再接再厉，几乎要把脖子扭断，终于看到了赤土的脸——方方正正，眉目粗重，如果事先不知道，谁能想到他和白峰竟是同母异父的兄弟？

被吵醒的族人从旁边茅棚里陆续走出，见到赤土也都行过礼，站在一旁。

"啊，抓到了！"

"终于……"

"好健壮的男人，这一次可要好好祭神。"

"没错，上次那个，实在太瘦弱了……"

族人们都很高兴，七嘴八舌地评论起来。清晨的静谧一扫而空，村落里飘荡着欢庆的气氛。

有年轻女人走到近旁，低头检查落雨松的身体，按一按他肌肉结实的胸背和小腹，啧啧叹道："好棒的小伙，就这么祭了神，真可惜啊。"

"咦，你想怎样？趁还没有祭神，晚上去找他啊！"立刻有上岁数的女人嘲弄地说。

赤土站在一旁，对这亵渎神明的言论只微微一笑，没有呵斥。落雨松对赤土印象很好：他完全不像辛朱那般飞扬跋扈，族人和他站在一起，除掉最初的行礼，就像同伴一样。

嘲笑归嘲笑，上岁数的女人却也靠了过来，在他身上摸索。

陌生女人的碰触让落雨松很不习惯。他挣扎着想坐起来，无奈手脚被捆得太过结实，拼尽全力，终究还是立不起来。追风见状，忙俯身握住他的手臂，将落雨松扶起。

"谢谢。"对将自己置于死地的敌人说谢谢，是不是有些怪异？

追风点了点头,眼神中闪过惺惺相惜的同情。落雨松有些难过:曾几何时,自己也用同样的眼神看过另一位猎手——而他,如今已经倒在丛林深处,慢慢开始腐烂了吧?

"为什么要这样?"落雨松不明白。他低头看着自己健壮年轻的身体,不相信生命即将离去。

四周,神采飞扬的男人,事不关己地有说有笑。

"你们也可能有这样一天啊。"他想。

可是,为什么呢?不只是他,还有已死的阔叶,还有待死的白峰……拿起屠刀的也不只别人,还有他自己……从前作为猎手,觉得死亡遥不可及,他根本不认为自己有一天也会死去。没错,他手持石矛、石刃,剥夺过无数生命,但那都是命中注定倒在面前的亡灵。他还从来没有像今天这样,想到那些生命在作别人世的时候,也会发出痛苦的呻吟……或许他也曾想到过,就像面对阔叶的时候,却选择转过头去,又将它抛入遗忘深渊?

听说,被用作牺牲的人,就连灵魂都不会留下。"多么可怕!"落雨松忧伤地想。同样的人,喝着同一条河流的水,为什么要争先恐后置他人于死地?说是献给神的祭礼——可是神要到什么时候,才能放过世人呢?

熟悉的脚步声,将落雨松从胡思乱想中唤醒。乔叶!他猛然抬头,那正在走来的小巧玲珑的身影,不正是乔叶吗?一路上,落雨松都在设想与乔叶重逢的场面。该说什么,该做什么,他没有想好,现在也不知道。奇怪的是,即便落到这步田地,想到乔叶的时候,首先涌上心头的不是怨怼,而是……羞愧。此情此景,该如何面对这背叛了自己的女人?落雨松既想扭过头去,又忍不住盯着她看,看她短小的兽皮、宽大的脚掌,看她如何迟疑着停下,又如何鼓足勇气前行。

乔叶低着头,将泫然垂泪的脸藏在阴影里,快步走向赤土,仿佛走得慢一些，好容易累积起来的信心就会轰然倒塌。没有转过头来，她径直走到赤土脚下，单膝跪倒，继而双膝，匍匐在地。

"神的使者，大首席科学家啊……"她颤抖着指向落雨松，"我把这个男人献给神，换取我弟弟乔木的生命……"

落雨松脑袋里"嗡"的一声。他多笨，怎么没想到这一节！无论是在神山族还是在河谷族，乔木这样身无长处的青年，除了在牺牲紧张的时候用来祭神，还能有什么前景？

赤土伸出右手，触摸乔叶的头顶，庄严地说："神已经免除了对乔木的责罚。他很快就能回到你的身边。"

乔叶艰难地站起身。赤土又说："你要告诫乔木，如果不抓紧练习，成为对部落尽职的猎手，神的责罚终有一天还会落到他身上。"

乔叶顺从地点了点头，转身离去，自始至终没有向落雨松看上一眼。

族人都感受到空气中流淌的凝重，纷纷停止了交谈，仿佛她带走了一片欢声，留下的，只有清晨惨淡的阳光和冰冷的大地。

赤土命令追风和另一位叫雷之眼的猎手押送落雨松到地牢去。所谓地牢，就是在祭台附近的地面挖一道笔直的深坑，于大祭神之前的几天，让做牺牲的青年苟延残喘的地方。腰上皮裙又教人一把扯去，在坠入黑暗之前，赤身裸体的落雨松与祭台正中那棵硕大的猪笼草正面相对。时间在这一刻走得异常缓慢，他望着那株可怕的食肉植物——惨绿色的笼壁上，两道猩红条纹仿佛死者唇边滑落的血渍。

"这就是我的归宿……比河谷族的还要壮观……两个我叠在一起，怕也比不过它吧？"身体不断下坠的时候，落雨松就在心里惊叹。

"啊！"出乎意料，地牢下面竟然是软的……不对，从叫喊声上判断，他意识到自己正好砸在什么人身上。

被砸中的人一边呻吟,一边吃力挣扎,扭动身体想从他下面挣脱。落雨松还没有从震荡中缓过神来,便又被摔在地下。好在这次不重,他吐了吐嘴里的烂泥,翻身躺倒,大口喘着气。

黑暗压了下来。

"这么说,他们真的抓到了?"坑底那人突然打破沉默。

"什么……哦,你说我?是的,他们抓到了。"落雨松苦涩地回答。

一声悠长叹息:"乔木走运了……"

"你也是神山族的?"落雨松奋力将身体靠向洞壁,利用坑底的坡度一点一点蹭着,希望坐直起来。

"是啊。我叫驷水。"

听声音还很年轻,应该和乔木差不多大。借助微弱的亮光,落雨松奋力打量。虽然看不真切,还是从那张稚气未脱的脸上发现了怠懒与惊慌。

"我叫落雨松。"

"河谷族的落雨松?"

咦?落雨松苦笑,没想到自己名头这么响亮。

驷水来了兴趣:"你怎么会被捉住?听说你……你不是……哎,你怎么上钩的?"

"真的是'上钩'。"落雨松自嘲,"说来话长,不提也罢!"

"哦……"驷水沉默了。

半晌,那边忽然又问:"你知道……他们要把我们怎么样吗?"

落雨松听出声音在颤抖,就像胆战心惊的灵猫走上春天的薄冰。估计自从被选中,这问题一直就在他脑海里盘旋,终于迫不及待地问了出来。

"你们神山族,我不知道。不过,估计差不多吧。在我们那里,首先要'清洁'三到五天,就是让咱们不吃不喝,排净体内污物。"

说到这里，他忽然想起刚才摔下来的时候，溅起满地污泥，有一些还飞进嘴里。啊，不堪回首！

"三到五天，都要饿死了。"驷水呻吟着抱怨。

"后面还有呢。"男人的软弱在落雨松心底引发本能的反感，他干脆说得一板一眼，好似与自己全无干系，"清洁过后，他们会把你拉上去，用水冲刷身体，把你洗得像初生婴儿般光滑。随后你会被扔进蒸腾的水中浸泡，等到皮肤薄得能看到血液在下面奔流，他们就会带你到祭台中央，用柔韧藤条鞭打你，直到血痕遍布全身——这叫'净化'，是为了将魔鬼从体内赶走。这样，在神的祭坛上，你就成了最最纯净的牺牲……"

天哪，从没细细想过，原来祭祀的过程如此血腥，如此痛苦。他曾经站在远处，听祭台传来撕心裂肺的哀号……但那时没有其他念头，心中涤荡的，唯有对神的敬畏——有罪的肉体在至高至善的神面前无处可逃。神用大能的手，将罪恶从牺牲以及一切生灵身上剥净。

驷水没了动静，难道吓得晕过去了？落雨松停下来。那边却又传来气若游丝的声音："然后呢？"

"呀，你还醒着！"落雨松不禁好笑，"然后是放血。据说要把你捆绑到树上，身体悬空，用矛尖在两腋、双肘、腿窝、脚掌，还有什么地方，一一刺破，让鲜血慢慢流淌，一滴一滴，一股一股，直到你咽下最后一口气，或者脚下土壤全部变为黑色。这就是你为自己，还有全族人的罪恶，付出的代价！你，要为一切生灵'赎罪'。"

"哦……"驷水痛苦地用头撞击洞壁。

"这一步过后，就是献祭了。献祭的过程没人见过，就连大首席科学家都无权窥视……对了，被抛下地牢的时候，你有没有看到那棵巨大的猪笼草？那就是神的道场。在'清洁''净化''赎罪'之后，他们会把你——刚刚死去或者奄奄一息的你——丢进去。你将被巨大的盖子死死扣住,陷入永恒的黑暗。在猪笼草的笼底,你或是溺死,或是慢慢溶解。大约十多天后,盖子打开,连一粒骨渣都不会剩下!"

驷水忽然放声大哭,倒把落雨松吓了一跳。

哭声总让人心软。黑暗中,隐约可见驷水低垂着头,肩膀一跳一跳,抖得像寒风中的婴儿。"他还是个孩子啊。"落雨松感慨,"无论身体是否发育成熟。在心智上,他还是个不折不扣的孩子……"鄙夷渐渐让位于悔恨:不该把这惨淡前景告诉驷水——他懦弱也罢、胆怯也罢,还有几天活路?为什么不在生命的最后时刻,留给他一丝希望?落雨松越想越不是滋味:其实,自己比他又强到哪儿去?这么喋喋不休地说着,还不是借此维系随时可能坍塌的勇气?

"驷水……"他歉疚地开口。

男孩止住了悲鸣,转为抽抽搭搭的啜泣。

落雨松宽慰道:"其实,我们两个,也不该束手就擒。想想办法,也许……"

"雨……雨松哥。"驷水蓦然爆发了力量,被束缚的身体跳蛙般弹起,狂热地扑倒在他脚下,"你带我上去吧!带我上去!我跟你走……我听你的……我一辈子都听你的!我不想死,我不想做牺牲啊,雨松哥!"

落雨松目瞪口呆。

第八章

即便头脑最简单的女人,也知道如何折磨对自己有好感的男人。

奥苏看到咪咪和丁尼在一起有说有笑，气就不打一处来。餐厅里人不多，丁尼不管不顾地开怀大笑，格外引人注目。咪咪特意将信息素边缘作了模糊化处理，调笑的味道就像稀薄的晨雾，时断时续地向奥苏飘来。奥苏故作镇静，对这明目张胆的挑衅视而不见，端庄地捧起一如既往难喝的汤，小口呷着，还用手指在桌面上戳戳点点，读着菜谱，一副饶有兴趣的样子。

透过窗户，可以看到外面下着雨。灰蒙蒙的天空，衬得树林都失去了神采。

丁尼和咪咪站起来，肩并肩向门口走去，"正好"经过奥苏的桌子。

"咦？自己吃饭？没有人陪你？"咪咪故意停下，假装刚刚看到他的样子。丁尼在一旁傻笑，老态龙钟的眼睛里血丝密布，丑陋得无以复加。

奥苏气得扭过头，大声吸着早已冰凉的例汤。咪咪笑着一把挎过丁尼的大臂，丁尼受宠若惊，身体不由自主迸发出桃红色光斑。他察觉到失态，忙收敛心情，将体色降为暗淡的紫红。晚了，远处传来嗤笑声。丁尼有些窘迫，不知所措地站在原地。咪咪倒依旧笑容可掬，挽着他款步离开，消失在门外。

"噢……"奥苏长出一口气，累死了。

自从昨天死里逃生，这还是第一次正面与咪咪相遇。奥苏知道，咪咪对丁尼这老古董当然并非真心，餐桌调情只是为了气一气自己。但她的目的达到了。就算明白，男人的骄傲还是把奥苏折磨得痛苦万分。何况，如果说咪咪与丁尼是逢场作戏，和自己难道就算得上认真？今天的危机如果不小心处理，明天或许就真的分道扬镳了。

奥苏端起碗，把水一般无味的例汤一饮而尽。

小时候，他最厌恶下雨天了，因为没有办法缠着妈妈带他去林带。他不喜欢被困在铜墙铁壁的小屋子里，靠随手抓来的无生命的东西消磨时光,就像现在。他喜欢鲜活的生命。因此,当他第一眼看到这座星球,就被深深迷倒——那么多生机勃勃的植物,不就是从小梦寐以求的天堂吗?然而梦想和现实总有差距。身在天堂,却依然困守方寸之间。窗外的绿意成了无止无休的诱惑,日子久了,便让人筋疲力尽。

沿着母舰的步行道漫步消食,奥苏百无聊赖地举目四望。飞船巧妙地利用感官错觉,造成了一种无边无际的效果。浅灰色道路似乎一直铺展到天边,在地平线的方位轻巧折转,从左右两边平行绕回身后,与脚下道路首尾相接。文明是多么神奇!奥苏不禁感慨。想想飞船下面,那些浑浑噩噩的众生,在最疯狂的梦里也不可能预见此般景象。

"然而也是文明,束缚住我们的脚步。"弗洛忽然出现在身旁,吓了奥苏一跳,"对不起,我无意中接收到你的信息。"

奥苏忙点头示意:"呵,我正发愁没有同伴……"

"你最近不是和咪咪打得火热吗?"语调中丝毫听不出嫉妒,反倒隐隐有些鼓励。

奥苏却尴尬起来。若是一般同伴,大可以说一句,"女人啊……"敷衍过去,或者干脆打开话匣子,倒一倒苦水。但在弗洛面前,总觉得有几分别扭。

"哦,这个……"不知如何接话,奥苏只好突兀地转移话题,"你刚才说,文明束缚什么的,是怎么回事?"

弗洛心领神会地一笑,似乎在说:"老兄,我知道你玩的把戏。"

"文明啊,是一句不确定的允诺……"弗洛说出的话如此意味深长,忽然就有了学者风度,"我们以为几千年、几万年累积下来的文明能让我们过得更好,我们总以为古人生活在水深火热之中。但见得多了,才知道这一切都是不确定的。"

他转身指向远方的绿树，那是用虚拟现实折射出的外部环境："你想过没有，真正生活在这一望无际的绿色中，也会是一种幸福？"

奥苏不禁点头，随即又摇头，反驳道："绿树只是表面。活在其中是怎样的感受，我们根本没有办法确知——即便打开舱门，走到外面，也不过是隔着厚厚的防护服，浮光掠影地转一大圈，其实身体还留在熟悉的环境中。我想说的是，也许我们过得更好，也许他们过得更好，但谁都不可能知道。"

"你错了。"弗洛宽容地笑着，"有办法知道。我们的身体不都经历过基因重塑吗？你和我一样，有三次机会让身体自我调整，融入完全陌生的生态。即便在最不适宜生存的地方，也能苟延残喘。从这里的情况看，恐怕还能活得舒舒服服呢……"

"但那是星际移民才有权启用的功能。"

"没错。可如果——只是如果，禁令解除，你会不会脱下防护服，走出飞船，让身体与这绿色星球对接。以丧失一次调整机会为代价，为你的问题寻求答案？"

奥苏无言以对。

"这就是我说的，文明的束缚。"弗洛侃侃而谈，"文明并没有向你许诺，说'舱里的日子一定比舱外的日子好过'。可你却心甘情愿为了它，放弃到外面一探究竟的可能——就连看一眼的勇气都没有。这，难道不是一种束缚？"

弗洛离去的时候，奥苏沉浸在满心失落中。不仅因为那关于"文明"的高谈阔论，而且因为弗洛落落大方的风度，为他敲响了警钟。

"咪咪怎么可能拒绝这种男人？"他自问，无奈地摇了摇头。最好一切都是传闻，否则自己在舰队上，就再也找不到同伴了。

奥苏沿着笔直的步行道折返，左右看不到人影，就像没有了咪咪的生活，空荡荡的，很无趣。他心情低落地回到卧室，发现传呼灯一亮一暗——是总执行官蒲迪思。"真晦气。"他摇摇头,把刚扔到床上的长衣重新披好,走出门去。

蒲迪思的办公室在中央控制厅尽头,奥苏没有刻意加快脚步,整整花了一顿饭的工夫,才蹭到跟前。与所有房间一样,这间办公室也隐藏在墙体内部。奥苏来得极少,颇费了番功夫才在平整墙面上找到端口,将识别码敲进去,墙面便凹陷下去,最终形成一条狭窄通路。他走了进去。

蒲迪思正盯着墙壁沉思。奥苏看到,墙面上是行星开发委员会传来的民意统计,虽然只是阶段性数据,已经可以看出大致倾向——多半民众支持将两足群居动物划定为"非智慧生物"。

"呵,你来了。"蒲迪思嘲讽地说,显然对他的姗姗来迟颇为恼火。

奥苏对着显示墙点一点头,意思是:"我知道要谈什么了。"

"母星的民意数据你看到了。"蒲迪思说,"虽然不像预想中那么顺利,但毕竟在向好的方向发展。这多亏了你那几篇'绝对客观'的报道。"蒲迪思的字典里从没印过"克制"二字。

奥苏见怪不怪,释放出彬彬有礼的信息:"我的报道基于我的心,我的心基于我的眼睛。"他微笑着,觉得自己很得体。

蒲迪思不屑地哼了一声了:"无论如何,根据民意局统计,母星约有65%的民众参与投票,其中57.4%的人倾向于我们的意见。"

好家伙,"我们的意见",奥苏齿冷。谁给他的权力,把自己的意见强加于整个舰队之上?

"但这不算什么。民众是最不值得信任的家伙。"蒲迪思继续说,在布满数字的墙下走来走去,"我见过高达95%的民意,一夜间掉落为零,就因为某些嚼舌头的小文人。"

"没错。"奥苏昂起头,迎着他咄咄逼人的目光,"他们确实能做到。"

"无论如何，"蒲迪思摆了摆手，似乎对这种形式上的对峙不屑一顾，"我要你再写两到三篇报道，侧重描述两足群居动物的原始和野蛮。我想，有行业操守的记者大人，这不违背你的自由意志吧？"

奥苏思考片刻，点了点头。

"我可以答应。"他说，"但是我的报道仍会忠于事实。而且，我要求对这三篇报道所引起的后果享有免责权。"

蒲迪思上下打量着他，恨不得用眼睛把他吞进肚里。房间里弥漫着浓重而刺鼻的信息，就像飞船发生故障时拉响的警报。奥苏寸步不让，干脆切断了与信息的连接，并且低下头，似乎突然对自己的鞋子发生了兴趣。

"好。"蒲迪思终于回答，"以现在的情况看，你的'事实'就是对舰队的支持。"片刻过后，他又威胁道："不过要明白，因为你先前的报道，舰队行动已然受阻——你知道如今大伙儿对你的态度。如果再写一些不负责任的东西，让行动变成遥遥无期的等待，那时其他人怎么想，可就不是免责权范围之内的事了。"

奥苏气得半晌没说话。不得不承认，蒲迪思的嚣张有一定道理。舰队中，有人支持"智慧生物"，也有人支持"非智慧生物"，但无论哪种人，都希望一锤定音。漫无止境的苦等不是记者的错，但在舰队成员看来，就只能怪到他奥苏头上——毕竟他是"目的星的代言人"。他们对记者抱有不切实际的期望：要他施展过硬口才，说服民意局和行星开发委员会，速战速决。奥苏自己也希望如此，但没有拿得出手的立论，他怎能掷地有声地向母星保证："是我亲眼所见——听我的，不会错！"

"'亲眼所见'？是啊，应该去看一看的！"在返回卧室的路上，奥苏恍然大悟。

与其整理、摘抄科学家的数据，拼凑干硬文章，不如眼见为实，亲自去两足群居动物的领地一探究竟。侦察飞船可以让一切可见光绕道而行，也就是说，能做到"对肉眼隐形"——在不引起动物注意的情况下，进行低空观测。虽然这对动力源消耗极大，飞行距离有限，但每天侦察一次，还是可行的吧？

奥苏为自己的想法欢欣不已，职业诉求驱使他直接向咪咪的卧室走去。

"这也是重归于好的机会。"他对自己说。

咪咪不在卧室，奥苏又折到技术舱去找。她果然在那儿，正和一群年龄相仿的小技术员说说笑笑。奥苏一进来，谈笑立刻停止，无数只眼睛投来好奇的目光，还有几位身上泛起荧黄色微光。

"我是来找你帮忙的。"奥苏边说，边释放出连接请求。

咪咪没有理会，直接转到一旁，在操作屏上敲敲点点，一副忙得不可开交的样子。

"咪咪……"

依然没有答复。奥苏觉得自己傻透了。

"蒲迪思叫我写三篇报道。"他耐心地跟过去，解释说，"需要到两足群居动物的栖息地看看……"

"哦。"咪咪索性坐下，不感兴趣地闭上眼。

奥苏有一种手足无措的窘迫。漫延在他身边的信息素得不到回应，就像夏日尾声的花儿一样，渐渐凋零。

"听着，昨天的事很对不起。我没想到……"

忽然轻快地打断："昨天什么事啊，我都忘了？"

"咪咪，别闹……"

咪咪又严肃地质问："谁闹了？昨天什么事，就是不知道。"

奥苏的耐心难以为继。"那我就不提了！"他赌气说。

"本来也没提什么啊。"

"本来想道歉的，你却……"

"是吗？再见！"

奥苏张口结舌。"我需要帮助……"半晌，他还在绝望地重复。

"你这笨蛋！"咪咪陡然提高了声调，"我都说了'再见'，你怎么还不走啊！再见！"

竟然一点情面都不留，各色目光炮弹般落在他身上，同情、鄙夷、嘲讽、幸灾乐祸……奥苏落荒而逃。

"难道没有她，我自己就不能驾船出去？！"恼羞成怒的奥苏向侦察飞船一路狂奔。连咪咪这种没头脑的女孩都能驾驶，凭什么他就不行！

母舰共配备二十五架侦察飞船，整齐划一地排在底层。随便找一架开走就是——不过需要通过信息素验证。这可怎么办？奥苏犯了愁。他从墙壁上调出飞船说明书，仔仔细细地研读好几遍，希望找到打开舱门的其他方法。然而没有。

"没指望了！"他一声叹息，将手臂放在光洁的墙壁上，孤注一掷地释放出验证请求。

出乎意料，舱门凭空出现，继而向两旁平稳如水地滑动。

"咦，原来咪咪将我加为联合驾驶人了！"奥苏有几分惊喜。这能否说明两人的关系更进一步了呢？

"但这是什么时候的事呢？"他又想。不太可能是昨天，从昨天回来直到现在，她不一直在生自己的气吗？比那更早？可那时他还没有央求咪咪教过他呢。那么说，还是昨天？一边加为联合驾驶人，一边还要当众羞辱自己——女人啊，真是不可理喻！

奥苏满心疑惑地登上飞船，坐上操作椅。"好吧。"他深吸一口气，"先不管这些——现在，让我再来试试！"

他集中精力回忆昨天新学到的要领——释放信息素，与飞船操作系统建立连接，调整动力系统，检查制动，将引擎摇杆放在第一挡位……战战兢兢地操作到第五步，才发现忘记将动力源打开。他一边嘲笑自己，一边重新开始。飞船摇摇晃晃离开地面，转了个圈，缓缓向外面滑行。

"到关键步骤了！"奥苏给自己鼓劲，在确保角度精准的同时，缓缓将速度参数释放出去。

开始爬升，飞船异常平稳。奥苏兴奋得手脚颤抖。冰冷雨丝的触感从船舱外面传来，他打了个寒战，忙切断了温度同步。熟悉的风声，又在耳边吟唱，奥苏一面小心翼翼地调整高度，一边极目四望。多么壮阔的风景！此时此刻，延绵不断的大地臣服在他脚下，山川河流任由他饱览。奥苏既感到得意非凡，又觉得不可思议。

但是，去哪里呢？眼前一片苍翠遮住视线，哪儿有动物的影踪？除非……他想起咪咪说过，神山附近有两个互相仇视的部落。

"就去神山吧！"他鼓足勇气。

昨天九死一生回到母舰，他从丁尼那里得知，袭击他们的生物叫作"胡蜂"，是一种夜行性巨型昆虫，只在傍晚到午夜之间活动。

"所以，这时候过去，想必不会惊扰它们。"奥苏对自己说。

神山非常好找，不仅地势较高，而且只要顺着仪表盘疯狂摆动的方向前行，就一定能够到达。他揣着十二分的小心，分两步调整角度——先水平，后竖直，以免手忙脚乱，再出什么差池。飞船驯服地转过头去，直奔昨晚拼命逃离的地方。

"走吧！"奥苏对自己说。

飞船猛然扎了出去，像失去控制一般。他大惊失色，才意识到刚才不小心将心里所想当作指令，传输给了飞船，忙请求减速。哪知飞船却回应："系统判断速度正常，建议维持原状。"

风声呼啸，敲打神经，奥苏感到一阵眩晕。从最初的慌张中恢复过来，他反倒兴奋起来，想起上学时第一次参加极限运动——不过是从五十层楼跃下，哪能与现在这风驰电掣的高空飞行相提并论！广阔空旷的天穹渐渐让奥苏忽略了速度。他就像浸泡在风里，每一个关节、每一寸皮肤都沾染上风的气息。快一点，再快一点！

"呦吼！"他纵情高呼。

警报毫无征兆地响起。奥苏吓了一跳，以为又撞见了胡蜂。然而左顾右盼，却看不到迹象。警报越发急迫，问题究竟出在哪里？忽然，飞船颠簸起来，船体也陡然倾斜。他忙更新角度信息，却没有得到回应，飞船依旧我行我素，一上一下地跳跃。再次发送角度，这次有了回应，飞船突然翻转，向另一边倒去。随后，好像还嫌不够紧张，船头骤然向下倾斜，带着奥苏一并向地面俯冲。

"磁场！"等奥苏明白过来的时候，他已经完全乱了阵脚。是磁场让飞船失去了控制，在他的指令和飞船的回应之间造成扭曲！

"哦！哦！哦！"奥苏急得忘乎所以，指令一个接一个发出。船头终于抬了起来，向后，再向后……哎呀，又不听话了！飞船原地翻腾三百六十度，又重新斜着身子开始坠落。

一定有办法的！奥苏听着凌厉的风声，头脑转得飞快。咪咪曾经驾驶飞船到神山附近收集资料，所以一定有办法控制飞船，一定有的！他绝望地释放出一连串相互矛盾的信息，四只手疯狂扳动所有可以触及的操纵杆。有办法的，总有办法的……他敲打着舷窗……一定有办法的……

熟悉的感觉！一股强大的信息场凭空出现，奥苏仿佛被巨手硬生生地从飞船上扯离，针尖般的气流刺得人睁不开眼。咪咪的话在耳边响起："飞船判断你不具备驾驶资格……强行断开与你的连接……"然而这一次似乎有所不同——不仅失去了与飞船的连接，就连触感都消失得无影无踪。

他睁开眼，一下看到头顶的银色圆球迫不及待地远去。风在耳边狂笑，他打开后视眼，看到地面向自己肆无忌惮地扑来。

"我被弹出飞船了！"奥苏恐惧地意识到。

大地仿佛是吞噬一切的旋涡。他张开嘴，发出一声撕心裂肺的惊号。

第九章

黎明时分，一把石刃从天而降。

乔叶？落雨松努力屈身，向上张望，只看到微微发亮的天空，几片曲曲弯弯的树叶在微风中摇摆。张望片刻，就觉得头晕眼花，他连忙躺倒在地。整整三天什么都没吃，仅存的一点体力，决不能浪费在无谓的努力上。

驷水被他吵醒，咕哝着抱怨："好不容易睡着……刚梦见生火……还没咬一口呢……"

自从那天精神崩溃，驷水就把落雨松当作救命的最后希望。然而夜晚接着白天，任凭落雨松如何绞尽脑汁，依然一筹莫展。地牢下没有任何工具，无法割断绳索。况且洞壁光溜溜，找不到可以抓握的地方，即便挣脱束缚，又怎么可能像鸟儿一样飞出生天？

驷水重又放弃希望，昨天一下午都在仰头大喊："给点吃的吧！饿死了！好歹给一口饭吃！"

落雨松被吵得耳朵嗡嗡响，训斥道："够了，省省吧！"

驷水不服气："省什么省！省下的力气能把绳子挣断？"

落雨松暗叹。他还没有放弃希望。好猎手永远不会在结局到来之前泄气。落雨松无端觉得，生命不会就此结束。纵使现在想不到逃生法门，仍须保留体力——否则在机会到来的时刻怎能抓住？可惜，这道理不会有人对驷水说起。

第一天夜里，两人曾经短暂交谈。落雨松由此得知这孩子自幼便没了亲人。妈妈在一次外出采集浆果的远征中遇难，永远消失在密林深处。族中有人想抚养驷水，却被他顽劣的脾气折磨得放弃，最终还是赤土挺身而出。

"让神的荣光感化他吧！"赤土说。

大首席科学家的确手段高明，软硬兼施，管教得驷水服服帖帖。年幼的他，常常为了躲避一顿鞭子而在芭蕉叶下诵经，为了多吃一条鱼而在瀑布底下修炼。驷水虽然调皮，却很聪明，经文背得滚瓜烂熟，赤土非常满意。有几次，驷水还在半梦半醒之际与一个"光明的声音"对话，醒来后记得一清二楚。

他向赤土转述，赤土惊异地说："那是神的声音啊！只有少数天赋异禀的人才能听到！"于是让他将对话内容原原本本背诵下来。

"这不是八岁小孩能编造出来的。"赤土听后感慨，并鼓励他，"好好学，跟着我。等我老了，兴许你能当上大首席呢！"

谁知这光明无限的前途，却最终毁在他自己手上。差不多两个月前，魔鬼潜入驷水的心里。他竟然学别人的样子在夜晚外出，悄悄跑到河谷族的领地追求露水情缘。结果第一次就被赤土发现了。

驷水在神面前发下毒誓，力证自己"什么也没干"。赤土心软，饶过了他，只带他到议事场外，剥去衣物，当众责打一顿。这样，美梦彻底落空——神不会与德行有污点的族人交流，更不会让这样的人充当他在部落中的代言。

赤土依旧善待他。"你不会狩猎，还是安心做一名科学家吧。"

他惋惜地说，"以你的天赋，日后想必能成为大首席科学家的得力助理。"

然而驷水太不争气。安分守己十多天后，居然再次偷偷跑去河谷族。由于赤土放松了对他的培养，这出格的行为，头几次竟然没有被发现，直到他成功追求到一位姑娘，两人好事做成。

那一夜，前所未有的美妙体验让驷水年轻的身体欲罢不能，终于烂泥一般瘫软在地，再也起不来了。结果引来大祸。一觉醒来，驷水惊恐地望见日头已在正中，明晃晃的就像自己的罪行。"完了！"他想。现在回到部落，不啻公然承认走婚事实。

他决定逃跑，在无尽的绿树中寻求庇护。但自幼没学过狩猎技巧的他，怎能在密林中生存？只过了两天，就饿得眼冒金星，摇摇晃晃回到神山族，直接摸到一座茅棚中，抱着一缸捣烂成泥、准备酿酒的野果，狼吞虎咽。直到赤土闻讯赶来，他还在大快朵颐。

驷水编了个弥天大谎，告诉赤土，自己是在午夜时分"被一位神秘访客叫出门去"，并引导他在人迹罕至的地方静思，"倾听来自天上的声音"。然而这一次，赤土根本不信，直接拉他到祭台正中，一手卡住他的脖子，一手直指向天："神明在上，你敢发誓说没有一句妄言吗？！"

驷水觉得要被掐死了。他明白自己应该发誓，应该一口咬定没有说谎，但在那时，他看到天上有一只圆睁的眼，正怒气冲冲盯着自己——那眼中泛起的银光让身边一切都褪去颜色！恍惚中，他看到族人们纷纷跪倒，就连赤土也匍匐在地，直到"天上的眼"渐渐隐没，部落归于平静。他清醒过来，发现自己倒在地下，赤土和众人依旧站在身旁。

"是你的罪行，引来了神的震怒！"赤土厉声高呼，手指颤抖着顶在他头上。

驷水感到无处可逃，他不知道到底发生了什么。是真的见到了神？抑或只是神的灵在他头脑中显现？他痛哭流涕，承认自己犯了罪，"身体已经不再干净"。盛怒中的赤土再没有一丝怜悯，当下命人将他剥了个干净，扔到地牢底下。就这样，他遇到了乔木，还有顶替而来的落雨松。

"你那'天上的眼'我也见到了。"听过驷水的故事，落雨松告诉他。

驷水耸耸肩，他已经不再怀疑，是命运让他沦落至此。神的大能，他岂能蒙骗？神的责罚，他怎可逃脱？落雨松出现的一刻，驷水觉得仿佛看到一线生机，因此挣扎着、绝望地向他求援，但那不过是犹疑的尝试。随后，眼见落雨松无计可施，他便重又坠入听天由命的低谷。

"我求你救我出去，再一次触怒了神。"他恐惧得牙齿打战，"注定受尽折磨才能死去了！"

落雨松哑然。

然而第二天，空空荡荡的肚子就逼迫他再次犯戒，公然违背"神的旨意"，向族人大喊大叫乞求施舍。

"我现在就想吃一顿饱饭！"在喊叫的空当，他对落雨松说。

地牢下面飘荡着难闻的味道，除了两人的排泄物外，隐隐还有身体缓慢死亡的气息。落雨松叹了口气，果腹的欲望如此强烈，就连他都有向洞口高呼的冲动：扔下点东西来吧，什么都好！

谁知就在这群星渐渐隐退的早晨，竟然梦想成真——虽然不是食物，但在落雨松看来，却比食物更为美妙。

"起来！"他对驷水轻呼，"我们有救了！"

"什么？"驷水半睡半醒，不明所以。

"等我一下。"落雨松笨拙地翻动身体，向另一边滚去。地牢很小，两次翻转就到了头。

一定是乔叶。落雨松一看到石刃就笑了,仿佛透过上面粗糙的孔窍窥见她机巧细腻的心思——刃柄绑在石头上,确保落下来的时候刃尖朝上,不会误伤。多好,乔叶还惦记着他……

他试图将后背转过去,用手指摸索着捡起石刃,然而这比想象中要困难得多。于是他翻回来,像蚯蚓一样原地打转,把头凑过去,奋力用牙齿叼住石刃。石刃上冰凉的污泥沾染了舌头,咬在齿间的分量让他打了个激灵。啊,他从来不知道,石刃如此沉重,就像他们的黎明,沉甸甸的命悬一线。

落雨松估计,大祭神就在日出之后。从昨天早上开始,不绝如缕的唱诵就被风带着从地牢上空飘过。可能因为与自己性命攸关,听起来格外怪异:既没有明显的高低起伏,又带着装腔作势的抑扬顿挫。在河谷族,科学家们集体唱诵一天之后,就会召集族人在祭台周围聚集。盛大的祈祷仪式过后,留下几名精心挑选的猎手在外围守护圣地,其他族人必须马上回到茅棚,在"牺牲"被抛入猪笼草前不得跨出一步,否则就要触犯神的怒火,很可能成为下一次祭祀的牺牲。

"快点。"落雨松催促驷水,"没时间耽误了。"

他的计划是,两人互相用石刃切断腋下和小腿的藤条,这样既可以避免被神山族发现马脚,又可以在时机成熟的时刻用力挣断绳索逃亡。

然而驷水退缩了。

"不行。"他说,"神的手已经把我们牢牢握住……"

"胡说!"落雨松火冒三丈,"是魔鬼引诱你犯了罪,神不过是要你记住这次教训!否则,我怎么会进来,这把石刃你又如何解释?"

"那可能是神的试探……天哪,我该怎么办!"

"好吧，我自己来。"落雨松故意缓和，"过一会儿，我自己逃到外面，好好吃一顿……你就等着当饿死鬼吧！"

"呀，雨松哥，我跟你走……"

两人以极其别扭的姿势相向躺倒，背对着背。落雨松先试着用石刃去割驷水的绳子。石刃磨得很锋利，三五下就能切断一根。

"疼……疼……"

刃尖难以避免地蹭到他的细嫩皮肉。

"忍着点！轻声！"落雨松语带威胁。

换成驷水，也不知道是故意报复，还是手下确实没有准头，连续在落雨松的胳膊上划了好几下。落雨松咬牙忍住，待血止住后俯下身，在坑底的烂泥中蹭了蹭，遮住血痕，以免引起敌人警觉。

接下来是小腿。"这需要一点技术。"落雨松背过身给驷水示范——左手摸索着捏住他腿上的绳子，右手用石刃在每段上都轻挑一下。这样，绳子虽然没有断裂，却已经薄弱得如同枯草。

"上去的时候腿千万不能用力——稍不留神就会迸裂！现在你来给我弄。"

"呀，太难了。"驷水抱怨道，"我肯定学不会……要不然你上半身挣脱开了，自己把腿上的绳子解掉吧。"

"哪儿来这么多废话！"落雨松怒道。

驷水吐了吐舌头，依样尝试，结果把不少藤条完全割断。

落雨松连忙喊他住手："再这样下去，就要被发现了！"想了想又道，"听我指挥，慢慢来！我说'割'，你就轻轻地割，我说'停'，你就必须停下，懂了吗？"天色越来越亮，饶是落雨松一向沉稳，也不禁着急起来，声音中透着严峻，犹如巨石压在驷水身上。驷水被这气场震慑，再不敢插话。

在落雨松的指引下，驷水终于成功将五根藤条割得将断未断，估计再割上七八根,就可以毫不费力地挣脱了。落雨松心下稍安。然而这时,头顶传来喧闹的说笑声和脚步声——神山族的人来了!

"快,最后一下!"落雨松催促,"能划多少是多少!然后扔到角落去,快!"

驷水哆哆嗦嗦,石刃控制不住,一半藤条、一半皮肉地划了下去。

"嘶……"落雨松疼得倒吸一口冷气,腿上立刻鲜血直流。怎么办?仓促间流血无法止住,一定会被看到。如果有人低头检查,就会发现绳结上的手脚。怎么办?

没时间了。落雨松当机立断,身子一挺,重重撞在驷水身上,两人一道滚落泥中。

驷水大骇:"雨松哥……你干什么?"

"叫!"落雨松在他耳边咬牙切齿地说,随后不顾一切地高呼,"哎呀!啊!啊!救命——"

驷水惊呆了,被落雨松压在身下,脸贴着地面,一句话也说不出。

上面的人加紧脚步跑了过来,有人扒在洞口高呼:"怎么回事?"

"快下来……这人饿疯了!"落雨松装作气喘吁吁,"一个劲乱咬……哎呀……已经把我的腿咬烂了!"喊罢,又在坑底夸张地翻腾,故意弄出很大动静。驷水是个聪明人,立刻明白过来,身体剧烈扭动,假意与他厮打起来。

一根藤条长蛇般甩落,一道身影枭鹰般降临。那是追风,他瘦小的身体在地牢中活动自如,一下来便循声跃起,抬腿重重地踢向正压在落雨松身上的驷水,将他横着踹了出去。驷水疼得头脑昏乱,再无法动弹。

"糟了!"落雨松的眼睛早已适应黑暗,这时惊惧地看到驷水腿上的绳索几乎完全断裂,只有寥寥数根还纠缠在一起。再看自己,也好不到哪儿去。只能祈祷追风千万不要低头,千万不要……同时暗自绷起臂膀——万一被他看穿，只有奋起一搏了！

好在追风的眼睛还没有适应，仅勉强分辨出两人方位。他见争斗平息，便扯过垂下的藤条，咕哝一句"对不住"，将落雨松悬挂起来，一声招呼，藤条被洞口的人七手八脚扯了上去。

"哇！"出现在上面的时候，落雨松浑身恶臭，几乎让人窒息。拉绳子的几个始料未及，手一松，险些又将他扔回坑底。

"太好了。"落雨松庆幸，"这样就不会有人仔细查看了！"

驷水被拉上来的时候引起巨大轰动。不少族人是看着他长大的，骤然见到这副破落惨状，心下不忍。有女人甚至出声啜泣起来，不过立刻就被左右制止住了。

"这是神的罪人！不可为他哭泣！"

猎手们用石矛将两人拨到旁边的巨大芭蕉叶上。落雨松觉得身下软绵绵的，估计有好几层。蕉叶边缘拴着四根藤条，四位猎手各持一端，拖着两人向祭台走去。

大概因为神山族领地较小，祭台离得很近。也就三四十步的样子，落雨松便看到那株硕大猪笼草在头顶耀武扬威，笼体的花纹在晨光中十分艳丽，好像即将享受美味佳肴一般欣喜若狂。他暗自咬紧牙关："让我们来试一试，谁更强吧！"

赤土站在祭台上，身披大首席科学家才能穿的华丽装束。他上半身兽皮将两肩严严实实地包裹起来，不像普通猎手那样，露出一条胳膊和半边胸膛；下半身是两片长可及地的毛裙，一前一后将双腿覆盖。赤土身边，四位助理科学家的穿着和一般猎手差不太多，只是赤裸的右肩上缀着一串牙饰——也不知是兽牙，还是先前牺牲的牙齿。助理科学家身后，一口巨大石瓮上蒸汽腾腾，估计热水刚刚烧好，以便在集体诵经后，为两人"净化"。

落雨松和驷水被拖到祭台脚下，还没来得及喘口气，便被一大股冷水劈头盖脸淋了个透。骊水呛得直咳嗽，泥浆从嘴里喷出，混着身下污水一道流走。

族人早已聚集在祭台旁边。赤土抬起手，下面骤然安静。落雨松这才注意到，他手上还擎着一根光滑油亮的藤条。他想起辛朱似乎也有这样一根，号称"神赐"，只在祭祀的时候拿出来使用。

神杖悬在半空，停顿片刻，又向下压落。众人就像被看不见的力量压在头顶，一齐单膝跪倒在地。

"世界虚空，极细如丝。"

赤土高声领诵。族人立刻跟读，声音拖长就像无尽的流水。低沉声音让原本光明一片的清晨有了肃杀意味，竟渐渐阴云密布，飘起细弱的雨滴来。

"十重大千，四重世界。"

"神乃世界之光，可聚可散。"

"神乃时间之祖，无快无慢。"

"神乃无处不在，动荡无休。"

"神的灵行于狭缝之中，经万千窄门而无阻。"

"神不可见，见则归一。"

"……"

"好奇怪。"落雨松暗道，虽然科学家的穿着、诵经的程序截然不同，但经文与河谷族竟然如此相像。除去一些顺序颠倒和增删，几乎一模一样。

领诵之后是齐诵。赤土的声音洪亮如同春雷，即便被众人盖住，也总能在不经意中冒出头来。

"神沉睡之日，你等务须默念。"

"神醒来那日，天地必将倾覆。"

"信神的人有福了，因为神必将十倍报于他。"

"敬神的人有福了，因为神必将免他的罪。"

"神的灵行于万物，你等须敬畏万物。"

"不敬万物的人有难了，因为神必重重责罚于他……"

众人沉思诵祷，匍匐于神的脚下。雨渐渐大了起来，仿佛神有感于人世虔诚，用温润大手拂过众生。落雨松向驷水轻轻点了点头，暗暗用力将两臂、两腿的藤条撑断。往日，他私下总嫌诵经时间太漫长，今天却觉得如此短暂。神山族的经文何时结束？他后悔没有早向驷水询问，现在只能竭尽全力，加快速度。结果动作大了些，旁边一位猎手被响声惊扰，睁眼观看。

"嘿! 你干什么! "

落雨松奋然抽出两臂，发狂般撕扯腿上最后几根。其他族人被猎手的高呼惊动，纷纷抬眼。时机稍纵即逝，落雨松像兔子般一跃而起，向一位反应较慢的猎手扑去。那人还没有从对神的敬畏中清醒过来，便被夺走了腰间石刃。

"你须默念神的名字……呀，怎么回事？! "

"跑! "落雨松身体急退如风，对着驷水大喊。

"雨松哥……"驷水可怜巴巴望着他，眼神中充满了惊慌与无助。这孩子，根本没有力气挣脱剩下的藤条！

时间仿佛慢了下来，落雨松的眼神四面扫过。他看到赤土已经从出神状态中恢复，正惊诧万分地伸手向他指来。近处十几位猎手半跪半起，蓄势待发。然而有几位转身太猛，被自己的腿绊住，扑倒在旁人身上。远处还有不少族人双目紧闭，尚不知这边变故突发。最后，一步之遥，驷水眼中充斥绝望的泪水，孩子气的鼻翼微微颤抖，无助得就像夏日里的一块冰。

落雨松感到身不由己，竟然无法迈步向远处奔逃！

"废物! "他骂着纵跃回来，将驷水扛在肩头。

就这片刻耽搁，已经有七八位猎手站立起来，训练有素地左右四散，将近旁的出路守得严严实实，随后一齐向他发动进攻。

落雨松原本就没打算往那边跑。他恶狠狠盯着祭台上张牙舞爪的猪笼草，一步跨上。赤土正大呼小叫，骤然见落雨松近在咫尺，惊得退后一步——别看他身材魁梧，但毕竟不是猎手，变故当前，根本无力还击。四位助理科学家也手足无措，眼睁睁看他一把扯住赤土的皮毛，顺势一甩，抛在猪笼草下。落雨松早已通盘想好，没有片刻迟疑，趁神山族猎手近身之前高高跃起，挥舞石刃向猪笼草的笼蔓砍去！

猪笼草虽大，连接笼身的藤蔓却极其细弱。危急中迸发出的巨力沉聚手腕——成与不成，就在俯仰之间！

"咔！"笼蔓应声折断，落雨松后背一靠，教笼身向另一侧倾斜。成功了！他仿佛听见头顶大而无当的身躯发出一声痛苦呻吟，随即轰然倒下，向赤土压了过去。

"啊！"奔袭上来的猎手吓坏了，忙放过敌人，纷纷向猪笼草抢去。

"神啊！神啊！"驷水也被这亵渎神明的行径惊呆了，下意识缩起身子。

机会来了。落雨松将驷水在肩上扛稳，趁众人忙于救"神"的瞬间向祭台另一端奔去。

"追啊！"身后一声喝令。原来是追风反应过来，向身边猎手呼唤。五六位猎手被他叫醒，一道"呀呀"叫着，向两侧包抄。

没有地方跑了。前面、左右，三个方向都有人拦住去路，在雨雾中就像宿命的守卫者。落雨松寡不敌众，手无寸兵，肩头还扛着个累赘。除非……他转向身后。部落远在身后，异常浓密的大树仿佛一道围墙，将人的脚步划定在外。落雨松精神一振，向后便逃。

"那边是神山啊！神山不能进啊！"驷水在他背上声嘶力竭地高呼。

第十章

　　一夜凄风苦雨，奥苏险些被冻得僵死过去。离开藏身的大树，他迫不及待下到林中空地，在温煦的晨光中取暖。

　　伤口已经不再流血，但摔得青青紫紫的地方依旧酸疼。身上湿透了，他脱下残破的防护服，放到一边。昨天被飞船强行弹射出来，防护服自动张开，覆盖全身。但随后便在穿越茂密树冠时划得稀烂，连雨水都抵挡不住。树冠撕碎了防护服，却也救了他的命。看那一地残枝断叶，便知昨天下降的冲力竟有多大。奥苏受了重伤，生命垂危，却因祸得福，身体的自我调整功能被强行触发，在修复大部分脏器损伤的同时，顺道适应了地面环境。不过耗时过长，等他苏醒过来，光明已经完全隐退，夜晚如同帘幕一样垂在眼前。陌生环境总让人恐惧，何况身处幽冥——阴云将星光月色与人世阻隔，看不见的雨滴从叶片间飘落，无止无休。奥苏听到身周奇奇怪怪的声音此起彼伏，忽远忽近，分不清真实与幻象。他怕极了，本能地认为树上会更安全些，便找了棵笔直大树，手脚共用，爬到高处哆嗦了一夜，一直等到天光大亮。

　　"我在哪里啊？"回到明丽阳光下，奥苏的思考能力随体温恢复。

　　大约是神山正中，因为四面八方笼罩着强烈磁场，方向感应完全失灵。

　　"怎么办？"他没有头绪——为今之计，必得先凭直觉走出山区，摆脱磁场的控制，再想办法向飞船求援。然而环顾四周，除了被自己砸出的空地，到处藤条密布、乱叶丛生，哪儿有道路？奥苏哭丧着脸,徒手拨开树丛,望着瘴气缭绕的前方,犯起愁来。

咪咪在干什么?母舰想必早已得知他出了事故,为什么没有派飞船前来搜救?难道飞船来过,却正巧赶在他自我修复、人事不省的时候?还是蒲迪思刻意报复,延迟了搜救时间?

想到咪咪,想到蒲迪思,他内心的怨愤之情陡然升起。

"要不是因为他们,我怎么会落到这步田地?!"奥苏大声说,话音迅速在草叶间消散,没有任何回响,仿佛形单影只的旅客踯躅远行。寂寞,就像昨夜的雨,淋湿他的心。

"唉,说什么也要走出去,回到飞船……"他叹口气,心一横,低头缩肩,毅然从密网般的藤条间钻过,正式踏上征途。按照坡度判断,左手边该是下山的"路"。

"扑通!"谁知刚走出几步,脚下突然踩空,奥苏结结实实摔倒在地,瞬间陷入臭烘烘的朽叶丛中,连脑袋都沉了下去。

"呸……"他挣扎着坐起,吐出滑进嘴里的泥沙,恶心得直摇头。眼前有条树根,旁逸斜出的就像救援的手,他一把抓住,将自己拔到高处,气喘吁吁地躺倒在地。

天哪,原来儿时去过的林带只是精心修护的花园!平坦土地、结实路面——哦,他多么怀念那脚踏实地的感觉!此时此刻,望着头顶遮天蔽日的枝叶,他几乎要哭了。这漫漫征途,何时才是个头?

好一会儿,奥苏才鼓起勇气,挣扎着翻过身子,站立起来。

"咚!"一不留神,他的头顶又撞在低矮藤条上,眼冒金星。有只看不见的鸟在高处"呱呱"叫起,仿佛嘲笑他的笨拙。奥苏捂着头,咒骂遭天杀的藤条,继续前行。

密林中水汽蒸腾,潮湿异常,昨夜的寒冷很快被难以忍受的闷热取代。摔摔打打中,奥苏忽然惊奇地发现:自己浑身上下被水层覆盖,就像岩石上的晨露。

"怎么回事？"他好奇地抬起小臂。一滴"露珠"滑落下来，折射出璀璨光芒。哦，他明白了。原来为了适应地面生态，身体自我调整出了新的散热系统。原本，鱼尾座α第四行星人的皮肤细密光滑，为显示色泽而毛孔稀疏。如今，在这迥然不同的环境里，皮肤门户大开，将不需要的热量随体液带出。那么说……他试着改变体色，果然感觉大不相同——新皮肤需要适应，他掌握不好"力道"，忽明忽暗极难控制。

奥苏惋惜不已：适应环境果然是有代价的啊！据说，身体自我调整后，要经过三个周期的循环才能彻底复原，希望到时……

"哎呀！"猛一抬头，正看到一双小眼睛贼溜溜盯着自己。奥苏一声尖叫，差点坐倒在地。树梢上的小动物也吓得不轻，毛蓬蓬尾巴一抖一抖，飞快钻进树洞里去了。

"呼……"奥苏惊魂未定，决定绕道而行。

"这星球到处都是古怪的动物。"他想，"最好能有什么方法躲开……咦，对了！"灵光一现，他忽然想起：如果变为树叶的颜色，不就相当于"隐形"了吗？

奥苏费尽力气，终于把自己变为难看的墨绿。"聊胜于无吧。"他自我安慰。

问题是，真的有用吗？他心里没底。毕竟只是在上学时，听老师提起"远古时代的动物"曾经这样防身。当今，第七纪文明时代，哪儿还有动物通过"保护色"隐藏自身？在母星历史的漫漫长夜，多少绚烂奇异的生灵都因无法逃脱明察秋毫的信息素扫荡，死在科学的罗网之中。直到第六纪文明末期，动物保护意识逐渐兴起，人们终于如梦方醒：唯有学会隐藏信息素的动物存活了下来，星球生态却已遭到无可挽回的破坏……

"这里，也有能接收信息素的动物。"奥苏忽然警醒地想到胡蜂，

"坏了!"好半天情绪大起大落,又未加注意,散发出的信息素恐怕早已传遍四方了吧?如果有不怀好意的捕食者接收到它……

仿佛为了与陡然而至的恐惧相呼相应,身后忽然传来轻微的落雨般的声音,沙沙沙,沙沙沙!他仰头四望,阳光在树叶间闪烁,并没有雨。沙沙声不绝如缕,他僵在原地,生怕再弄出声响,惊扰密林中的幽灵。然而没有用,那声音似乎不偏不倚,直向这边前行,战鼓一般,渐渐紧凑起来。

"妈呀!"奥苏一跃而起,再顾不上什么"保护色",什么"隐身",向枝繁叶茂处落荒而逃。

他跌跌撞撞,不断被贴地生长的藤条所绊倒,被半高不低的枝叶划伤。但他无暇顾及——那沙沙的声音一直不紧不慢跟在身后,就像存心戏弄他一样,久久不愿消散,又迟迟不肯现身……

"谁来帮帮我!"奥苏在心里流泪。

天无绝人之路。奔跑中,丛林大发慈悲,一片凭空出现的"旷野"对他敞开胸怀。啊,那真是逃亡者的乐土——不但地面平整,就连树木都没有一棵。取而代之的,是一丛丛齐肩高的"野草"。可以全速奔跑了!奥苏抖擞精神,重获新生的喜悦在体内流动,赋予他无尽活力。

越来越近,"野草"的模样变得清晰起来。它们有着修长翠绿的叶片,虽然已近正午,但叶片上毛茸茸的粉红色触手依然挂满"露珠",流光溢彩,十分艳丽。"这是什么?"奥苏本能地避开,继续前行。然而"野草"越来越密,在身体带起的微风中摇曳不定。

他站住了。

这地方安静得有些诡异。回过头,沙沙声早已消失,死一般的寂静好像扬起的灰尘,缓缓落在身旁。他不敢往回走,只好左右张望,然而到处都是毛茸茸的叶片,交头接耳,透露出不怀好意的气息。

犹豫再三，他终于下定决心，试探着向貌似稀疏的一侧走去。事实证明，判断是准确的，小心翼翼走出五十多步后，前方豁然开朗。"野草"分出一条通路，熟悉的粗枝大叶像亲人一般在远方召唤。

"终于出来了！"他如释重负，快步向树林走去。

希望总会让人放松警惕。当脚下藤条般的怪异生物昂起头来的时候，已然晚了。奥苏明显惊扰了它，那三角形的头颅下面，本来浑圆的身体勃然张开，压为扁扁的薄片。鲜红色的分叉的舌头一吞一吐，颤抖着，犹如闪电划过天空。他试着向右跨出半步，接着又是半步，那东西却亦步亦趋，悄无声息地滑动身体，乌黑的鳞片在阳光下波纹般闪耀——不，应该说，它自己就像一道摇曳的光！

它真美……奥苏不禁赞叹。没有手足的动物，行动竟可以如此优雅！

不合时宜的审美戛然而止。毫无征兆地，那东西张开血盆大口，两颗弯曲的牙齿暴露在外。几乎就在同时，两道"水柱"从牙齿后面激射而出，电光石火之际，准确无误地落在奥苏圆睁的前视眼上！

"哎呀！"

鱼尾座α第四行星人的眼睛覆有保护层，这一下突袭本不至受伤。但惊慌中奥苏忘乎所以，向后连跨好几步，结果不经意间左臂划过毛茸茸的叶片，立刻动弹不得。奥苏愕然回头，惊讶地看到叶尖卷起，将他的手臂裹在当中！卷曲仍在继续，奥苏身不由己，连连后退。

"天哪，这草竟然会动！"他拼尽全力与叶片抗衡，哪知一不小心，右臂也蹭到叶子，同样被毫不留情地卷了过去！拉力大得不可思议，奥苏站立不稳，直向中心跌落。更多叶片受到触动，就像同时有了生命，疯狂向他袭来。他奋力挣扎，然而叶片"聪明"得很，每抽动一次，缠绕便会加紧一分，终于将他包裹得严严实实，连手指都无法弯曲……

奥苏筋疲力尽。现在万难脱身，呼吸也在紧张的束缚中困难起来。然而一旦停止挣扎，他立刻感到浑身上下说不出的怪异——星星点点、又疼又痒，就像刀尖在皮肤上轻轻地刺。

"消化液！"他猛然意识到，"这种植物……是食肉的……"

恍惚间，奥苏想起丁尼曾经提到：在这原始星球上发现了一类奇异的食肉植物，不仅硕大无比，而且捕猎手段极其高明，有的黏、有的卷、有的夹、有的等……然而，"食肉植物"这几个字过于刺耳——那美丽的绿色生灵，怎么可能和动物一样茹毛饮血？奥苏本能地反感，听过便忘掉了。

"怎么早没想起来……"他叫苦不迭。

痛感逐渐提升，隐隐竟像火焰炙烤皮肤。火苗从感觉最为敏锐的小臂蹿起，转眼便爬上肩头。接着，大臂、前胸、后背同时热辣辣燃烧起来，顷刻又波及小腿——无处可逃的、灼人的苦楚！

丛林对他的捉弄还远未结束。手足无措中，头顶传来嗡鸣的喧嚣。奥苏目不可视，但恐怖回忆立即苏醒。他的第一反应是：胡蜂！然而仔细听，又不太像。喧嚣渐渐逼近，强烈的信息素也如浪涛般掠过。前天在飞船里，胡蜂的信息被船体隔绝在外，他并未接收。但从现在传来的信息判断，头上嗡嗡叫的飞虫应该个头不太大，数量也少得多……或许是另一种野蜂？

奥苏的头顶晃动几下，身体陡然沉重起来。是野蜂落在上面？很奇怪，叶片对这明目张胆的挑衅不理不睬，依旧紧紧包裹住他，丝毫没有松动的迹象。透过厚厚叶片，奥苏感到五六只蜂上上下下不断爬行，仿佛在叶片间搜寻空隙。难道……

"哦！"

一根纤细刺针鬼魅般从大腿中部插入，就像阴风吹过，被刺中的地方顿时凉飕飕的。接着，以刺破处为中心，奥苏感到血脉仿佛上冻的溪流，冰面迅速扩大，彻骨严寒游窜开来，与火烧火燎的痛楚奇迹般交融在一起，切割他的神经！

接着，第二针从腹部刺入。随后第三针，从小臂侵袭……

被折磨得死去活来的奥苏恍然大悟：这蜂，与食肉植物是共生关系！针刺中的毒液，想必是帮助消化的良药，至于奖赏——很可能就是在他死后，分得一杯羹了！

"天哪！我为什么要遭这份罪！"奥苏痛苦呻吟，不顾一切地将皮下神经统统切断。

他认命了。切断神经通路，就意味着缴械投降——冰火两重天的折磨略微平缓，身体得到短暂的喘息时间。然而这只是权宜之计，待毒素继续侵入身体，疼痛就会像潮水般加倍归还，一发不可收。更糟糕的是，刚刚经历过自我调整的身体，他无力在短期内重启机制。这意味着：此番遭难，他奥苏必死无疑！

"让一切快点结束吧！"痛苦中，这是他唯一的念头。

毒素发作比预料中要快得多。几乎同时，身前身后、四臂两足一齐剧烈抽搐，难以名状的痛苦从表皮钻入身体，灼烧、寒冷、刺痛、切割……万般苦难缠绕纠结，在无处可逃的体内翻腾狂笑！

"啊——"奥苏拼尽全力张开嘴，发出沉闷的、垂死的哀号。

忽然，叶片剧烈摇晃起来，叫嚷声仿佛天国的呼唤，透过叶片传进他的耳朵。奥苏身上轻了，同时彻骨冰冷也迅速退去。

"野蜂飞走了！"奥苏第一时间明白过来。但灼烧感随之增强，忽左忽右，变动不居——这不再是消化液的刺激，而是实实在在的火！

眼前一亮，原本缠绕在头部的叶片松弛下来，眩目明光从面前闪过，就像一道闪电。身上缠绕的力道逐渐削减，奥苏大受鼓舞，奋力撑起手臂……须臾，叶片完全失去斗志，一道道疲软下来，就像动物死后松弛的肌肉。

  终于可以顺畅呼吸了!奥苏大口喘气,却被滚烫的烟燎伤了喉咙。他惶惶然低头,发现火焰跳荡在下方——两个小人儿高举火把,正向那杀人不眨眼的绿色恶魔发动进攻。食肉植物似乎很怕火。火把所到之处,叶片瞬间脱力,在呼啸的风中挥舞倒下,仿佛伸向苍天求救的手。

  奥苏解脱了,却没有力气站稳,头重脚轻,轰然摔倒在地……

  "哎呀!"茅膏菜中滚落的大块头,让原本忙于战斗的两个小人儿惊诧万分,不约而同举着火把向后纵跃。身材瘦小的那位迅速躲到另一位背后,战战兢兢地探出半个脑袋,问:

  "这……这是什么怪物啊,雨松哥?"

第二部

TIME.SPACE.LOVE

　　远道而来的朋友啊，你问我们是谁——我们是三万年前退守神山的最后一批科学家，是人类火种的流传者，是地球文明的守夜人！

第十一章

落雨松的惊讶一点不比驷水少。他不敢轻举妄动,只站在原地细细打量。怪物委顿在地,庞大身躯比部落中最魁梧的猎手还要高出不少。尤其不可思议的是,它竟有两只对生的巨眼、四条双多节的"手臂",还有关节方向极其怪异的"腿"!刚才在林中步行,听到这边传来惊呼,还以为是哪个部落迷失方向、误入神山的猎手。哪知解救下来,却完全不是人类!

驷水胆战心惊:"雨松哥,我就说神山不能进来吧!赤土伯警告过:进入神山者必死无疑。我估计,十有八九就是这怪物捣的鬼……"

"别胡说。"落雨松虽然没有十足把握,但看那地上一摊烂泥状的身躯,哪儿像能取人性命的鬼怪?更别提它刚才险些被茅膏菜和细腰蜂吃掉了!

落雨松蹲下身，从脚边捡起一块石子，试探着抛了出去。

"咚！"石子打在怪物身上，发出沉闷的声音。

怪物一动不动，看来彻底昏死过去了。落雨松壮起胆子，缓缓靠近。怪物眼睛睁得很大，但毫无神采，配上突起且微微下弯的嘴，一副愁眉苦脸的滑稽样。落雨松慢慢蹭到跟前，用方才充当火把的树枝推了推它，毫无反应；又试探着用脚碰了碰，还是没有动静。

"过来，帮我把它捆住！"落雨松招呼驷水。

驷水磨磨蹭蹭不愿靠近。

"快点！"落雨松头也不回，威严地说。

一天一夜，驷水早已把落雨松视为超级英雄，说一不二。一旦落雨松态度强硬起来，在他耳中就成了不可违抗的命令。

先前听到的呼救那么急切、那么惶恐，他头脑一热，虽然心里一万个不情愿，没有多想便与落雨松一道冲上来救人，现在正后怕得很，谁知茅膏菜里又掉出个怪物。他没有转身逃跑已然不易，怎么可能再上去动手动脚？驷水战战兢兢，侧着身子，随时做好撤退的准备。

"接住！"落雨松抽出昨天捕猎时搓好的绳子，甩给驷水，"和我一起，用最快速度打成死结！"

说不紧张是假的，落雨松也担心怪物突然苏醒——这庞然大物如果发起怒来，天知道什么样子！两人数着"一、二、三"同时开工，手脚麻利地先套住脖子，再将四条胳膊缠绕起来，最后是腿和脚。一切如常，怪物顺从地被翻来覆去，哼都没哼一声。为谨慎起见，落雨松又让驷水去林子里再收集些野藤，多多益善。

"可惜没有皮绳。"他摇摇头，"草绳总怕不够结实，还是多捆几道吧！"

两人忙活到太阳偏西，眼见怪物全身上下密密麻麻地绕满了绳子，这才安心，拖着它从凶险的茅膏菜聚生区离开，回到丛林，找了棵粗壮大树，在两片板根间安顿下来。

比狩猎还累！两人坐倒在地，都不再说话。

四周一片寂静。落雨松闭上眼，强迫自己休息，不去想今天的遭逢和明天的打算，但很难。虽然吃得饱睡得着，其实他的神经一直绷得很紧。神山处处透着邪门，不仅植物茂密远超出一般林地，而且异常高大。细心的他还发现，树木到了这里，下盘都极其发达。蜿蜒曲折的、粗壮的根破土而出，手臂一般相互缠绕，分不清究竟出自哪棵大树。相反，茅膏菜倒比外面小了不少，而且罕见地聚生在一起，就像被周边大树"圈养"一般……不过话说回来，这些带给他的冲击，都比不上旁边这昏迷不醒的怪物。

"该拿它怎么办呢？"落雨松想。按说，遇上这种叫不出名字的怪物，应该毫不留情直接杀死，但他破例了。因为首先，他判断捆绑成这样，怪物已然没有危险——连茅膏菜的叶片都挣脱不开，看来力量不会大到哪儿去。其次，确实很好奇，想看一看它苏醒过来什么样子。最后，他不愿向自己承认的是：毕竟两人辛辛苦苦救它下来，再要了结它的性命，还真有些下不去手……

他向怪物望去，厚重的夜裹在身上，模糊了轮廓，让人觉得像一场荒诞的梦。不止怪物，这几天经历的一切，不都像一场梦吗？曾经肌肤相亲的乔叶、臭气熏天的地牢、千钧一发的逃脱、诡异邪门的神山，在脑海中云朵般飘过，渐渐弥漫成雾，叫人看不清前途。

"雨松哥。"驷水忽然怯怯地说，"我饿了……"

"什么？"落雨松这才想起，从中午忙到晚上，竟然没顾上狩猎。

作为猎手，风餐露宿、饥一顿饱一顿本就是常事。但驷水受不了，肚子很快咕咕叫着抽搐起来。他没有再出声哀求，却乖乖坐好，抱住膝盖，哀伤地望着雨松哥，一副落魄的可怜相。落雨松不禁莞尔，满怀的心事像被风吹走，消失得无影无踪。

共同落难、逃生，又在神山的密林中共度一天一夜，落雨松已把这小跟屁虫当成了自己的弟弟。他同情驷水的苦命，也恼恨他吊儿郎当的懒散——一路喊苦喊累，大惊小怪，状况频出，还笨手笨脚地差点从山坡上滚落——幸亏落雨松反应及时。然而他几次要发起怒来，都被一声谄媚的"雨松哥"阻住了嘴。

吃饭这事也一样。驷水毫无狩猎经验，落雨松也没逼他帮忙，谁知这孩子竟然得寸进尺，天都黑了还说什么"我饿了"，让人有些不悦。但再一想，他又觉得可以理解。驷水从未和猎手一道出过远门，除去昨天和今天两次见落雨松狩猎外，对狩猎的艰辛全无了解，因此不合时宜地提出要求也就不算过分了吧？

"不行。"落雨松一边动手生火，一边摇摇头说，"天已经黑下来，没处给你弄东西吃。"

"唔……"驷水"懂事"地缩成一团，好像这样就能让肚子不再翻腾一样。

火生起来了。夜色像合拢的手臂，将丛林紧紧抱住，只留下一片负隅顽抗的光明。落雨松借着摇曳的火光打量驷水，想起白天他不顾危险与自己一道"救人"。

"这孩子，本质倒很善良，只可惜缺了些男子气概。"他想。

昨天晚上，驷水吓得浑身战栗。在他看来，闯入神山与作为牺牲被投入猪笼草内无甚区别，"死掉"只是早晚的问题。落雨松当然没法反驳，毕竟人人都知道，神山是所有部落的禁地。不仅神山族附近这座，更远更偏的那些神山也是一样。但落雨松从小就想不通，究竟为什么呢？

"因为进去的人都回不来了。"妈妈告诉他。

"因为那是神的领地，当然不能沾染。"辛朱这样解释。

"因为里面有亡魂把守，擅闯者必死无疑。"南木有不同意见。

"没有为什么，自古就不能进入啊。"老猎手如是说。

按照驷水的说法，赤土认为神山是通往另一个世界的大门。而所谓"另一个世界"，驷水认为，就是死后的世界。

"雨松哥，我们肯定要死在这里了。"昨夜他挤在落雨松的阴影里，抖动着叹息，"他们说，我妈妈就是因为与族人走散，误入神山，才没有回来的……小时候，她给我托过梦……一身血，脸惨白惨白的……"

落雨松粗暴地将他推开："瞎想什么! 该休息了，你要不要先睡？"

驷水没有回答，像听不见一样。落雨松耸耸肩，心想："现在让他躺下，也睡不着吧？"

有什么事，比好好休息更重要呢？经验丰富的老猎手说：未到眼前的危险就不是危险。落雨松非常认同。他才不会因为什么人说过的一两句话、虚无缥缈的一个梦境，就把好端端的夜晚糟蹋掉呢! 他翻身睡倒，立刻鼾声大作。然而半夜醒来轮岗的时候，落雨松发现驷水还坐在身边瑟瑟发抖，位置都没有挪过……

好在今晚，兴许是一天平安无事，渐渐适应过来，又或许肚子实在太饿，无暇他顾，驷水竟没有再提"害怕"的事，也没有挤到他身边来。从刚才到现在，他一直抱着膝盖不断摇晃，眼睛偶尔瞥一下外面的黑暗世界，和那被捆绑住的庞然大物。

"雨松哥。"他忽然开口，"你说这怪物能吃吗？"

落雨松气得鼻子都歪了。真不知道他儿时受过多少饿，怎么一天到晚只想着吃？

"什么都没弄清楚——万一有毒呢？"落雨松语带训斥地答道。

"尝一尝啊。"驷水还很热切，"万一就很好吃呢! "

"这可不行。"落雨松威严起来，"从今以后，你就要在丛林里生活了。丛林生活第一课：永远不要吃不认识的东西。记住了吗？"

"哦……"驷水毕竟有些怕他,一听到声调提高,便只会唯唯诺诺,不敢多说话了。

他语气缓和下来:"从明天起,你要跟我学习自己狩猎。你没有经验,无法一个人在丛林中生活。现在有我,还不觉得怎样。等到有一天我们分开,只能靠你自己的时候……"

"雨松哥!"驷水惊讶地挺起身子,"我一直跟着你啊!为什么要分开?"

"唉,这孩子。"落雨松叹口气——为什么非要逼自己把话挑明呢?

"你跟着我,能一直跟到河谷族吗?你这弱不禁风的身子,在哪儿都会和神山族一样,被选出来祭神的啊……"他说。

真的很残酷——今后,驷水该如何谋生?从昨天起,这问题就在落雨松心里生根发芽,只是他扭过头去,不愿正视。也许在神山里,他可以用坚实臂膀保护驷水,就像亲弟弟一样。但回到部落呢?族人怎么可能接受一个毫无担当的累赘?这样,留在驷水面前的就只有一条死路:在无尽的密林中自生自灭。唯一能让他心里好受一些的是:这孤独岁月不会拖延很长时间。

"不出五六天,他就会饿死吧?"落雨松想,"即便没有饿死,也会被火蚁或者茅膏菜吃掉吧?"

"嗨!"驷水竟然松了口气了,"雨松哥,我以为你明天就要把我甩了呢!"

落雨松愕然。

"雨松哥,跟你说句实话吧。我就没指望能离开这里……这里是神山啊——从来没听说有人能从神山里面活着出去!"

"别说丧气话!"落雨松怒道。

"不是丧气话!"驷水认真起来,"赤土伯跟我说过一些事,部落里面没有人知道……"他压低声音,仿佛生怕谁在旁边偷听似的,"这山真是神的领地,别说私闯进来,就连我们族这样,居住在神山附近,都要受到惩罚!"

"什么意思?"

"雨松哥,你不知道,我们族的人都特别短命,尤其是男人,不少都死在四十多岁上——既不是打猎遇难,也不是被抓了做牺牲,而是得一些怪病。有人掉光了头发,有人睡不着觉,还有人吐个没完……然后就死了!赤土伯公开说,是因为他们年轻时犯下的糊涂罪。私底下却说,是因为我们离神的领地太近,遭了天谴!"

真的,落雨松想起,从猎手到科学家,在神山族见到的男男女女多很年轻。印象中,有几个上些岁数的,的确都是女人。

"乔……有人跟我说,你们神山族是神的守护者啊?"他质疑道。

"哎呀,那不是为了安抚人心,给自己打打气嘛!"驷水往后一靠,老到地答,"其实赤土伯心里可着急了。自前年,我们的老族长得病死掉以后,他就强压着没让另立——追风对他意见可大呢!"

果然,追风是族长的最有力角逐者。落雨松对此毫不意外。

"赤土怎么阻止得了?"他问,"有什么理由?"

"'猎手都太年轻'啊、'经验不足'啊、'无法服众'啊……理由还不好找?雨松哥你看到了,在我们那,你这岁数的猎手都不多见,谁拗得过赤土伯?他平常人缘又好,追风也不愿意和他公然对峙……"驷水说话的神态,活脱脱一个小阴谋家。

"真是岂有此理!"

"呀,冤枉好人了!"驷水立刻打抱不平,"赤土伯才不想独揽大权呢!他累得很,每天下午都要头疼。但没办法呀——他想把部落迁走,已经好多年了!前些年就因为老族长坚决反对才没有成功,好容易等到老族长死掉,怎么可能冒险再另立一个?"

"迁走？"落雨松吓了一跳，"迁到哪儿去？哪儿有地方容下这么多人？"

"抢呗！"驷水口无遮拦，大概觉得"反正走不出去，说说又有何妨"。

难怪！落雨松心里亮堂起来。难怪神山族猎手训练有素，配合默契，全不似河谷族和其他部落那样只会各自为战，最多两两配搭——看来赤土准备侵略相邻部落，已经操练很久了！

"老族长为什么不同意迁徙？"

"雨松哥你刚才说了，我们是'神的守护者'啊。这话自古传下来，赤土伯也没法改口，只好找些不痛不痒的理由，什么'扩大地盘'啊、'便于狩猎'啊，老族长一句'得死多少人'，就把他顶回去了！"

落雨松默然。"说什么也要活着出去，把赤土的阴谋告诉族人！"他想。

"所以啊，雨松哥，"驷水幽幽叹了口气，总结道，"你说，住在旁边尚且如此，我们闯到里面来，还不知道过几天要如何遭罪呢！"

夜色浓稠，黏滞在草叶之间。驷水住口后，落雨松一时也不知道说什么好，透骨的寂静乘虚而入，在火堆边打转，似乎随时准备扑上来将光明压在身下。那怪物被忽明忽暗的篝火笼罩，皮肤微亮，泛起金黄色光泽，就像烤熟的肥硕猎物——难怪驷水总想着吃它。

果然，驷水贼心不改，脑筋又转了回来："雨松哥，我觉得这东西能吃……你想啊，茅膏菜能吃，咱们当然……"

"胡说八道。"

"反正也活不了多久，尝一尝嘛！饱着死总胜过饿着死！"

"不行！越说越不像话了！"落雨松对他挥了挥拳。

驷水吐吐舌头，不再执拗，又转过头，眼巴巴盯着怪物。如果眼神能取代嘴，估计他已经把怪物啃得只剩骨架了。

"雨松哥。"他忽然压低声音，语带急切，"那怪物——好像'活'了。"

"没有。是火光照的。"刚才几次，落雨松也被火光愚弄，以为怪物已经苏醒，正在那里挣扎、蠕动。再仔细看，却仍旧浑浑噩噩倒在原地，好像一截被雷劈落的枝杈。

"不是！"驷水头都不敢回，声音也颤抖起来，"它的颜色……变了！"

对啊！落雨松恍然大悟。先前捆绑的时候，怪物的身体明明是暗淡的绿色，如今在火光照耀下虽然颜色会变，也不该是这样金黄金黄的模样！

"难道死了？"他想起平日捕获的鱼，死后往往会改变颜色。

驷水紧张地摇头："不是。你看它胸前——下午明明有一道伤，现在怎么没了？"

真的，落雨松也记得，在捆绑时看见那里有道深深的印记，应该是茅膏菜消化液的烧痕。如今在驷水提醒下再看，已然无影无踪。

"靠后！"他警觉起来。身体恢复这么快的东西，一定还有更厉害的本领！原先见它奈何不了一棵半大茅膏菜，心里有些轻视——真是不该犯的错误！落雨松抓起从神山族带出的石刃，紧紧握住，低下身悄悄向怪物逼近。

"给它补上几刀！"他狠狠地想。

"雨松哥，当心！"驷水厉声大叫。

就在面前，怪物突然动了起来。这一次不再是光影游戏，而是真真切切地动了起来！怪物在绳索中扭曲挣扎，仿佛知道落雨松打算做什么，忙不迭想要逃命。那只正对落雨松的眼睛左右急转，映着火光迸发出蓬勃生机，不再似先前雾气笼罩一般。

落雨松举起石刃，怪物忽然尖叫起来。第一声没有听清，第二声接着传来，清晰得就像雨后的天空。落雨松惊呆了，那怪物喊的竟然是：

"饿了！"

第十二章

奥苏从不安的昏迷中醒来，已经很久了。

他发觉手脚依然动弹不得，先以为还在食肉植物的叶子里，后来又觉得不对。旁边隐隐传来的热度，伴着噼啪声，那不是火吗？他打开前后视眼。后面漆黑一片，前面却看得清楚，两个小人儿在火堆前安安稳稳地交谈。回忆立刻像泉水般涌出：高举的火把、灼热空气、渐渐松弛的草叶……

"得救了吗？"奥苏不知道。他顽石般躺在原地，大气都不敢出。舰队经验告诉他，在与外星生物接触时，千万不要轻举妄动，更不要试图用母星思维理解它们。比如，在母星，一个人救了别人的命，就意味着不会再想造成伤害，当然也就不会像现在这样，把自己五花大绑捆起来了。

"真是莫名其妙！"

他不禁想起首席商业代表博万的话："外星生物分为两种，有理性的和没有理性的。很不幸，在茫茫宇宙中，有理性的生物少之又少。是商业，赋予我们崇高的使命——将理性带给那些尚未开化的星球！"

对此，弗洛一针见血地反驳："全是自我吹捧。星球和星球的理性不可比较，用自己的标准评判别人，这本身就是不理性的！"

当时，奥苏觉得弗洛浑身上下闪着智慧之光。然而此刻，他多希望弗洛错了，多希望星球间不同生物能有共同理性——至少让他猜到两个小人儿打算怎样处置自己，不至于像现在这般手足无措。

"对了！"奥苏忽然醒悟，"应该先学习它们的语言！"

两个小人儿一直在说话。他怎么那么傻，迟迟没有意识到这天赐良机！都怪自己外出太少，如果换成咪咪，恐怕早就想到了——每支舰队都配有语言专员，定期给舰队成员培训，以便在遭遇外星生物时，迅速判断语言的难易程度，选择应对模式。

"难度等级在4.75以下的，都属于易学语言。"专员们说，"要把入门时间控制在八千音节以内，提早进入交流，避免不必要的麻烦！"

外星语言的难度等级有两个判断标准。

首先是"信息素传递"。出乎大多数人的意料，由于"趋同进化"效应，宇宙间近八成已发现生物所释放出的信息素都比较容易破译，像喜悦、恐惧、舒适、赞赏这类含义，在不同体系中的表达惊人的相似。只不过信息素系统越低级，能够直接表达的含义就越有限。比如考古学家认为，在母星第二纪文明早期，能单纯运用信息素交流的含义只有警示与求爱。其他交流虽然也有，但只能对声波语言起到辅助作用。

当然，仅具备"信息素传递"是不够的。如果碰上"非线性语言"，多数人都会无能为力。因为那意味着截然不同的思维模式，在没有天赋的人眼中，几乎等于不可逾越的鸿沟。然而不必担心，"线性语言"占绝对优势，跨星际概莫能外，比如母星，比如这里。

奥苏知道，两足群居动物还没有掌握信息素交流，但幸运的是，它们每时每刻都在释放。那弥漫空中的喜怒哀乐就像四处漂泊的旅人，找不到投宿的地方，因为两足群居动物对它们浑然不知——尽管也会受到感染，就像呼吸空气而不自觉一样。

"即便无意识释放的信息素，也是叩开语言大门的钥匙。"语言专员说。按照他们的标准，两足群居动物的语言难度该不会超过2.5吧？值得一试！

结果令人振奋。在信息素的帮助下，两个小人儿交谈中的基本词汇一个接一个被破解出来。

第一个是："饿了"——个头矮小的那位几乎一直在说。

第二个是："不行"——个头高大的那位几乎一直在说。

"天哪，原来这么简单！"奥苏惊喜地想。落雨松和驷水无意中释放的信息素，就像晚香玉播撒的花粉，在夜空中无声无息，飘来荡去。奥苏如饥似渴地抓住每一段微妙信息，与头脑中储存的声波图形对照，飞速匹配。

紧迫环境造成的压力，是多么高明的老师！自有记忆以来，他从没这么刻苦地学过一门功课，更没有过如此突飞猛进的进展。但他还嫌不够。时间飞速逝去，交谈会延续多久？能不能让他再多学一些？按照商业代表的经验："如果开口第一句话就能做到完整、清晰、含义明确，那么对于外星人来说，将是强有力的震慑！"

然而，学习毕竟无法一蹴而就。直到落雨松起身，手握石刃向他逼近，奥苏依然说不出一句完整的话。

他不认识石刃，也没有意识到体色已悄然变换，但本能地明白危险即将降临。如果再不出声，性命就要断送在救命恩人的手上了！奥苏惊慌失措，不顾一切地奋力挣扎，同时怒吼出头脑里闪现的第一个词汇：

"饿了！"

落雨松惊得合不拢嘴。这怪物——居然会说话！他向后连退三步，立在安全范围，狐疑地打量。

奥苏大受鼓舞，调取头脑中的各种词汇，明白的、不明白的，像超新星爆发般喷薄而出——

"不行！"

"我们！"

"你说！"

"神山！"

"雨松哥！"

"胡说八道！"

天哪，这是什么情况！落雨松目瞪口呆地望着地上被捆得像只野猪、却不断胡言乱语的怪物。原本紧张的气氛烟消云散，变得既荒谬又滑稽。

"扑哧。"身后驷水忍俊不禁。这么多天来，还是头一次见他笑呢。

落雨松也觉得好笑。先前构想过无数场景——怪物醒来如何挣扎、如何撕咬、如何恐吓，这一幕却实在出人意料！驷水已然彻底放松，越笑越厉害，靠在树上直不起腰来。落雨松受到感染，快要绷断的神经慢慢松弛下来。啊，连日来紧张、戒备，这捧腹大笑的释放是多么难能可贵！

"呼……"奥苏长出一口气。板根间撞击的笑声和随之震颤的愉悦信息告诉他：生命暂时无忧。但危险并未消失。手脚仍被牢牢捆住，就算三个奥苏加在一起也不可能挣脱。于是，他争分夺秒，在头脑中整理新学会的语言，终于一字一顿，组装成句——两个从未有过交集的遥远世界，破天荒第一次对话：

"我，不是，怪物……"

笑声戛然而止。没头没脑蹦出几个词是一回事，明确地说出话来，却是另一回事。落雨松重又弓起腰身，戒备地望着怪物。

"吃我，不行！"

"咦，刚才的话都听到了？"驷水下巴掉得老长。

"我不是怪物！吃我不行！"奥苏越说越熟练。

"难道可以和怪物对话？"落雨松被自己的想法吓了一跳。他决定回应，但张口的时候，依然觉得自己像个傻瓜——与一朵花、一只鸟对话的傻瓜。

"你……到底是谁？"他问。

奥苏听明白了，但无法回答。掌握的词汇太少，绞尽脑汁也只能给出一句莫名其妙的答复：

"我是，人……"

落雨松与驷水对视一眼。

"雨松哥，我觉得怪物说的是：他是哪个族的猎手，死后变成这样的。"驷水胡乱猜测。

"不是怪物……"奥苏没听懂驷水的话，但能分辨出"怪物"二字。

这怪物，真的能听懂人话！惊讶之情更胜。

"你从哪里来？"落雨松追问。

奥苏又犯愁了，真后悔没有好好听语言专员的课——这种情况该如何应对，明明讲过，却怎么也想不起来！

半天才憋出一句："神山，外面……"

"哇，我说得没错！"驷水拍手笑道，但很快又忧愁起来，"这神山真是不能进啊——雨松哥，我们也要变成这样了！"

"闭嘴！"落雨松粗声粗气地命令，本来遇上这类匪夷所思的怪事，脑子就不够用，可不想再听一旁有人胡言乱语。

他干脆盘腿坐到地下，眉头紧蹙地盯着奥苏，脑中转过无数念头。内心深处，他抗拒像驷水一样将所有不合情理的事情都引上神明套路。对于神，落雨松与绝大多数猎手一样，抱着非常务实的心态：

敬而远之。神当然应该祭拜，但亲身遇上？还是算了吧。对于一切超乎常理的解释，即便没有直接提到神，他也本能地排斥——除非迫不得已，才不会设想什么"死后变化"呢。

"你到底是谁？从哪里来？"他盯住奥苏的眼，再次发问。

奥苏回望着他，搜索枯肠，半晌终于转过头，直直望向天空："那里。"

"哪里？"落雨松糊涂了。

驷水一跃而起，跳到身旁，指着树冠顶端道："雨松哥，他说的是天上啊！"

"天上！"就是这个词！奥苏激动得全身一亮，忙不迭模仿："天上！是，天上！"

驷水一把握住落雨松的肩头："雨松哥，这是神的使者！"也不知是兴奋还是恐惧，浑身颤抖得像水波一样。

"神！神！神！"奥苏明白这词，重复了几次。真傻！对付原始生物，还有什么能比恐吓更有效果呢？

然而落雨松摇了摇头，甩开驷水的手。他不敢相信，更不愿相信。如果真是神的使者，怎么可能在丛林中遇险？怎么可能被捆绑起来？怎么可能笨手笨脚，连话都说不利索？

驷水紧紧靠在他身上，嘴一张一合，却发不出声来。

"神！神！我是神！"奥苏锲而不舍地尝试。

他错了。落雨松伸出一只手，缓缓指向他，仿佛原始文明君王的权杖。接着，从牙缝里恶狠狠挤出两个字来："闭嘴！"驷水震惊地抬起头，急速抽回手臂，仿佛方才握住的肩头突然变得滚烫。奥苏也被瞬间开张的强硬气场震慑住了，头脑一片空白，哑口无言地僵在原地。

空气凝固了，重重压在身上，让人呼吸不畅。风似乎被隔绝在丛林之外，就连最高处的树叶都没有一丝摇摆。身后，火光张牙舞爪地跳跃,仿佛死神的舞蹈。脚下,影子忽长忽短,就像难以预料的未来。

不知过了多久,落雨松忽然轻声唱诵起来,寒鸦般喑哑:

"神乃世界之光,可聚可散……神的灵行于狭缝之中,经万千窄门而无阻……神不可见,见则归一。"

"神不可见,见则归一……"驷水受到感染,应声相和,缓缓跪倒在地。

落雨松却停了下来,一半说给驷水、一半说给自己:"不是神,这不是神……神不是'可聚可散'吗?不是能'行于狭缝之中'吗?怎么会被困守在此,需要你我解救?不是'不可见,见则归一'吗?怎么好端端地就在眼前?不对,这不是神,也不是神的使者……辛朱说过,神的使者就是神本身,'分有'神的灵性——天下只有一个神——这个,不是!"声调渐渐提高,似乎越说越有自信。

落雨松不错眼珠地盯住奥苏,目光冷峻起来。虽然身处险境,虽然听不大懂,惊雷般骤然呈现的复杂思维,还是让奥苏目瞪口呆——那神情、语气和信息素,只可能出自格外活跃、深刻而敏锐的头脑!

"根本不是一般原始生物可以比拟的……"奥苏想。舰队科学家的评论,什么"野蛮""愚昧""相互残杀",在此刻变得苍白无力。

他恐惧得浑身发抖。装腔作势是否激怒了对方?接下去该怎么办?继续装腔作势,还是干脆示弱?抑或换一种思路,尝试正常交流,就像对待智慧生物一样……

"智慧生物!"他打了个寒战。与智慧等级未明的生物打交道要格外谨慎,弄不好就会因为高估对手的头脑,在不经意间丢了性命。

"像面对智慧生物一样交流!"然而这念头一旦萌发,就仿佛生出手脚,牢牢握住他的心,挥之不去……

奥苏越想越觉得可行,莫名其妙地觉得"一切都会好转的"。

"天上。"他说,"不是神。"同时竭尽全力调整皮肤,在暗黑色背景下现出星星点点的光斑。奥苏多么希望能像旧日那样,随心所欲控制颜色——如果光斑再小一些,闪动起来,该有多好!

落雨松疑惑地抬起头。天上?脚踏实地的猎手从不会无缘无故仰望天空。在他的概念里,"天上"等同于"神",是敬而远之的对象。怪物是从天上来的,难道真像驷水所说,是"神的使者"?但怪物明明说"不是神"……而且光斑又是怎么回事?天上的光斑,天上的……哦,他懂了!

满天繁星从树叶间洒下一片澄澈,照亮了落雨松迷茫的眼。

"星星!你说的是星星!你是星星!"

"太好了!"奥苏兴奋得差点叫起来,"他看懂了光斑!"人立刻活学活用:"不是星星……是星星上面。"

落雨松又糊涂了:"星星上面?"刚刚清澈的目光再度迷离起来。

"我错了。"奥苏自责,"要向完全不知道'星系''行星'这类概念的生物解释'从另一颗星星上来',几乎是不可能的。"他得换一种说法。

"天上。"奥苏回到原点,身体明亮起来,几乎有些刺眼,同时努力回忆飞船在未进行隐形操作时发出的巨大声响,瓮声瓮气地模仿。"天哪,他可一定要见过飞船,或者至少听到过它!"希望与绝望在他心底古怪地纠缠。

"天上的亮光!"落雨松恍然大悟。

"天上的眼!"驷水同时惊叫。

这太不可思议了。落雨松一跃而起,这怪物是从天上那吵闹的亮光里来的?驷水则吓得匍匐在地。

奥苏被两人的反应弄糊涂了——到底懂了没有？为何反应如此不同？他把希望寄托在落雨松身上，因为明显在两人当中，落雨松是主导者，而且似乎更聪明些。

"我是人。我不是，你们。"他说，竭尽全力表现出诚意。

"是人，又不是我们？"落雨松在心里默念。这谜一般的话语，仿佛隐藏着终极奥秘，在耳边撩人地回荡。

"雨松哥！"驷水一把抓住他的脚踝，急切地说，"给他松开！雨松哥，快给他松绑！他真是神的使者！快给他松开！"

落雨松出神地站在原地，对脚下的聒噪置若罔闻。

连叫几声"雨松哥"全都石沉大海，驷水急得要哭了。恐惧让人铤而走险。他终于横下心来，抓过落雨松跃起时留在地下的石刃，匍匐着爬向前方。"我要给他松绑！现在就要松开！"一遍一遍默念，他鼓足勇气，慢慢向"神的使者"靠近。

落雨松对此"壮举"浑然不觉。天上，星星，亮光，是人，不是"我们"……一幅图景在心底铺展开来，却仿佛隔着滂沱大雨，既看不真切，又触不可及。他心痒难耐，有什么念头在脑中一闪而过，随即沉入黑暗深渊，再要回味，却想不起来了……

"神啊，原谅我吧！"

驷水的高呼将他从沉思默想中唤醒。他惊恐地看到，绳索已被割断一半，庞然大物正四手齐动，撕扯剩余的束缚，同时努力坐了起来！驷水五体投地，颤抖着乞求"宽恕"。

落雨松一跃而起，犹如捕猎的灵猫，眨眼间抢到近旁，劈手夺下石刃，一脚将驷水踢开，对准怪物理应最脆弱的眼睛，狠狠刺去！

"叮！"

刃尖向一旁滑落——千斤重的一击，那怪物竟然毫发无伤！

"啊！"奥苏可吓得不轻。幸亏攻击的是眼睛，换作身体其他部位，早就一命呜呼了！鱼尾座α第四行星人双眼巨大，却没有眼睑，取而代之的是一层厚厚的保护膜。虽说保护膜并非刀枪不入，但抵挡一把硬度不高的石刃，却是绰绰有余。

"雨松哥……"驷水急得手足无措，眼睁睁看着他再次挥舞石刃，准备进攻！

奥苏本能地抬起四只手臂，护住头部和身体，情急之下再说不出半句话来！

一刻长于百年。他闭目等死，然而不知过了多久，撕裂身体的疼痛并未如期而至。奥苏试探着打开前视眼：落雨松正高举石刃，一动不动盯着自己，俨然石雕的神像。

落雨松犹豫了。面前的怪物虽然身形庞大，但毫无还手之力。在他的凌厉攻势下只会刺猬般缩成一团。这样的对手，又何必赶尽杀绝？况且，在那一击不中的时刻，电光石火之间，强烈而莫名的迟疑油然而生，像一条大河拦在脚下，像一个声音在耳边轻叹：停下，不要杀它……

"你……我们……松开！"奥苏恢复了语言功能，带着全身将断未断的绳索，毛虫般向后蠕动。

"唉。"落雨松长叹一声，垂下石刃，退后两步，转身回到篝火旁边。将后背留给敌人，这是猎手所能表现出的最大勇气和善意。

奥苏浑身虚脱，手臂再也支撑不住，"咚"的一声躺倒在地，沉重地喘着粗气，暗蓝色微光在胸前忽明忽暗。再也忍不住了！他张开嘴，无泪地号啕。几步之遥，落雨松和驷水本能地感受到这潮水般翻涌的愤怒与惶恐。驷水惊讶地直起身子，进退维谷。落雨松则默默靠在树下，陷入沉思。

第十三章

又是阴雨连绵的天气。落雨松在一株白蜡树下找了一块相对干爽的地面，招呼大伙儿休息。奥苏累坏了，"扑通"一声坐倒，挥汗如雨。身体的自我调整毕竟还不完备，虽然能适应地面的空气、重力、温度、水、食物还有微生物，但总感觉在超负荷运转，极易疲劳。

当然，神山确实格外难走。盘根错节、荆棘密布，别说奥苏这天外来客，就连两位"本地人"都举步维艰。

为了躲避神山族的围追堵截，落雨松带领驷水一路爬高，希望越到山的另一边去。奥苏不乐意走冤枉路，但实在被先前的遭遇吓破了胆，不敢孤零零下山，只好跟着翻山越岭，如今已经七个昼夜了。

"直接下山的话，早该走出去了吧？"他想。

自从那天晚上，千钧一发的危机侥幸度过，奥苏就死心塌地踏上了落雨松的逃亡之路。落雨松本不愿带他：平白无故多了张"嘴"而且不知底细。怎奈奥苏亦步亦趋，强行驱赶都没有用。再说，凭他那一步三喘的样子，又怎么都看不出提防的必要——两天过后，落雨松长叹一声，将烤熟的鱼扔给他："罢了，坐过来吃吧！"

驷水从最初的震惊中恢复，对这奇形怪状的大家伙产生了浓厚兴趣。看到就连落雨松都接纳了他，立刻兴致勃勃跑上去，先试着碰了碰，然后大起胆子上下其手，兴奋得叽叽喳喳，俨然是个孩子。

"雨松哥，他身上可滑可滑了！"

"他的大眼睛不怕碰！"

"两条小臂没有肌肉，软得像蚯蚓！"

奥苏呢，起初不知道要去什么地方，只顾晕头转向跟着走，同时努力让自己适应丛林中的艰苦环境，好在语言学习进展迅速。在攻克了入门词汇后，继续学习变得越来越容易——不仅信息素破解日渐纯熟，他还学会了发问。四天过后，便用日渐熟练的语言为一多半问题找到了答案，除了"这个怎么说、那个怎么说"以外，也明白了两人从哪里来、在这里做什么、要向何处去……

猎手落雨松不觉得怎样，但从小被当成科学家培养的驷水却对他超乎寻常的记忆钦佩得五体投地。

"哇，我那会儿背一小段经文都要好几天，你居然能在这么短的时间里记住那么多词——简直不可思议！"

奥苏不禁扬扬自得："这算什么……很简单的！"鱼尾座α第四行星人得天独厚，拥有图像式记忆，看到、听到的东西便很难遗忘。这也是母星文明高速发展，在短短三千年内脱离蒙昧，傲视寰宇的重要原因。

"一定是神的恩赐……"

自从学会说话，奥苏便反复向驷水强调自己"不是神，也不知道神住在哪里"。

"不过，我确实是从'天上的光'里来的。那里还有好多像我这样的人。"他说。

驷水不太接受："那'天上的光'又从哪里来呢？"

奥苏试图解释"鱼尾座α第四行星"，结果两人都糊涂了。

"星星上面怎么可能住人？星星那么小……"驷水困惑不解地挠头，"即使住人也应该是小小的吧？"

"星星小是因为离得远，就像远处的山一样。"落雨松倒是明白。

驷水较起真来："但他说的是'看不见的星星'！"

"山也有看不见的……"

"山看不见是被挡住了，星星那么小，怎么挡得住？"

"这……"落雨松答不上来。

真头疼。没办法在短短几天内普及"星等""光年""观测纬度"这些深奥概念，奥苏干脆闭上嘴，任凭两人胡乱猜测。但他相信：假以时日，一定能将所有问题原原本本解释清楚。

几天下来，奥苏越来越震惊于两个小人儿表现出的智慧——虽然缺乏常识，但思维结构复杂得不合情理，比如"归纳""推论""因果律"这类理性工具，在母星文明发展中被认为"划时代的发明""智慧突飞猛进的关键"。但落雨松和驷水在交谈用运用自如，浑然不自知，仿佛经历过几千年积淀一般。

"具有如此发达的头脑，文明进展却如此缓慢，真是不可思议。"奥苏死活想不通。

同样想不通的，还有动物。在神山里，奥苏从未见过任何大型动物，就连齐腰高的动物都只有一种，叫作"马鹿"。

"有没有大一点的猎物？"他问落雨松。

"还要多大？"对方反问。

"比人高的……"

落雨松宽容地笑笑，似乎觉得他傻得挺可爱。

"哦，对了。"他又说，"大个子的也有，都是虫子，不能吃的。"

奥苏想起那个恍如隔世的傍晚，漫天飞舞的胡蜂，不禁打了个寒战："我见过……"

"见到就要赶紧逃走。"落雨松严肃地警告，"虫子可不能招惹……"

然而植物却异常高大，笔直且粗壮的树木遮天蔽日，似乎在进行一场生长竞赛。奥苏不是生物学家，但常识告诉他，有如此巨大的植物，就应该有应运而生的动物。哪怕数量不多，也不至于一样没有。

"回去得问问弗洛。"他想,"唉,弗洛……什么时候才能回去呢……"

"大个子,过来烤烤火!"驷水打断他的沉思。

发会儿呆的工夫,驷水已经将熊熊烈火生了起来。落雨松踪迹不见,估计狩猎去了。驷水在地下插了根树杈,把草衣皮裙脱下来烤干,自己赤条条地坐在一旁取暖。

他和落雨松两人从神山族逃出来的时候,什么都没有穿,后来在树林里因陋就简,将狩猎捉来的野兔、小鹿的皮毛剥下,胡乱拼凑成下装。上衣没有足够的材料,只能用草叶代替,一遇上下雨便湿乎乎地贴在身上,难受得很。现在"没人",正好趁机把衣服全部脱下,等一会儿烤得干爽爽、暖和和了,雨松哥也就该回来了——驷水从没把奥苏当作"人"来看待。在他心里,奥苏一直是个会说话的怪物。奥苏习以为常,蹭到一旁望着火光继续出神。

头几天,落雨松逼迫驷水学习狩猎。驷水慑于威严,一道去了,结果半天下来就手脚起泡,叫苦不迭。他第二天、第三天还咬牙坚持,到第四天就死皮赖脸不出门了,说要"上树采集野果"。

"采集野果是女人干的事情。"落雨松皱眉。

"可我们这里没有女人啊。"驷水和他熟了,渐渐学会耍赖。

落雨松拿他没办法,再说带个累赘狩猎本就不太方便,于是喟然长叹:"随你吧!"

驷水的生活安闲起来。每天只需把火生好,招呼奥苏守着,自己爬到周边的树上采果即可。林子里野果多如天上繁星,神山中又没有部落,采果等于探囊取物。每天有肉有野果,还不用背诵经文,驷水过得逍遥自在,再不提能不能"活着走出去"的事了。

果子采好后不久,落雨松就回来了。狩猎非常顺利,他扛回两只鼷鹿和三只蹄兔,中午可以大快朵颐了。

"没有人就是好啊。"落雨松兴致很高,"猎物遍地都是。"

奥苏想起先前没有解决的疑问:"这神山,到底为什么不让进来?"

落雨松与驷水对视一眼。驷水说:"因为这里是神……"

"先不提神的事情,"奥苏连忙制止,"有谁进来过?见过什么怪事?还是出去过什么东西,从这里面?"语序规则还没有完全掌握,他说话偶尔颠三倒四。

"没有!"落雨松坚定地说。

驷水大摇其头:"真的是神!我告诉你吧,我们族就住在神山附近,结果族里的男人都活不长久……"

"哦,对了。"沉睡在记忆深处的对白被激活了,奥苏又把驷水止住。那天,驷水向落雨松讲述这段怪事的时候,奥苏还没有学会说话,但一整段声波图形却清清楚楚印在心里,正好调出来回味。

奥苏记得咪咪告诉过他,每座神山都笼罩着强大磁场——他的飞船不就是因此失控的吗?如此强大的磁场,辐射量一定相当可观。驷水说,部落里很多人"掉光了头发……睡不着觉,还有人吐个没完",甚至那个首席科学家赤土,也每天犯头疼——很可能就是电磁辐射捣的鬼!至于男人比女人更容易得病,可能是某种先天的基因缺陷……

"原来如此!"他恍然大悟。

驷水一脸茫然。由于两次开口都被扫兴地打断,他干脆坐到一旁,看落雨松手脚麻利地给猎物剥皮,馋得直舔嘴角。

"应该迁走。你们!"奥苏忽然没头没脑地说。

"什么?"驷水莫名其妙。

"那天你不是和他说过,'赤土伯'打算迁走吗,把部落?他是对的——要迁走！要快！"

"这你都记得啊。"驷水欣羡不已。

落雨松警觉地抬起头："为什么？"

"这……"奥苏犹豫了。如此抽象的问题，能否向他解释清楚？最近两三天，落雨松表现出强烈的"求知欲"，让自认为"智力占优势"的奥苏十分受用。此刻，望着落雨松炯炯有神的双眼，好为人师的虚荣再次作祟。他决定试一试。

"我要告诉你的事情，可能……怎么说，不那么好懂。"他严肃起来，"你要把脑袋收拾好。"

落雨松明白他想说的是"做好准备"。遇到复杂意思，奥苏这现学现用的语言还不过关。他点点头，放下手中猎物。

虽然没有表现出来，但这几天带着怪物到处走，确实对落雨松的常识构成了极大挑战。从前，要是有人向他描述"长四条胳膊的庞然大物"，他会付之一笑。如果对方坚持，他肯定会说那人疯了。然而此刻，这大个子明明白白就坐在眼前，有血有肉，会呼吸、会喊疼——这匪夷所思的怪事怎么就让自己撞上了？

更莫名其妙的是：七天下来，落雨松发现怪物心里装了不少奇谈怪论，不仅自己闻所未闻，就连最见多识广的族人也未必知道。虽然在地面活动他笨手笨脚，摔倒又爬起——有一次还陷在泥潭里，费了好大力气才助他脱险——但说出的话，却总显得头头是道。比如那日解释"天上为什么下雨"，就比辛朱说的"神对世人的爱"听起来更有道理。当然，也有越说越糊涂的时候，比如"为什么有白天、有黑夜"这类问题。再比如，落雨松到现在也没弄明白他到底来自何方……

奥苏倒是保证一旦走出神山，就让他亲眼见到"天上的光"。

"如果可能的话，还能带你们进去转转呢！"他认真许诺。

"去'光'里面转？"落雨松无法想象。

幸亏驷水没有听见。要是知道有一天能进入"天上的眼"，谁知道他又要说出多少疯疯癫癫的话来！

总的来说，落雨松对于奥苏的话抱着一种实用的态度：多听一些肯定是好的，说不定就有"对"的地方。

"你讲吧，我听着呢。"

"你身边的东西——并不都能看见。比如光，还有风。"奥苏开讲，"你看不见它们，但是能……呃……"

"能感觉到。"落雨松替他说完。

"对对。"奥苏愉快地点头，"还有能看不能摸的东西。比如闪电，就好像前天夜里……"

"是的是的，唰啦啦，轰隆隆！"驷水接茬儿，把雷和电混为一谈，奥苏也不去纠正。

"那东西，这里就有！"他说，"闪电就在这里，但是比较小。"

落雨松像看傻子一样看着他。

"闪电怎么可能小？"

"唉，你不相信……"奥苏绞尽脑汁，"就像这山里有很多土，很大，但是捧出一把——就不大。"他弯下腰，想捻起一撮泥土，结果只握住几片湿乎乎的树叶。

"哦，你是说，就像一条大河，从里面舀出一瓢水来，就变小了。"落雨松居然能听懂。

奥苏赞赏地望着他。

"大闪电是神的怒火。小闪电又是什么？"不合时宜地，驷水又想起赤土的教导。

"这……也是神的怒火。小个子的。"奥苏决定删繁就简，解释得尽量浅显，"大闪电能杀人。小闪电也能杀人。"

"嗯。"落雨松和驷水一起点头。闪电的威力谁都见过。猎手们经常遇到倒塌的焦黑巨树,听说也有犯了罪的族人在电闪雷鸣的雨夜被神责罚,化作一团黑乎乎的枯骨。但——那不都是"大闪电"吗?

"小闪电怎么杀人?"驷水追问。

奥苏语塞,如果把"电磁辐射"的概念加上,是否太难了?如果不加,又如何说得明白?

"大闪电一下子杀死,小闪电慢慢杀死。"琢磨半晌,奥苏终于艰难开口,同时释放出信息素。"纵使接收不到,也会有所感应吧。"他想。

"慢慢杀死?"驷水皱起眉头望着落雨松。

"是不是说,一下子杀死就像石矛,一击穿透?慢慢杀死就像石刃,要刺好几下?"也不知是天生聪明,还是信息素真的起了作用,落雨松竟似乎明白过来。

"没错!"奥苏大受鼓舞,乘胜追击,"神山里面到处都是石刃——呃,小闪电,神山旁边也有。你的男人……"指向驷水,"每天都被小闪电刺,一下、两下……时间一长,就死掉了。"

没有回应,但两人脸上都写满了不信。

"照你这么说,我们现在就在神山里面,为什么没有死掉?"落雨松终于挺起身,左右张望。到处绿树遮天、细雨如丝,怎么也想不出闪电飞来飞去的样子。

"小闪电和大闪电不太一样。"奥苏耐心地讲,"这么说吧,小闪电特别特别小,就像茅膏菜叶子上的'水',飘在空中,却能慢慢置人于死地……"

"嗯,好吧。"落雨松一边回答,一边重新拾起手中的活计。

直到下午上路,奥苏仍然没有把"又像石刃又像水"的小闪电解释清楚。

"还是太抽象了。"他暗自叹息。虽说落雨松思维敏锐，毕竟知识储备过于欠缺，并非一日之功可以补救。

"以后每天讲一些知识，时间长了，就都明白了。"他一边喘着粗气一边说。

落雨松没搭腔。这来历成谜的怪物总给人一种"我懂你不懂"的感觉，听久了便让人厌烦。但他有种无端的直觉：奥苏背后似乎隐藏着什么秘密，就像远方瀑布的水声，模模糊糊，却无法忽略——也许，怪物的出现就是神示的天启？也许怪物的"谜语"就是打破秘密的关节？因此，即便厌烦，即便话题荒诞不经如刚才那"看不见的小闪电"，他依然耐着性子听完。只是被怪物当成小孩子对待，心里多少有些不快——什么"时间长了，就都明白了"，简直和几天前自己对驷水说过的话一模一样："每天跟我一道打打猎，多看、多学，慢慢就会了。"

"嗨，天上有一群透明的鸟！"奥苏忽然打破他的思绪，在背后惊奇地叫喊。

落雨松抬起头，看到长有薄翼的会飞的种子从树梢盘旋着滑落。轻盈飘逸的身影，在不认识的人看来，确实像飞鸟一般。

"大个子，那要是鸟，我就抓一把喂给你吃！"驷水在一旁调侃。

"唉，这怪物。"落雨松扭回头，"说起看不见摸不着的东西头头是道，眼前遇上点事立刻大惊小怪……"

"哎呀！"仿佛特意配合似的，奥苏再次尖厉高呼。

落雨松懒得理他，继续向前，谁知又听到驷水也"啊"的一声惊叫起来。

他赶紧回过头去，却看到奥苏的三只手臂在半空疯狂挥舞，另外那只绝望地悬在一根脆弱藤条上。接着，藤条断裂，驷水跃起救助，却慢了一步。奥苏庞大的身躯瞬间从"道路"上消失，穿过密集草叶，一迭声后就滚落下去。

"哎呀！"落雨松也跑了过去。是他的疏忽，忘记奥苏的身体比自己和驷水宽阔许多，方才选了一条狭窄而倾斜的小路穿行。奥苏没有经验，不懂得挑选结实的藤条抓握，这才遇险。

下方一片安静。

"喂！你怎么样？"落雨松扒开草叶向下张望，什么也看不到。

"大个子，你还好吗？"驷水也在旁边呼唤。几天下来，他虽然没把这神道道的怪物当成同类，依然忍不住关心。

雨点在头顶敲击树叶，滴滴答答，将无声的空当拖得绵绵长长。

"啊，摔死我了……"奥苏许久才传来呻吟的回答，好在听起来并无大碍。

"坚持一下，马上来救你！"落雨松精神一振，"别动！看看身边是什么？有没有悬崖？有没有尖利的石头和树杈？"

"没有，平地！树和上面差不多——啊，那是什么？！"奥苏声调陡然提高，像是大吃一惊。

"怎么了？"落雨松一激灵，"难道遇上危险了？"

"有个东西……很奇怪！"声音并不紧迫，反倒充满惊奇，"就像，就像，就像'天上的光'！又不是……哎呀，你们最好下来，自己看看吧！"

第十四章

"这是什么啊？"落雨松瞠口结舌，驷水跪在地下。

顺着小臂粗的湿滑藤条降到谷底，两人顺利找到呆若木鸡的奥苏。下面落叶深厚,这大个子基本没有受伤,只在胳膊和腿上留下几道轻微擦痕。但眼下,些许疼痛根本无关紧要,大个子正小心翼翼拨开藤条,探出头去,全神贯注地张望。落雨松和驷水蹑手蹑脚地走到近前,透过藤条的缝隙打量,顿时明白他方才为何惊呼——前面是一片林中空地,那稀奇古怪的东西就立在正中,仿佛浪涛翻滚的海上的一片卓尔不群的孤岛。

落雨松轻轻将叶片扯开。看得更清楚了:异物呈半球形,有两人来高,覆满藤蔓和杂草,只有几小块分散的空隙。空隙排布突兀且规则,在雨水冲刷下闪闪发亮,像是用什么方法故意留下、等人发现的标志——否则,奥苏也不可能在千篇一律的草叶中把它区分出来。从裸露部分看,半球表面非常光滑,就像河滩下的鹅卵石。颜色呢,在落雨松眼中奇奇怪怪,白不白、灰不灰,但在奥苏惊讶的注视里,分明闪着金属的光泽!

驷水没有跟上,他早已趴在地下,嘴里念念有词——刚才试图规劝落雨松,但落雨松置若罔闻,于是只能"拯救"自己了。在驷水看来,神山中出现超自然的东西,当然只有一种解释——神迹。原本已被安逸生活催眠了的畏惧睁开睡眼,从小耳濡目染的信念就像树冠一样厚重,压得驷水抬不起头,就连呼吸都憋闷起来。

落雨松很犹豫。不可思议的现象越来越多,他看到驷水跪倒在地,真有一同匍匐,祈求神明宽恕的冲动。但奥苏的反应又让他觉得没那么简单——连怪物都不认识的东西,到底是天启,还是噩兆?

他问:"这是'天上的光'吗?"

"不⋯⋯不是。"奥苏艰难地答。但它们多像啊!同样的弧形外表,同样的光滑平面。

"当然了。"奥苏随即想到,"这是抗压性能最强、行进阻力最小的结构。难道⋯⋯"一个猜测坚定起来,"这东西不属于丛林,肯定是文明的产物！有人在我们之前捷足先登！"

还有其他解释吗？理性人都会承认，鱼尾座 α 第四行星并非宇宙中最先进的文明，即便他们引以为豪的商业帝国，也未必是星际中疆域最宽广的。也许，在漫长的五百多年移民历程中，他们从未遭遇竞争，但这一天终会到来——证据就在眼前。

现在怎么办？全身而退还是鼓起勇气一探究竟？奥苏倾向于后者。"杂草藤条覆盖，想必已经在此很久了。"他给自己打气，"既然没有对星球上的生物动手，甚至没有出来，与两足群居动物接触，至少说明怀有最基本的善意吧？"

他感到难以抑制的冲动，想上去一探究竟——身为记者，怎能放弃这千载难逢的时机！再说，如果有朝一日走出神山，他也不愿意就这样灰头土脸回到飞船——该如何面对咪咪，如何面对小人得志的丁尼，还有早就盼他丢脸犯错的蒲迪思？他多想让舰队里所有瞧不起他的家伙看到：奥苏不是"嚼舌头的小文人"，而是新世界的探索者——犯个错误，都能造就传奇！

他向前走去。

"不要啊……"驷水在身后惊恐地哀求，"'圣殿'不可接触！"

"愚昧！"奥苏不屑一顾。与"另一文明"接触唤醒了他作为"高级文明代表"的荣耀，虽然很紧张，但内心的骄傲反倒让意念坚定起来。

落雨松完全不知道该做什么。这不像他的风格，但几天来所见所闻也实在超乎丛林塑就的经验。他不喜欢悬而未决，甚至在心底盼望奥苏尽快把眼前的谜团解开——无论是喜是忧，总要先看到再说！他望着逐渐逼近的怪物，双手紧紧握住，汗水滴落脚下。

奥苏在还有四五步远的地方停步，几乎有些眩晕。他鼓起勇气，折断一截藤条向球体探去，越来越近。

"神啊……神啊……"驷水几乎要把自己埋入地下。

终于碰到了！奥苏被藤条上传来的触感吓了一跳。

然而没有任何反应。他听到自己长长舒了口气，这才意识到："天啊，手抖得比驷水还要厉害！"

接下来如何是好？勇气就像沼泽地里翻腾的气泡，鼓起一次容易，持续不断却很难很难。"是不是太莽撞了？"他想。谁知道那陌生文明会秉持何种理性？贸然接触是否意味着挑衅？面前的半球仿佛爆发前的火山，平静得令人担忧……

然而不甘心啊！巨大秘密就在眼前，只尝试一次就退缩不前，日后漫漫人生路，回想起来，会不会懊恼这一刻的胆怯？

"罢了！"奥苏横下心，抛掉藤条，又走近几步，徒手摸到球体冰冷的表面——就在那命中注定的瞬间，球体迸发出绚烂夺目的光芒！

驷水在身后惊慌得跳了起来，随后重又扑倒在地。

近旁，丛林被照得一片惨白。奥苏连忙关闭前视眼，但骤然而降的白光依然穿透阻滞，刺痛他的神经。

不知持续了多久，亮光开始变换。奥苏尝试着调整入射光度，再次睁开眼，只瞥了一眼，就再无法将视线移开。那是蛮荒星球上的奇迹，那是无可置疑的文明标志——杂草空隙间，赫然出现一组几何图形！八个颜色不同的直角三角形，还有三个大小不一的正方形！

"难道是数学题？考我的？"奥苏不确信地猜测。

他伸出手再次碰触球面，球面像水波般跳动。他又尝试着挪动手指，图案跟着动了起来。

没错，这是一道考题，正确答案想必就是球体的入场券！四手并用，奥苏将覆盖其上的杂草藤条拨开。明亮光芒仿佛智者的注视，让他紧绷的神经稍稍松弛下来。无论来自何方，以这种方式辨别敲门者的身份，都是智慧的象征！

他调出学生时代的记忆——直角边与斜边的关系证明——飞快地将十一个图形分为两组,四个三角形加两个小正方形,另外四个三角形加一个大正方形,随后合并,拼出一模一样两个正方形来。球面闪动三下,仿佛赞许地点头,接着几何图案解体消失,一道隐蔽舱门向旁边滑动,缓缓打开。

空气像决岸的洪水,猛然涌入。

身后,驷水几乎昏厥过去。那想逃又不敢逃的滑稽信息,让依旧紧张的奥苏都不禁莞尔,然而落雨松却走上前来。

"我们进去吧。"他平静地说。

"你确定?"奥苏十分惊奇。

落雨松点了点头。他已经下定决心:悬而未决的秘密才是难以忍受的折磨——既然通往谜底的大门已经敞开,无论前方是好是坏,哪怕危机重重,也强过在困惑中无尽的等待!

奥苏和落雨松迈步走进"圣殿"的时候,驷水发出一声痛苦的哀求。

舱门随之关闭。"圣殿"内虽然也亮了起来,但不及外面的亮度,眼睛暂时无法适应。奥苏摸索前行,结果一步踏空,"哇哇"叫着翻滚下去——舱内原来是一条下行阶梯。

"喂,你没事吧?"落雨松明显更适应这骤黑的环境,跳跃着跑过来。

"没事……哎哟!"奥苏呻吟着,"这是什么东西?"

一路翻滚,他最终是撞上一堵隔墙才停下来的。奥苏向上摸去:隔墙不再呈圆弧形,却平整光滑。随着手指的碰触,墙面也亮起来。没有再出现考题,墙面整体向上升起,一条路在脚下开始铺陈。

奥苏深吸一口气,走了进去,寒风在皮肤的毛孔间穿梭。

道路继续下潜,似乎直指球心。只有幽暗壁光随脚步亮起,身前身后却总是一片漆黑,仿佛踏着不归路走向永恒结局。奥苏的心怦怦跳着，未知带来的担忧噬咬神经。他多么庆幸有落雨松陪伴——此时此刻，是这强壮男人散发出的坚定气场支撑着他，继续走下去。

好在最后一道隔离门并不太远，刚一靠近，门便像受惊的鸟儿一样"飞"了上去。

"哦，'圣殿'中心！"奥苏给自己鼓劲，竭力忽视皮肤上难以抑制的警示光斑，深吸一口气走了进去。落雨松也弯下腰，如临大敌，随时准备跳起来反击。

门再次落下。然而一切平静如常，只有四周逐渐亮了起来。

"咦？"落雨松多么惊讶：就像一团迷雾从脚下退去，分明隔绝在外的丛林再次浮现——湿润发亮的泥土，风中摇摆的草叶，顽石一般跪倒在地的驷水……落雨松不由得向前走去。

"等一下。"奥苏止住他。他明白了：这是外部景象在内墙上的投影。他靠近墙面，探出手指轻轻触碰。景象忽然变化起来，雨后黄昏摇曳着消失，丛林和驷水也踪迹不见，只有一缕谜一般的阳光从后面照射过来，恍若梦境。

"驷水呢？"落雨松问。

"嘘……"

头顶传来轻柔的声音，像有人叹息着说起话来。语速不快，大约为了让来者渐渐适应。

奥苏伸出手，拍拍落雨松紧绷的后背，示意他放松。

"这些都不是真的，它们是……幻觉！是这里让你产生的幻觉。"

落雨松不安地转动脖子，希望寻找声音来源。又走向奥苏刚才触碰墙面的地方，真切摸到坚硬平滑却几乎通透的墙面，这才将信将疑地站住。

没有信息素帮助，奥苏完全听不懂头顶的声音，但就在他决定不去理睬的时候，似曾相识的感觉涌向心头。他猛然醒悟："这语言，和落雨松他们说的,不是很像吗?"

真的,电子合成音如雨丝般飘落,发声部位、节奏控制、抑扬顿挫,都和刚刚掌握的语言如出一辙。所不同处,只在于词汇的丰富程度,还有每个音节的变换——虽然只有短短一段,还是明显感到合成音的词汇比落雨松和驷水的交谈复杂得多,发音则更为缓慢、绵长,让人想起母星第四纪"古典文明时代"的发音特征。

"你能听懂吗?"奥苏悄声问落雨松,仿佛说话的确有其人,声音稍微大些就会惊动他的沉思。

落雨松迟疑地摇了摇头,似乎不太有把握。

声音大约是墙面三维成像的解说,因为随着语句变换,景象也悄然更迭。先是绿意盎然的丛林,很像神山,但仔细观察,就会在丛林覆盖下发现早已看不出外墙的建筑——"城市中哪儿来这么多树!"奥苏诧异地想。接着,从远处跑来很多落雨松和驷水那样的小人儿。他们一脸惊慌,似乎大难临头,不断有人倒在地下,身体抽搐着死去。画面拉开,星辰反复交替,大约表示过了很久,人群四散奔逃,在环形墙面上乱作一团。奥苏看到小人儿们逐渐分化,散落在密林中,结草筑屋,安顿下来。

解说的声音越来越低沉。奥苏努力倾听,却只能分辨出"三万年""死亡""丛林""部落"这些词来。

接着画面转换,一群住在砖砌房屋、穿着也明显不同的小人儿陆续登场。他们忙碌地走来走去,手握造型奇怪的器具,调配、观测,似乎在进行某种实验。然而时不常便会有人失落地摇头叹气,同时向外张望。外面,丛林仿佛活了过来,慢慢将枝条草叶向房屋伸展。

奥苏听到解说里传来"科学家""失败""植物"等词。

"究竟是怎么回事?"他已经不再怀疑,这"圣殿"并非外星文明的造物,而是落雨松和驷水的先辈!然而究竟发生了什么,让曾在室内用试管做实验的小人儿，沦落为结绳记事的原始部落？奥苏太好奇了。

解说在头顶滔滔不绝。奥苏听得十分吃力，无论如何分辨，就只能一遍一遍听出"科学家"三个字来。

"难道这就是最早的'科学家'？"他灵光一现，看着那群满面愁容的小人儿。七天来，他听落雨松和驷水讲过不少关于"科学家"的故事，他知道"科学家"是侍奉神明的先知，是部落的实际领导者，他还知道落雨松的部落和驷水的部落有两个性格迥异的"科学家"。但……做实验的科学家？这又是怎么回事？

奥苏目不转睛地看着墙上的三维成像。然而落雨松却似乎无法静下心来，试探着走来走去，画面的每次闪烁都让他紧张得绷起浑身肌肉——也难怪，不断切换的画面对于从未接触过"科技"的原始人来说，是多么不可思议！落雨松没有像外面的驷水那样吓得匍匐在地，已经很不容易了。

"别紧张。"奥苏再次安慰，"这只是一个故事……"

故事讲得跳跃而模糊，只能隐约猜出主线：这颗星球发生了神秘灾变，一批坚守阵地的科学家顽强抵抗，终于无济于事。于是某一天，他们聚集在一个银白色的球体四周——很显然就是这里——先垂头丧气地守在门外，为首的一位神情疲惫地讲了番话，随后有人恋恋不舍向外张望，有人毅然决然走了进去……终于一个接一个，科学家全部消失在球体当中，大门紧紧关闭。

画面戛然而止，墙壁褪去光华，恢复成了外面夜色渐渐浓重的丛林，和头顶高远浩渺的星空。解说的合成音则像远去的白云，袅袅飘散。

"究竟是怎么回事？"奥苏抓狂地左顾右盼，"有没有补充内容？或者……谁出来解释一下？"

仿佛读懂了他的心声,四周墙壁上,七八道拱形屏蔽门同时开启,无声无息,仿佛夜色中最隐秘的梦境。门后传来明显不同于合成音的呻吟。他立刻想起每天早晨,驷水被落雨松叫醒的动静。落雨松一跃回到他身边,头发一根一根尖刺般挺在半空,半张的嘴里发出恐吓的沙哑喉音。

然而奥苏恍然大悟。他一把拉住落雨松,两人蹲在地下。事实再明显不过了:画面上,科学家们钻到地下不是为了躲避危险,而是"长眠"在此。至于"长眠"的方式,十有八九就是冷冻技术。屏蔽门内传出的阵阵呻吟,不正是从沉睡中醒来,身体短暂的不适吗?

"永生"是宇宙间最普遍的梦想,但注定只是个梦。文明最后都会幡然悔悟,与其在这迷宫陷阱中浪费太多精力,追求不死,不如学会接受,或者延迟。延迟死亡最可靠、最经济方式只有一种,就是冷冻。从母星丰富的移民经验判断,多数文明都会在一定阶段掌握冷冻的诀窍——只要越过将冻未冻的危险临界,长眠抑或唤醒都易如反掌。

"准备好。"他压低声音对落雨松说,"长眠在此的科学家们,醒来了!"

第十五章

奥苏并不太紧张。先前与落雨松和驷水打交道,让他明白一个道理:只要尊重小人儿的习惯和信仰,他们还是理智而友好的——况且即将会面的科学家,又远非落雨松和驷水可以比拟。

但事情总不会如想象中那般顺利。无止无休的等待过后,先听到一侧门内传出惊讶的呼唤。随后,估计有人触发了紧急按钮,屏蔽门同时轰然落下。一点明亮的红色光斑在头顶跳荡,仿佛即将陨落的危险流星。

"他们能看到我!"奥苏醒悟。这里一定有防御监控!监控是必要的,否则从沉睡中苏醒的人们手足无力,如何抵御可能来袭的危险?

一片安静,静得仿佛能听到血液流淌的声音。奥苏不敢轻举妄动,示意落雨松安静,又悄悄将皮肤调整为最暗淡的灰色——"这样看起来,攻击性会小一些吧?"他希望。

不知过了多久,屏蔽门重新开启。奥苏用前后视眼同时打量:每扇门背后都有一截乌黑发亮的金属棍棒缓缓探出。

"武器!"他意识到,立刻扩大了信息素接收的范围,将整片空间扫描一遍。还好,没有察觉到迫在眉睫的杀戮欲望,只有戒备和惊奇。奥苏以不变应万变,望着门后小人儿谨慎地一步一步跨出,武器片刻不离。他多么庆幸母星发展出了敏锐的信息素技术,让他在面对致命威胁的时刻还能保持平静。否则,天知道要闹出多大混乱!

"不要轻举妄动。"奥苏再次告诫落雨松,"他们手里的东西很危险。"

落雨松转过头,明亮的斗志在眼中闪烁。这家伙,显然没见识过热兵器的厉害!

奥苏忙示意他平静:"别紧张,看我的吧……"

七八个小人儿陆续现身。奥苏决定打破沉默。他将四只手张开,垂在体侧,示意没有进攻意图,接着张开嘴,缓慢而清晰地说:"你们好啊,科学家!"

小人儿惊奇的样子几乎逗得奥苏笑出声来。好几位呆立不动,连武器都偏离了目标。还有几位不为所动,继续保持戒备,却不再靠近。

效果很好,奥苏决定再接再厉,先争分夺秒打了篇腹稿,随后字正腔圆地说:"正如你们所见,我不是……呃,我是从天上来的,但这位落雨松是你们的人。能不能把手中的——我不知道叫什么——放下来？让我们面对面，聊一聊吧！"

科学家明显听懂了，迟疑着互相打量。空气凝结半晌，终于一位年长些的科学家向其他人挥了挥手。那人似乎很有威望，武器陆续垂了下去。警报解除。

"我不……我不知道该怎样称呼您？"他向前蹭了两步，犹疑地打量奥苏。

借助信息素和猜测，奥苏立刻听懂了："不知道。落雨松没教过我。"

落雨松惊奇地听着"科学家"的奇怪发音，感到敌意渐渐稀薄。他决定静观其变。

为首的科学家此刻根本顾不上外星人身边的人类："我想，应该称呼您为'阁下'？我是这里的负责人张有怀。"

奥苏飞快破解新学到的词汇，同时将已知词汇的不同发音在头脑中分组储存。

"阁下，我知道了。"他回答，"那么，我是否也应该称呼您为'阁下'？"

"叫我张有怀好了。"

"这么说，叫我奥苏就好！"

气氛明显缓和下来。另外几位科学家也都忍不住靠近，想把这横空出世的外星生物看个清楚。

"过来吧。我们不是茅膏菜！"奥苏说。

有人笑了起来。张有怀迟疑片刻，迈步向他走去。紧张交织兴奋，混着沉重的喘息声扑面而来。

"大家好，"奥苏试探着站起身来，"我想说，很高兴有机会和你们面对面说话。我能感觉你们和外面的人不一样。你们是更好的，更……"他停住了。

"更文明？"张有怀退后一步。虽然从奥苏坐在地上的样子能够判断出那庞大身躯，但真正站立起来依旧咄咄逼人。

"应该是这个词！"奥苏示意他放松，"先自我介绍一下吧。我的家叫……"他用母语说出"鱼尾座 α 第四行星"，"不在这里。在你们这颗星星的南边，用眼睛是看不到的……"

张有怀身后，另一位科学家开口请他将母星的位置说明白些。奥苏试着解释，比比画画、结结巴巴，换了好几组坐标系。

"听起来像是天燕座。"那人终于对张有怀说，"距离地球一千万光年。"

"哇哦！"惊叹声四起，像在池水中投下一把石块。

越来越多科学家走了出来。先到者向错愕的后来者小声解释着眼前不可思议的一幕。奥苏数了数，一共二十六人。张有怀暂时离开奥苏，大声问："安底特在吗？"

"这里。"后面正在清点人数的瘦高个儿应声作答。

"这次谁没有醒来？"

安底特说了三个名字。张有怀点点头，一脸凝重。

"每次都会有人无法醒来？"奥苏十分震惊。看来对这颗叫作"地球"的行星来说，文明才刚刚起步。

"是的。"张有怀身后，一位身材娇小的科学家回答。从信息素判断，奥苏知道那是另一性别的地球人，不禁好奇地上下打量着她。

外星人的目光没有对女科学家造成困扰，又或许她正沉浸在失去同伴的哀伤中。她的眼眶红了起来，嗓音沙哑地解释："在'沉睡计划'之前，我们从来没有尝试将人冷冻超过两百年……理论上，只要保持稳定的电力供应，冷冻一千五百年是不成问题的。可是，第一次设定为一千五百年，我们就损失了十位优秀的科学家……"

她说不下去了。

"还是我来说吧，艾琳。"张有怀伸出手，轻轻在她背上拍了拍。细腻如同晨雾的信息素裹挟在两人身边，奥苏猜测他俩一定是情侣。

"后来经过廷安的改造，我们成功将设备稳定期延至两千年。"他平静地继续，"但是所谓'稳定期'，也只是相对概念……廷安自己，就没有从第三次冷冻中醒来……现在每次沉睡，都会有三到五位科学家遇难——算起来，总共已经有七成同伴无谓地死去了……"他环顾四周，语带沧桑。

"可能，这就是宿命。"安底特叹息着摇头。

"对不起，我有两个必须要问的问题。"奥苏打破忽然聚集起来的阴云，"从最初设定冷冻到现在，一共……"

"三万年了。"

"好，三万年——靠什么维持电力？"

"你知道外面是哪儿？"

"神山。"

"正是！神山就是强大的电场，只要合理利用，适当储备，生物电足以维系设备运转。"

奥苏恍然大悟。难怪直到最后的唤醒阶段，舱内一直黑压压无比憋闷——那是为了节省来之不易的生物电！

"还有一个问题。你们也管自己叫'科学家'。但是这个人——落雨松——还有门外的骊水，他们也提到科学家……似乎和你们完全不一样呢。"

"说到这里，我也有问题。"张有怀没有直接回答，"这个人和你一道进来，他是怎么回事？你们是什么关系？外面的世界——现在是什么状况？"

四周忽然安静下来，强烈的期待的信息仿佛正午热浪，翻腾着阵阵涌来。奥苏吃了一惊：看来这才是众人关注的核心！先前忙于对付自己，科学家们无暇顾及，然而问题一旦抛射出来，就像清晨的第一缕阳光，将人带回了现实。

奥苏掐头去尾，简要将神山中的遭遇讲述一番，最后说："我不明白你的问题，也没有见过更多族人，但是有一点非常清楚：他们和你们完全不同。你问外面的世界是什么状况——就我所见，外面树多人少，连动物都不常见。对于这一点，我也百思不得其解……"

一片寂静。好几位科学家苦笑着摇头，好像在说："果然不出所料……"

还是张有怀首先回复常态，又问："外星朋友啊，能否告诉我，你们远道而来是为了什么？"

"这……"奥苏语塞，支吾半天才回答，"解释起来有些复杂，能否先放一放——请你告诉我，这颗星球上到底发生了什么？我需要更多时间学习你们的语言……再说，我真的很好奇呢！"

张有怀狐疑地低下了头。奥苏长出一口气：忽然被问到这敏感话题，真不知如何作答。

人们向张有怀望去，似乎这"圣殿"里的一切都要他来做决定。奥苏简直替他发愁：和强健的落雨松相较，张有怀明显弱不禁风——那比一片叶子厚实不了多少的胸膛上下起伏，让人担心随时会从中间断开。

落雨松也把头转过去。听了这么久，"圣殿科学家"的语言已经能够猜懂七八成，他本能地从那只言片语中捕捉到多少绝望，又从这些面色苍白的怪人间或投来的目光中，看到多少无奈啊！

"好吧。"张有怀打定主意，"我建议所有人坐下来听。这，是个很长的故事呢。"他转过头，看看身边患难与共的同伴，看看面前一脸迷茫的陌生人，踌躇着该从何说起。那段陈年往事在他心底盘桓太久。每次陷入昏沉无梦的长眠，在那半醉半醒的间隙，过往的一幕幕就会像遥远的涛声,久久在耳边回荡。

"你知道这神山是什么吗?"说是向两人解释,但张有怀内心依然将外星来客当作唯一的听众。在讲述的过程中,他一直盯着奥苏,极少向坐在旁边的兽皮遮羞的同类正眼看去。

"我不知道。"奥苏老老实实回答,"只知道地球上到处都有这种奇怪山丘。我们的科学家做过不少研究,却迟迟找不到答案……"

"你们找不到的——如果把每座神山单独对待,永远不会有答案。"张有怀宽容地一笑,"只有把地球看作一个整体,你才会恍然大悟:它们是连在一起的,它们是有组织,有生命的!"

"对不起,我糊涂了……"

"外星来客啊,我不知道你们造访地球有多久了。你们可知道这星球上主宰一切的生物是什么?"

"我们来得不久,大约只有三十多个日出日落。至于主宰性生物嘛,没有见到。但是发展程度最高的,难道不是他们?"奥苏指向落雨松。

张有怀惋惜地摇摇头:"你们错了,就像三万年前的我们一样。人类不是地球的主宰者……虽然很难想象,但这座星球的真正主宰者就在外面——你在神山中看到的一草一木!它们,才是地球的隐秘统治者!"

他停了下来,等着看这惊天动地的秘密会引发何等震颤。结果却失望地看到:不仅落雨松这"野蛮人"无动于衷,就连外星人都神情木然。

"我知道,你们很难想象……对我们而言,又何尝不是如此!植物无处不在。万千年来我们熟悉它,却又忽视它。不仅因为植物没有像动物一样摆脱细胞壁的束缚,进化出灵活的肢体和敏锐的应激性,而且因为它们没有意识,任人摆布,无法抵御任何风险——至少单株植物是这样。然而我们没有想到,在远超人类的漫长历史中,植物其实选择了另一种策略——成为紧密相连的统一体!

"你熟悉我们人类的大脑吗?如果熟悉,你会惊奇于人类的迟钝,居然迟迟没有意识到那昭然若揭的事实:每棵植物就像大脑中的一个细胞,通过生物电流连接,结成复杂网络,网络纵横交织,又构成异常庞大而精细的智慧系统!可以这么说:整座星球就是一颗头颅,而覆盖全球的植物就是头颅的细胞、血脉和神经,是星球智慧和生命的源泉!神山——地球上每隔一千至两千公里,就会有一座这样的高山——它们是植物聚集而成的群落,就像动物体内的神经节一样,是地球'脑神经'的交会点。你问,为什么神山里面电磁场会如此强大?这就是其中的奥秘!

"不要问我,人类是否曾试图与植物交流。作为如此庞杂的整体,植物智慧不仅是人类无法比拟的,而且也是我们无法理解的。曾几何时,地球上没有神山——神山是三万年前灾变的结果。在此之前,植物没有在星球表面留下任何智慧的提示。亿万年间,它们默默改造着星球的面貌,容忍着动物——包括我们人类的活动。人类崛起后,对植物进行了大规模破坏,许多地区的植物群落遭受毁灭性打击。但我们不明白:在那时,植物为什么没有奋起反击?就像我们无法猜透:又是在怎样的条件下,植物最终决定停手,恢复无声无息、无知无觉的原貌,就像什么都没发生过……后代科学家只能以一句'人类无法理解植物的思维'作为苍白无力的结论。广为流传的推测是:三万年前,当世界人口数量达到一百二十亿的时候,植物界认为动物的存在超越了容忍极限——我再说一下,是动物的存在,不只是人类!于是,有意识的'大清洗'开始了,人类第一次认识到植物智慧之严密、无情……

"没有人说得清植物反攻是如何进行的。我们甚至不知道'大清洗'究竟何时开端！人类注意到的第一个反常现象是：一夜间，人工种植的农作物集体死亡，死亡率高达90%！这开启了一轮严重的饥荒——人类文明多灾多难，但自有文字记载以来，这种全球性饥荒便没有留下只言片语的记忆。

"人类饥不择食，将目光转向其他动物，这才惊恐地发现：就在农作物遭逢灾变的同时，野生植物却变得不怀好意——曾几何时，植物繁衍与动物繁衍息息相关，形成貌似牢不可破的紧密链条。然而植物以'断腕求生'的决心彻底打乱了开花结果的时序，大批野生动物失去给养，在饥饿中倒下，传宗接代更难以为继——这倒暂时缓解了饥荒。然而人类的'好日子'没持续多久，一轮猛烈怪诞的气候灾难便接踵而来。

"科学家曾经认为，是气候影响着植物生长，却没想到植物竟会改造全球气候！大批植物反季节、反地域生长。荒原一夜间绿草成茵，雨林却毫无道理地成片消亡。这样的怪事层出不穷，导致局部气候紊乱——局部气候相呼相应，又带来灾难性连锁反应。世界全变了，飓风在高纬度纵横肆虐，暴雨在沙漠中频繁现身……再没有人怀疑植物是"智慧系统"了——那些绿色魔鬼协同合作，如此严密、如此冷酷！更让人类始料未及的是，植物竟然改变了亿万年进化而成的生存之道——光合作用急速减退，呼吸作用取而代之，惊心动魄的全球变暖让两极冰川持续融化。在短短十年间，植物造成了一轮又一轮严重的自然灾害——强降雨、飓风、海啸、洪水、泥石流、大旱、酷暑、极寒，人类和所有动物一道，苦不堪言！

"气候变化也导致生态完全失调。绝望的动物为适应气候，不断改变行为特征和节律，造成难以估量的生态灾难。根据当时科学家的记载，全球物种普遍向温凉地带迁徙。比如一种欧洲斑蝶，在灾难开始后仅半年就从原活动区消失，向北迁移了一千五百公里！这给以斑蝶幼虫为食的家燕带来了毁灭性打击：当那些可怜的生灵长途跋涉，从非洲迁徙到欧洲，打算繁衍后代的时候，却再也找不到鲜嫩可口的毛虫了！家燕幼鸟因缺少食物而大批死亡，整个种群也就在十年后彻底绝迹。大型动物当然更无法逃脱宿命——狮子、老虎、大象、角马、犀牛……你没见过的各种体形庞大的食肉、食草动物首当其冲，随后中等体形的动物也开始消亡。曾经遍布全球、体态各异、多姿多彩的动物啊，就这样一个接一个倒下，成为植物的牺牲品……

"然而灾难并未结束。随着温度不断攀升，细菌和病毒迎来了繁殖高峰，数量空前繁盛。一些寄生虫的优势也得天独厚，将生长周期缩短到极致，传染期却长得无止无休。不断变异的瘟疫就像滔天巨浪，不等人类做出反应，就将无数生命卷入死亡深渊。更可怕的是，植物似乎对我们的命门了如指掌。大批裸子植物开始释放对人类有害的物质，比如致命的 D-3 型孢子。成千上万无法适应的人类因过敏、哮喘等原因在绝望和痛苦中死去！

"最后，植物开始向人类城市进军。河道被水草堵塞，建筑被藤蔓覆盖。来不及逃窜的人在家中渴死饿死、窒息而死！小部分幸运脱身的人类被迫离开城市，在新生丛林中苟延残喘……一座又一座城市被仓皇遗弃。面对全球植物围剿，人类连还手的机会都没有，便溃不成军！

"人类最后的历史记载，将这场灾变描述为'植物夺取地球统治权'——但那是不公允的……无论人类认识与否，植物一直是这座星球的隐秘统治者，三万年前是这样，今天依旧如此！区别只在于：我们曾在它们仁慈的忽视下自欺欺人，其后又在它们狰狞的注视中走向毁灭！

"如果没有经历这一场灾变，我们永远不会相信文明如此脆弱。人口锐减和巨大的生存压力，让焦头烂额的人类无暇传承'可有可无'

的技艺。两代人断档，就将大批技艺从文明中一笔勾销！灾变平稳后，人类为填饱肚子而奔波劳碌，为延续种群而努力繁衍，哪儿还有时间重修破碎文明？回到丛林的人类散落全球，交流日益困难——幸存的科学、文化被重重密叶阻隔，仿佛一句无法大声说出的话，在山谷回声中走投无路，销声匿迹……文明和遭到遗弃的城市一道，在短短百年间碎裂倒塌，化作漫天尘埃，吹散在风中，几乎一丝痕迹都没有留下。可怜幸存的人类啊，空有一副智慧骨架，却没有文明在其中填补血肉，只能浑浑噩噩地延续，一代又一代。这就是地球人的悲剧：在痛苦中死去，又在遗忘中重生——这就是灾变的真相，这就是有朝一日，我们希望向走出混沌的后代传递的遥远的训诫……"

张有怀停了下来。时间如溪水般漂泊，寂静如渔网般铺撒，叫人无处可逃。

"远道而来的朋友啊，你问我们是谁——我们是三万年前退守神山的最后一批科学家，是人类火种的流传者，是地球文明的守夜人！人类复兴的梦想会不会湮灭？所剩无几的科学能否流传下去？我们不知道，但时刻做好准备：也许有朝一日，文明的曙光将再次来临，历经磨难的人类会像久远的先辈一样走出丛林。我们的任务，就是在那一天来临的时候，将曾经发生的一切告诉他们，让相同的灾难永远不要重演。这，就是'科学'的真谛——我们，才是真正的'科学家'……"

第十六章

星空沉静如歌。三万年前它见证了那段疯狂往事，却漠不关心；

三万年后它淡然倾听世人追诉，依然不为所动。奥苏不禁感慨：与永恒星空相比，无论多么发达的文明都脆弱得不堪一击——只需一点微妙设计，就能为文明布下陷阱；只需在适当的时刻触发，就能让它在一夜之间轰塌。

落雨松深受震动。他站起身，走来走去。这不可能……想想部落周边那沉默不语的大树，每天清晨风吹过树叶的沙沙声——这些，都像人一样，会思考，有谋划？

"我们被打败了？我们，被那些树，打败了？"他不甘心地追问。

"很不幸，实情就是这样……"张有怀认真地看着落雨松。自始至终，他就没有把这茹毛饮血的"野蛮人"当作正式听众。落雨松的发问将他带回现实，他仿佛刚刚想起：这半天讲述，本应是说给落雨松的。

"那现在，它们为什么变'好'了？"

"它们从来都没有变'好'——只是目的已经达到，它们歇手了，同时也是因为你们适应了……"

太疯狂了，简直比辛朱讲过的最夸张的故事还要疯狂。落雨松多想服从本心，坚定地拒斥。但看看身边——那奇形怪状的大家伙、那超乎自然的"圣殿"，又有什么不能接受呢？张有怀低回如泣的语调如同悄然飘落的梅雨，让他一度抗拒的心松动起来。

"虫子呢？你没有提到虫子。"他忽然想起。

"虫子？哦，应该告诉你：虫子也是一类特殊动物……它们——应该叫昆虫——生命力格外顽强，在灾变初期也和人类一样数量锐减，但短短一百年后，它们的种群就以惊人速度恢复正常。而且，昆虫并未止步，在其后的两万年间，我们眼睁睁看着它们变得越来越大，与丛林生活的契合度越来越高。我的同事曾致力于遏制昆虫进化，但最终无济于事。"

"变大？"落雨松迷惑不解。

"是啊。如果我告诉你，在很久很久以前，蚂蚁就像一粒沙子，胡蜂不会超过半截手指，你相信吗？"

"不相信。"

"等一下。"奥苏插话，"你刚才说——在两万年中，昆虫就变成了现在的模样？"

"不错。在那弹指一挥的三万年间，我们发现文明复苏的速度比预期缓慢得多。与此同时，我们绝望地看到，昆虫变异、进化的速度远远超出曾经的设想。很多大型昆虫如雨后蘑菇一般涌现，为人类生存带来巨大威胁……多么可笑，曾经微不足道、趴在脚下的生灵，如今却成为撕咬我们身体、啃食我们骨血的恶魔！"

"不可思议！"

"崔玮——我们的昆虫学家，认为昆虫已经与丛林达成某种新的共生关系，为此改变了体形，甚至改变了习性。"

"这是生物与环境高度适应，从而加速进化的典范例证！"后排一位面色红润的科学家说，估计就是崔玮了。

张有怀问奥苏："刚才你提到'茅膏菜'，想必见过吧？三万年前，茅膏菜比我的手臂大不了多少。那时，什么胡蜂、什么苍蝇，都是它的盘中餐。然而令人难以置信的是，大约一万五千年前，它们与一类叫作'细腰蜂'的昆虫结为共生关系——细腰蜂用毒液帮助茅膏菜消化更大的猎物，它们把尾部的刺……"

"不用细说了！"奥苏不寒而栗。

张有怀莫名其妙地看着他，依然坚持把话说完："总而言之，由于有了更多给养，两种生物协同进化，越长越大。两千年前醒来时，我们发现茅膏菜已经有一人多高，真不知今后会变成什么怪物——这也是我们科学家一直头疼却无法解决的问题。"

"科学家？科学家又是怎么回事？"落雨松不安地追问。

张有怀刚要开口，却被那位叫安底特的科学家拦住了："我来回答吧，你该休息一下了。"

真的，那一大段讲述几乎耗干了张有怀的力气，他面色煞白，手也一直被艾琳握住，揉搓着取暖。

"我理解你的困惑：我们，和你在部落中崇拜的'科学家'完全是两种人。不错，因为'部落科学家'只是我们投向蛮荒的一道影子。"

落雨松和奥苏都是一脸茫然。

"有怀刚刚提到，我们是三万年前灾变中仅存的一批科学家。其实，那骇人听闻的灾变我们并未亲历——我们是在更早时候，恍如隔世的文明巅峰时期，人类首次放飞的梦想。你们所处的这间舱室曾经搭载我们探索遥远太空——狂妄地迈出脚步，搜寻'地外生命'的影踪！直到最后一批科学家发来求救信号，我们才毅然决然踏上归途，妄图用双手拯救地球的希望。然而晚了……我们经历的痛苦你们无法想象：从浩渺无垠的太空重返一片狼藉的地球，眼睁睁看到城市变作废墟，废墟变作丛林，人类重新过上结绳记事、茹毛饮血的生活。在他们的记忆中，我们这群科学家已经不复存在……我们绝望地奋斗，徒劳地希望带领人类重建辉煌。然而太难了，文明倾覆已成定局，事业难以为继，人人心灰意冷。就在大伙即将放弃希望的时候，舰长张有怀提出了一个大胆构想：与其徒劳地等待失败，不如在沉睡中期盼黎明。"

安底特渐渐也忽视了落雨松，只对奥苏一人讲起来："你应该知道，搜寻'地外生命'不是一朝一夕的事，所以航天器都配备有'冷冻舱'——让我们跨越短暂生命，在沉睡中接近遥远星球。张有怀认为：以我们的力量，在废墟上重建高楼是不可能的——我们能做的、我们应该做的，是在人类有朝一日重获新生的时候，以残存技术助他们一臂之力，这就是'沉睡计划'。刚才有怀已经告诉你：神山中片刻不息的生物电流是'沉睡计划'的基础，而航天器能够屏蔽宇宙射线的外墙，则使我们免于电磁辐射的戕害与威胁——这是个绝佳计划啊，如果一切顺利进行……

"起初，就像艾琳说的，我们将唤醒期限设定为一千五百年。我们希望一觉醒来，能够与重新摆脱蒙昧的后代相逢，但我们失算了。首先是高估了冷冻技术：'一夜间'损失十位优秀的科学家，让我们险些放弃。其次，文明复苏异常缓慢，除了争夺地盘的战争，族群间的联系几乎中断。最终，有怀再次说服大家，让天才技术家延安提升了冷冻舱的性能，将唤醒期限延长至两千年。在那以后，我们十四次醒来，每次都会有三到五位同事离开。加上自然年龄流逝，前后有六十多位同伴将生命耗散在狭小的冷冻舱内。事实表明，即便冷冻也不能让岁月完全停滞，但女人的身体显然能够更为有效地对抗自然损耗——你还不知道吧，艾琳和有怀是情侣关系。他俩原本只差五岁，现在看起来……得有二十多岁的差距了吧？"

张有怀避免与艾琳对视，独自无奈地苦笑。

安底特继续说："然而我们并非完全消极等待。在第一次冷冻前，艾琳提出一个听上去疯狂的'宗教复兴计划'。她认为可以利用当时方兴未艾的自然崇拜为科学留下一粒火种，将最基本的科学常识编入宗教当中，利用信仰世代流传。"

"这怎么可能？"奥苏像在听神话。

"其实并不困难。"艾琳向安底特示意自己解释，"只要编一套经文就好。我是量子物理学家。你知道量子物理吗……哦，你怎么可能不知道——就是研究极微观世界的科学。"

奥苏点头："请解释给我听。"

"比如,我们知道,大千世界是由十维时空构成的,其中四维是我们生存的世界,其余六维则像琴弦一般蜷缩在一起,以不同的频率震颤,形成不同的微观粒子……"

"你们的研究还不够深入,但是我明白了。"奥苏一笑,想起儿时无聊的物理常识课。

在科学水平明显高于自己的外星人面前班门弄斧,艾琳有些尴尬,忙跳过解释,单刀直入地告诉奥苏:"我将这些编成最简单、最容易记忆的'经文'。比如'世界虚空,极细如丝',就是告诉人们宇宙的本原是'奇点'。再比如'十重大千,四重世界',是说十维空间的事情。还有'神的灵行于狭缝之中,经万千窄门而无阻',这是光的衍射现象……"

"原来如此。"奥苏想起曾听到落雨松向驷水背诵其中几段,"但是,如何保证在流传中经文不走样呢?"作为记者,每次写完报道他都要复制十个版本,通过四种不同途径向母星传输,以纠正超距离传输中出现的偏差。超距离传输如此,跨越三万年的流传又怎能保证无误?

外星人的跳跃思维让艾琳诧异:"就像当初'传教'那样,每次醒来,我们会走到丛林中,向'野蛮人'行神迹,随后重新'传教'……"

"神迹?"

"是啊。"艾琳叹息着摇头,"文明已经失落,在他们眼里,最简单的科学技能都是不可思议的神迹——比如拍个照啊、点个火啊,比如用激光射线猎杀野猪啊……通过宗教留存科学,多么无可奈何的办法!"

一片寂静。科学家们都在回忆中唏嘘不已。

"就这样,'科学'成了他们的宗教,'科学家'成为祭司的代名词。然而不可预料的蜕变还是出现了——'野蛮人'把他们对于自然的敬畏加了进去。六千年前，他们背诵的经文已经与我的设计有了很大差异——主要是新加入的内容，比如'神的灵行于万物''须敬畏万物''不敬万物的人……神必重重责罚'，等等。但科学内容依旧存在，基本没有脱离预期。只是由于航天器在神山中，成为不断显露的'神迹'之源，久而久之，神山竟被传为禁忌。'野蛮人'认为它是神的领地，擅自闯入者必死无疑。从此神山无人涉足——却是我始料未及的。"

"但是，神山禁忌也不是一无是处。"张有怀缓过精神，接续说道，"既来之则安之，我们将它视作衡量人类进化的一把尺子。你知道，文明进步必然伴随对宗教的反思。每次进入沉睡之前，我们都在企盼：让文明的火光照亮人类的眼睛，让部落中的智者打破禁忌，闯入神山，找到我们！入口处那道勾股定理证明就是文明飞跃的标志——能够解开谜题，说明人类已经回到可以与我们理性对话的阶段。这时，解冻程序便会自动开启，让我们睁开眼睛，看到脱胎换骨的'新人'站在面前。然而……"

张有怀平静地停了下来。在那漫长的等待中，一次又一次的失望，他已经习惯了。这次意外唤醒，亦不过是漫漫长夜里不经意地翻了个身。

"原来这就是辛朱、赤土他们布道的真相。"落雨松轻声说。一来一往的交谈中，有东西刺激了他，就像先前奥苏那样——他不喜欢张有怀、艾琳他们抑扬顿挫的讲述中蕴含的优越与傲慢，也不喜欢后面那些人欲言又止的叹息中透露的矜持与怀疑。他本能地感到：眼前这些人瞧不起自己。他们悲天悯人地空谈，却奇怪地拒人千里之外。然而他坦然接受，因为虽然荒诞不经，虽然不能完全理解，但"圣殿科学家"至少对他心里长久以来的疑惑做出了回答——

莫名其妙的经文、神山的古怪禁忌、世代流传的"神迹",甚至还有大祭神的渊源……如果这是谎言,该需要多么高明的头脑来编造!

"是啊。"张有怀疲惫地望着他,"你能够接受,我很欣慰。"

飘荡在空气中的绝望像沉重的盔甲,压得奥苏透不过气来。自始至终,在听科学家们讲述的过程中,一种模模糊糊的错位感总在他脑中盘旋。张有怀对落雨松不经意的夸赞就像一道闪电,照亮了那看不清的思绪。

他同情地向张有怀转过身去:"虽然我是个外人,但请允许我说几句话。你们这些自诩清高的科学家啊,为什么闭上眼睛?也许'新人'还没有出现。也许等你们所有人都在沉睡中死去,他们才会姗姗来迟。但是我告诉你啊:进入神山之前,我认为地球上没有智慧生物,是这个人用实际行动改变了我。在七天时间里,我见证了最复杂的思维模式和最初级的理性之光。相信我吧:这人的头脑绝对不比你们简单。他缺乏的不是智慧,只是一点点常识。把常识告诉他——这不正是你们苦等三万年,打算要做的事吗?需要你们帮助的同类近在眼前,却被忽视了整整三万个年头!"

张有怀叹了口气:"这道理,你以为我们不懂?但头脑和文明是两码事。在人类历史上,从头脑健全到文明萌生,其间经历了漫长而痛苦的挣扎。外星朋友啊,我们并非等待文明一蹴而就。我们等待的,不过是在痛苦挣扎的时刻为文明加一把力……"

"但是,等待可能是死路一条啊。"奥苏争辩道,"在我们的星球,曾经有过一种飞不高的美丽生物,叫作'凝光'。它们水一般透明的身体能在阳光下折射出绚丽光芒。曾几何时,人们热衷于豢养它们,装点庭院。凝光没有任何防身手段——在自然界,它唯一的办法就是消除气味、蜷成一团,水滴一般掉落地下,静静等候危险离开。

然而，这一招对人有什么用呢？只需弯腰捡起，带回家去，等待它们的就是永无终了的牢笼。凝光极难饲养，但没有关系——我们可以再去旷野中捡拾！因此，经过短短十分之一纪的疯狂捕捉，这种美丽生灵就从星球上彻底消失了，只留下一句凄凉、警示的谚语：像凝光一样等待……"

奥苏还想接着说，却被张有怀打断："也许你们的星球、你们的文明有着截然不同的发展轨迹，我很乐意与你探讨……然而那在之前，既然提到母星，有件事必须先弄清楚——我恳请你实在地回答……"

张有怀目光炯炯，犹如正午骄阳。奥苏知道他又要问"那件事"了。果然，张有怀直奔主题："请告诉我：你们来到地球的目的——不会只是'科学考察'吧！"

"哎呀，"奥苏依旧没想好如何解释才能既不引起警觉，又自圆其说，"在舰队里我只是个小人物，很多事情不知底细……"

"但是你总知道一些的，对吗？"艾琳也帮着发问。

奥苏为难地看了看她，又看了看张有怀，两人眼中闪着同样热切的光。身边其他人，就连落雨松，也都散发出强烈的逼问气息，似乎打定主意不问出究竟誓不罢休。他退无可退。

"我们那里有不少科学家……他们对这里的……呃，生物，很感兴趣。"他试着避重就轻。

张有怀笑了："你知道，航天器都配有通信设备。刚才听你讲述如何意外坠落神山，我就在想：能否借助通信设备，助你一臂之力，与飞船建立联系……"

"对啊，我怎么没想到！"奥苏被一语点醒，激动得泛起黄色荧光。

张有怀老谋深算地把话说完："然而，如果不知道你们前来的目的就贸然联系，岂不好似蒙着眼睛在悬崖上奔跑，多叫人心里没底!"

"这……"奥苏一时手足无措,百感交集。

第十七章

"明天到底走不走呢?"驷水无力地躺倒在地,肚子发出惊天动地的咕噜声。夜已深,中午补充的给养早消耗殆尽。

自从落雨松他们闯入"圣殿",驷水就守在旁边——触怒了神,无论逃到何方都无济于事,不如在原地等待命运裁决。好几次,他毛骨悚然地以为舱门重又开启,"圣殿"再度点亮,或者听到那边传来声音,结果都是幻觉。

"我快要疯了吧。"他想。

驷水心里迷惑得很:这几天怪事层出不穷,虽然没有一桩是针对自己的,但都超出了认知范围。从小听赤土伯讲起的那些可怕"神迹",他和落雨松一桩也没有遇上,反倒是很少有人提及的怪物、"圣殿"让他撞了个正着。几天来一直给自己当学徒的怪物忽然执拗地"触犯天威"——那一刻,他几乎确信神的声音就在耳边回荡,要他"拦住怪物"。然而"圣殿"诡异非常,他怎敢上前?片刻犹豫便铸成大错,不但怪物私闯入内,就连落雨松也冒冒失失一道进去。奇怪的是,直到现在却没带来一丝波澜。原本笃定的信念出现了犹疑:神的声音他到底是真实听到,还是震惊中的幻象?神的怒火迟迟未曾降临,是喜是忧?责罚是否还会降临?有没有赎罪的法门?现在该如何是好?一走了之还是继续等待?如果等到明天早上依然没有动静呢?神啊,到底想要他悟到什么?

"赤土伯在哪里?"驷水在心里嘟囔。多希望现在有人站出来,告诉自己该怎么做!啊,有人做主是件多么美妙的事……二十天多前,赤土伯的话他言听计从,为什么一瞬间天翻地覆,竟落到这般无依无靠的境地?

他想先睡一会儿,但心里乱糟糟的,哪里能睡得着。他在黑暗中睁大眼睛,望着"圣殿"方向,直到月色洒满枝头,穿过叶片倾泻在"圣殿"圆顶上。夜色温柔,万籁俱寂,柔和白光笼罩下的"圣殿"在这深夜的丛林里美得令人心碎。

"又看到幻象了。"他想。

但是这次有些不同,"圣殿"越来越亮,仿佛白昼在地平线外转了个圈,重新折返回来。驷水望了望天,月亮并不在头顶。

"不是幻象?!"他一坐而起,再次匍匐在地,手脚冰冷得像被放血的猎物。潮湿落叶贴在脸上,腐朽土层的味道直窜口鼻,他就像在地牢中等待再也看不到的明天一样,烦躁、憋闷。

"让这疯狂的一天赶紧过去吧!"他想。

心口贴在地面上,通通地跳。

"这就是你们说的另一个人?"

他多么惊讶——一个声音在头顶传来,没有半分神的威严。

"唉,就是他……"

这声音更加熟悉——雨松哥?

他悄悄抬起头来。真的是落雨松,还有大个子怪物。他们就站在"圣殿"门边,完好无损,身前五位穿着怪异的同类,看起来并没有多么神圣。门后黑暗中传来脚步声、说话声,一片嘈杂。

"不用跪着了!"奥苏在落雨松身后呼喊,"他们不是神,他们是科学家……唉,也不是你们的'科学家'——总之先站起来吧,不要再这样了,好吗?"

驷水犹豫半天，终于站了起来。虽然惊魂未定，但再怎么看，这群怪人也确实不可能是神……他疑惑地望向落雨松，后者走到他身边，伸手搭在肩头："别怕，我们要回家了。"

"回家？"

"对，回家，回到神山族去！"落雨松指向身后，"这是安底特，他会帮助我们重返神山族！"

没有人回应。科学家们忧虑地望着眼前瘦小枯干、兀自颤抖不已的驷水，无奈地对视。这就是三万年等待的结果？这就是即将担负重任的"新人"？呜咽的风在耳边渐渐平息。啊，是怎样的危机惊醒人类的噩梦，是怎样的绝境让他们别无选择……

片刻之前，奥苏简要地向科学家们介绍了母星舰队的情况。尽管小心翼翼，避重就轻，但当"移民"二字无可避免地说出口时，张有怀还是立刻警觉起来。

"移民？"他追问道。

"是啊。"奥苏深吸一口气，"你想得没错——舰队在宇宙中游弋，当然不是为了开阔眼界，增长见识。我们的母星——鱼尾座 α 第四行星，或者按照你们的叫法——'天燕座'，资源极度匮乏。早在第六纪文明末期，人们就意识到星球前进的脚步已受到严重束缚。因此，我们睿智的先祖把目光投向天穹，优先发展了星际航行技术。自第七纪文明伊始，一批又一批冒险家和开拓者就迫不及待地背井离乡，将文明的种子播撒到一颗又一颗遥远的星球。在漫长的六千多个母星年移民史中，我们借助发达的星际航行技术和信息跃迁传输技术，利用荒无人烟的移民星球上丰富的自然资源，推动母星科学——还有文明，跨上前人难以想象的高峰。"

"移民星球全都荒无人烟吗？"张有怀敏锐地捕捉到模棱两可的地方。

"这……是的……但也不一定……"

"不一定,就是说有例外喽?"艾琳追问,目光严厉起来。

"唉,你们可真难缠。"体色一明一暗,直觉告诉奥苏,今天别想蒙混过关,"资源丰富的地方,当然不可能空空荡荡……总会有些简单生命——这时候……我们就要分情况处理啦!"故意说得很轻松的样子。

然而张有怀面色越来越严峻,戒备情绪像冰凌般竖起:"愿闻其详。"

人群寂静无声,屏息凝神,就像操作舱映射出的草叶和星空。奥苏如临大敌,遣词造句将母星的"移民/贸易"双向路线讲述一番,特别强调:"只要被母星认定为智慧生物,舰队就必须遵守贸易法则,绝不会掠夺已有文明的资源。"

"但是,判断文明生物的标准是你们定的,对吗?"张有怀质问,"你们有什么权力,替外星生物定性?"

"呀,你别那么严肃好不好。"奥苏连忙安慰他,"那是在考察了近千个移民目的地后,综合做出的标准……"

"自我美化!"张有怀毫不客气地打断,"无法掩盖你们扩张文明的本质。"

奥苏有些不高兴了:无缘无故被人责怪,真是不通情理!

"你这么说是不公平的。一方面,母星文明已经发展到相当自律的阶段,在星际移民中建立了一整套自我监督机制。另一方面,就像我告诉你的,一旦目的星居民被判断为'智慧生物',不仅移民工程不会启动,我们还会尝试和他们互通有无,开展贸易——把文明之种播撒过去!"

"唉,我不是小孩子了。"张有怀叹口气,语气稍稍缓和一些,"你可能想象不到,尽管没有星际开拓的历史,但在地球上,遥远遥远的过去，也曾经有过贸易帝国，就像你说的那样。"

这倒真是新鲜，奥苏立刻来了兴趣。

"在我们的历史中，先发展起来的文明都曾有过相同经历——首先残酷扩张，随后归于理性。文明精神要求人们放弃暴力，但扩张本质又促使他们继续前行，于是和你们一样，他们终会举起'商业'这面大旗，在自我欺骗的谎言中争当世界统治者。"张有怀意味深长地盯着奥苏，"你真相信自己那一套吗——将文明带给落后星球？"

那一刻，奥苏感到，面前这低等文明的对话者俨然闪烁着智慧之光——他当然不相信，那不过是引述博万冠冕堂皇的言辞。真相人人明了，只是不愿说出……望着张有怀皱纹密布的额头，奥苏一时满怀同情。

"但是，"他转念又想，"地球人能否被认定为'智慧生物'还不一定呢，现在就担心后一步隐患，未免操之过急了！"——大约在张有怀、艾琳看来，由于他们的存在，认定"智慧生物"不成问题。然而奥苏隐隐觉得：即便自己妙笔生花，在接下来的报道中鼓吹一气，行星开发委员会也不一定买账——如果被视为"非智慧生物"，大限之日就不远了……他真不愿想象眼前的科学家，还有落雨松、驷水他们，被蒲迪思的舰队像杂草一般剪除！但是……正如张有怀所预见的，就算认定"智慧生物"又能好到哪儿去？不过是在"公平交易"的幌子下，任人宰割罢了……奥苏瞥一眼头顶密密层层的树冠，还有群星璀璨的天空——这美好世界，也许注定与地球人无缘了！

"不要担心，我们不是掠夺资源的野蛮文明……"除了加以安慰，奥苏还有什么办法呢？

张有怀没有回复，低头沉思。片刻之后，他站起来，转向自己的同伴："我建议，'文明复兴计划'正式启动。"

"什么？"一片愕然。

艾琳首先明白过来："你是说,没时间等待了?"

"不错。"张有怀指着奥苏,"科技水平远超过我们的外星舰队已经悬在头顶,无论所为何来,都不可以在沉睡中躲避。我希望能够相信这位外星朋友的话,但是直觉和经验告诉我:最好的打算往往落空!"

安底特皱起眉头："如果像你所说,外星舰队的力量我们无法抗衡。那么,无论出面与否,对将要发生的一切又有多大影响?"

"咦,这是什么话?"张有怀惊讶地看着他,"一旦最坏情况出现,除了我们,还有谁能为地球文明尽一份力?实话说,我已经后悔了。我们早该像外星朋友所说,走出神山,将一切知识倾囊传授——至少今天,在面对未知威胁的时刻,人类不会是浑浑噩噩的一盘散沙!"

众人沉默。奥苏和张有怀揭示的残酷现实仿佛一双大手,掐住人们的喉咙。

"其实……我知道于事无补。"张有怀的语调瞬间有了三万岁老人的落寞,"这话我原先不敢说,但大伙儿心知肚明:人类文明已经死了,外星舰队只是给我们敲响的丧钟。病入膏肓者没有什么好怕的,只是在长久地闭上眼睛之前,让我们争取做一些事情吧!也算对得起无谓逝去的同伴,对得起我们曾经奋斗的时光。"

"我同意。"艾琳站到张有怀身边。

"我也同意。"崔玮说。

后排陆陆续续有人附和。安底特四面看看,耸了耸肩:"既然大伙儿都下定决心,我也没有意见……"

张有怀点点头。"那么,'文明复兴计划'从这一刻,正式启动。"他转向旁边的落雨松,"你——将是被我们开化的第一位部落成员。"

没有欢呼,没有雀跃,回应他的,是一迭声叹息。

落雨松许久没有说话。他不喜欢张有怀高高在上的样子,不喜欢他无意间流露的轻慢。然而却是他,让自己第一次感到生命中出现了各种可能:从地牢到神山,他闯入的不是神的疆域,而是充满危机的崭新世界!

"给我看'神迹'。"他忽然不容置疑地对安底特说。

"什么?"安底特莫名其妙。

"刚才她说,'神迹'不过是你们的表演,我想看看。"

安底特迟疑地向张有怀望去。

"可以……我也想看看,这时代的人类见到'神迹'究竟作何反应。"

安底特点点头,返回冷冻舱,一会儿工夫便捧出一把小玩意儿来——不过是手电、打火机、钢刀、黄火药之类。"这些足够了。"他想。他没有敢将"扫射激光"这类大功率武器拿出来,生怕一不小心擦枪走火,不可收拾。

然而他失算了。半天演示,只换来落雨松微微一笑。

"怎么?你不觉得稀奇?"安底特惊讶地放下手中的"魔术"——惊讶不止来源于落雨松的冷漠,也来源于自己——"天哪,我在向这'野蛮人'提问!"

落雨松弯下腰,将钢刀擎在手里:"除了这个比较实用,那些……都是华而不实的障眼法!"

好几位科学家笑了起来。

张有怀来了兴趣,将落雨松上下打量,对安底特说:"这人没那么好糊弄呢。你去拿些'真家伙'来!"

安底特走回冷冻舱的样子,活像接受挑战的骑士。这一次,他毫不客气地拿出"看家本事"——火焰喷、电击棍、点射枪、超声盾。虽然算不得尖端科技,但都是极具"观赏性"的攻击性武器,在历次"神迹"展现中,一旦亮出这些家伙,"野蛮人"无不吓得屁滚尿流,俯首称臣!

　　落雨松果然吓了一跳——安底特轻轻挥一挥手,十步开外的柴堆就燃起熊熊烈火!然而,如果安底特以为,落雨松会像寻常"野蛮人"那样浑身哆嗦、扑倒在地,他可要大失所望了。虽然同样难以置信地盯着自己,但落雨松的眼神中,却隐然有一种别样光彩。

　　"这个……是你弄的?"半晌,他指着地下的灰烬发问。

　　真想告诉他"这就是神迹",安底特暗自遗憾。可惜张有怀就在旁边——这没有一丝幽默感的男人啊,才不会对无伤大雅的小插曲一笑了之。他一定会立刻出言纠正,把玩笑变成尴尬。

　　"是啊。"安底特不甘心地回答,"你不惊讶?"

　　"还有什么?"落雨松对问题置若罔闻,反倒催他继续展示。

　　"那好,你过来。"安底特有主意了,招手示意。

　　落雨松大大方方地走到近前,心里却警觉起来——面前这男人,眼中满是幸灾乐祸的兴奋,定然图谋不轨!

　　安底特从身后取过一根"木棍",在手里掂了掂,握紧一端,将另一端朝落雨松伸过去:"你抓住那边,哪只手都可以,就像我这样……哎哟,疼死我了!"

　　众人都没反应过来,就见安底特抱着右腿一蹦三尺高,龇牙咧嘴。原来落雨松提防他耍手腕,没有按照指示握住"木棍"另一端,而是劈手从安底特那边,将棍子夺了下来——猎手多年训练的速度与力量,沉睡万年的科学家怎能抵挡得住?看都没有看清,安底特就被缴了械。落雨松料定手持一侧没有问题,而另一侧定然暗藏玄机。他脑子转得快,既想给这讨厌鬼一点教训,又要避免不可测的伤害,于是迅捷无比地将棍子掉转方向,对着安底特的大腿,轻轻一触!

　　电流穿透裤子涌向血肉之躯,针刺一般,安底特疼得"呀呀"大叫,险些坐倒在地。好在只是恶作剧,没有将电压调高。否则,自作自受的滋味可不好受!

"胡闹!"张有怀这才反应过来,对兀自嗷嗷呻吟的安底特怒目而视。其他科学家却笑得弯下腰,方才的沉重一扫而空。

"哎,你这……你……"安底特从刺痛中缓解过来,指着落雨松,顿了片刻,忽然自己也哈哈大笑起来,"我算服了!这么多年,还从来没有在'野蛮人'……呃……部落人面前栽过这么大跟头!"说着上前拍了拍落雨松肩头,竟然一点都不介意。

落雨松反倒手足无措,"木棍"也不知能否随意丢弃,只好呆呆地站在原地。虽然只是意外尝试,但对落雨松来说,已是丛林世界无法企及的经验。"原来这东西我也可以用!"他惊讶地想,将"木棍"举到眼前,仔仔细细观察起来——真的不是"神迹",它只是个……东西!

"野蛮人"的反常举动引起科学家们的注意。笑声渐渐止息,目光集中在这好奇心强盛的闯入者身上。

"那东西,我也可以用?"落雨松指着方才大显神威的火焰喷。

"你可以。"张有怀严肃地回答——自始至终,他就没有笑过,"所有这些,你都可以使用!"

落雨松低头不语。那女人说得没错:"神迹"不过是故弄玄虚的表演,实际上,人人都可以做到!那么……一个大胆想法浮出水面。

"神山族!跟我去神山族!"他忽然对安底特说,没头没脑。

安底特满脸茫然,就和片刻之后,驷水的表情一模一样。

"神山族?为什么是神山族?"驷水和安底特提出同样的问题。

"乔木啊!"落雨松答,"我们一跑,他十有八九会被再次选作牺牲——要去救他,现在就走!"

"可是已经七天……啊,是了!"驷水恍然大悟。按照部落习俗,一场祭祀因故中断后,会进行七天"大跳",也就是全体族人都要参与的祈祷活动。在求得神明原谅后,大祭神仪式才能重启——那么说，如果现在动身，赶在明天一早回去还来得及!

"雨松哥，你打算……"他不安地问。

"没错，我打算去向赤土挑战。"

驷水吓得脸都白了："这……这怎么可能?"

落雨松哈哈一笑："难道从神山中走出的科学家们，还不足以对付一个小小的赤土吗?"

"没错，神山族将是我们武力救赎的第一个野蛮部落!"张有怀威严地说。

"等一下。"落雨松惊讶地转过身，"你打算发动战争?"

"战争?怎么称得上'战争'?这些武器将'神迹'展示出来，那些族人还敢反抗不成?"张有怀觉得落雨松的问题莫名其妙。

"你错了。"落雨松眉头紧蹙，"这次和传教不同，拿着武器赶去推翻赤土的统治，不会如你想象那般顺利!你们会被视为魔鬼的。赤土一声令下，神山族就会奋起反抗!我警告你!"

"那就让他们尝一尝反抗的滋味。"张有怀不耐烦地打断，"新的世界，将有新的规则，来不及循序渐进!"

"先前你一直说要去'帮助'他们，就打算这样，用武器去帮助吗?即便族人屈从一时，谁又会对你心服口服?"

张有怀语塞，脸涨得通红。

"那你说该怎么办?"安底特在一旁好奇地问。

"想要拿下神山族，就得让首领自己低头服输。赤土是'大首席科学家'，必须从这上面入手。方法嘛，其实简单得很，我一个人足以，只需要向你借几样'神迹'……"

驷水在一旁静静听着。他不知道会发生什么，但本能地感到大事不妙——逃亡那天，赤土伯在落雨松的攻势下不堪一击，如果再有这么多来历不明的帮手……他看看身边的科学家，又看看远处发光的"圣殿",双手不受控制地抽搐起来。

"不要啊!雨松哥!"驷水扑倒在地,"赤土伯,他……他……不行啊,雨松哥!"

雾气在草叶间升腾,渐渐遮蔽了头顶的星空。

第十八章

他们从晨雾弥漫的丛林中走出。天刚蒙蒙亮,部落安然沉睡,浑然不知剧变即将来临。

落雨松唏嘘不已。从偷偷摸摸在外围求爱,到五花大绑被敌人俘虏,到九死一生从地牢逃脱,再到现在光明正大地卷土重来——经历过一连串天翻地覆的变故,猛然见到乔叶和她族人的茅棚模样依旧,稳稳当当散落山前,简直觉得不可思议。

"这就是神山族的领地。"他轻声向安底特和另外三位科学家介绍。

原本张有怀和艾琳也在队列里,但张有怀身体不佳,又没有从冷冻的不适中完全恢复,走到一半便支撑不住,只得由艾琳陪着原道折返。

驷水和奥苏也远远跟在后面。出于记者本能,奥苏当然不能错过这场"好戏"。驷水则百感交集,既不愿参与行动,也不忍转头离开,他很生雨松哥的气,头脑中转过无数念头:如何帮赤土伯一臂之力?至少提前发出警告?

"可是……乔木怎么办?"他又很踌躇。毕竟年龄相仿,同在地牢下受过苦,怎忍心看着他受尽折磨被投入猪笼草内?

唉，说来说去，还是雨松哥不好！

落雨松知道驷水的纠结，但觉得"假以时日他自会想通"。现下无暇顾及这孩子的小心思，落雨松示意安底特他们留在后面，自己蹑手蹑脚地靠近乔叶的茅棚。这才看清，原来茅棚门口有人把守——两个壮汉睡得正酣，其中一位有些眼熟。落雨松盯了片刻，恍然大悟：他叫雷之眼，先前被俘的时候，是他和追风一道将自己剥光衣服投入地牢。

"赤土还是不放心她啊。"落雨松想。先与乔叶碰个面的打算完全落空，只好直接前往地牢。

没想到有人捷足先登。当落雨松在丛林里兜了个大圈，重新从叶片间探出头来的时候，他惊讶地看到一条黑影俯在地牢边上。乔叶！落雨松立刻认出。她是如何从两人把守的茅棚中溜出来的？！

乔叶正奋力拉动一根皮绳，绳子一端捆在背后的树上，另一端想必已经拴在乔木身上了。她纤瘦的身体爆发出惊人的力量，居然生生将与自己体格相当的弟弟拽了上来。

"姐姐！"乔木重见天日，委屈地一头靠在她身上。

"嘘……"乔叶吓得连忙堵住他的嘴。

"嗖！"一颗石镖劈空飞来，刺破晨雾，落在乔叶姐弟身旁。乔叶急忙搂住弟弟，回转身去。雷之眼不知什么时候醒了过来，正怒目圆睁地向这边冲过来。另一位名叫巢蜂的看守紧随其后，见雷之眼准头不行，立刻抽出石刃蓄势待发。

两人跑得好快。乔叶无处可躲，急得一把将乔木推到身后，自己挡在前面，面色苍白。巢蜂后发先至，一边奔跑一边狞笑着，似乎在玩赏"猎物"惊恐的表情。看到乔叶姐弟已然束手就擒，他缓缓停在七八步远的地方，掂了掂手中石刃，毫不留情地发动致命一击！石刃摩擦空气，令人心悸地呼啸着，直向乔叶胸前射去。

"畜生！"怒喝声中另一把石刃飞了过来，与巢蜂的武器碰在一起,"叮"的一声,双双撞得粉碎。同时,落雨松轻快敏捷的身体落在乔叶面前,高大健壮的臂膀在微弱晨光中投下令人心安的黑影。

落雨松动作如行云流水,刚刚落地便从背囊里抽出两把自制石镖,再次向还没回过神来的看守攻去。两把石镖几乎同时脱手,仿佛两颗夺命獠牙!

"哎呀!"雷之眼吓得魂飞魄散,顾不上躲闪,直接扑倒在地,摔了个"狗吃屎",姿势虽不美观,好歹躲过一劫。

巢蜂就没那么幸运了,他站得近,刚看到敌人右手连挥,石镖已然飞到面前!他急忙甩头,避过眼睛,耳听得"扑哧"一声,石镖重重击在右侧面颊上!好在丛林中没有工具,自制武器不甚锋利,因此只在脸上戳了个大洞,没有危及性命。

"哇哇!"巢蜂疼得捂住腮帮,在地下翻滚不停,鲜血从指缝中汩汩流出。

雷之眼手足无措,想爬起来逃走,却感到四肢像被大石头压住,完全不听使唤——落雨松向他走去,再次伸出右手,蓄势待发,微亮天光落在身上,竟反射出柔和的白色晕圈,与那君临天下的手势反差极大,简直就像恩威并施的"神"!雷之眼头脑一片空白,身体颤抖得好像随时会从兽皮里面滚出来似的。

落雨松一直走到他面前才停住脚,睥睨地看着地下烂泥一般的身体,威严地说:"你去告诉赤土,我落雨松回来了!"

"不必了!"赤土洪亮的声音从雾气中传来。

显然这一番打斗已然惊醒了沉睡的部落,赤土身后跟着四位"助理科学家",还有十多位猎手。其中一位身材瘦小,落雨松一眼认出——是追风!

"你来得倒快!"落雨松面不改色,一跃回到巢蜂身边,动若脱兔地捡起兀自哀号不已的看守,头也不回向后扔去。

"啊呀!"巢蜂的叫喊声随即从地牢中传来。

赤土率领众人来到雷之眼身旁。

"起来!"他威严地警告,"亵渎神明者将死无葬身之地!"

从他脸上,落雨松完全看不出情绪起伏,平整得像一块石头。他的目光静静从逃出地牢的乔木和大逆不道的乔叶身上扫过,甚至没有在落雨松脸上停留。但在看到驷水的时候,他停下了。

落雨松没有安排驷水出现。然而在驷水年轻的心里,赤土就是亲人,唯一的亲人。纵使他将自己投入地牢,纵使曾经怨恨过他,但再次见到那张熟悉的脸,带来的冲击依旧难以预料地强烈。驷水头脑一片空白,完全没有意识到双脚运动。科学家们在身后藏身处接连叫喊几声他都无动于衷,一直走出丛林,来到自幼熟悉的茅棚之间。

赤土也没有料到会在这里见到驷水,精心设计好的开场忽然有了波澜。他不理解自己对驷水的感情,因为部落中没有人见过驷水的父亲。但驷水出现带来的震撼一时让他忘掉了"神迹"、忘掉了敌人、忘掉了即将面对的所有危机。他向驷水伸出手去……

"赤土伯!"驷水跳跃着向他跑来。

"驷水!"落雨松惊讶地呼唤。

这一声呼唤没有让驷水清醒,却唤醒了赤土。他猛一激灵:"我在做什么啊!"驷水已经奔跑过来,满脸泪水,却又兴奋地笑着。他多么开心——亲爱的赤土伯重又接纳他了!

然而就在这时,赤土悬在半空的手臂忽然高高举起,仿佛一气呵成的发号施令:"这是神的罪人,把他拿下!"

三四位猎手一同向驷水扑去。驷水甚至来不及转身就被压在地下,双臂扭到背后,动弹不得。

"赤土伯……"他委屈而不甘地哀求。

晚了。硬下心肠的赤土挥挥手,让族人将吱哇乱叫的驷水押到一旁。

落雨松恨得牙根直疼：这个驷水，成事不足败事有余，一上来就把计划完全打乱。但他的性格向来遇强则强，这一点偏差不足以动摇决心！落雨松决定暂且忽视驷水可怜巴巴的哀求，继续一个人的斗争。

"没想到我还会回来吧？"他收回心思，逼视赤土。

"是神将你带回部落，接受责罚的。"赤土也已恢复原状，依旧声音洪亮地断言。

落雨松没有回答。

"你妄图逃脱神的责罚，更有甚者，还破坏了神的道场！你的罪恶震动上天，必将受到最严厉的惩戒！"赤土声色俱厉，向左右挥一挥手，命令族人将落雨松拿下。

落雨松静静听着，一言不发，只用威严的目光四面扫视，仿佛阴云中滚动的惊雷。零星几位族人在赤土的鼓动下跃跃欲试，但方才巢蜂满脸鲜血的样子触目惊心，又不敢贸然上前。

"怎么回事？上去啊！把神的罪人带给神！"赤土再次威严地催促。

追风款步从后面走出，示意赤土放心。他向两位训练有素的猎手摆了摆头，做出"包抄"手势，三人一道向落雨松逼近。追风毫不在意被敌人看清来路：三个对一个，任凭落雨松本事再大，又能如何？

"上！抓活的！"追风一声令下，三位猎手如同受惊的鹿，同时向落雨松弹射而来。三人都没有急于进攻——石镖握在手里，他们要去到近处再发动进攻，让敌人没有躲避余地！

落雨松冷笑着，一动不动，既没有反攻的准备，也没有逃脱的企图，静静等着敌人冲到面前。

"小心！"乔叶在身后惊慌地高呼，想要扑上来把落雨松推开，却已经来不及了。

就在这时,落雨松迅速伸出双臂,接连向三个方向挥舞。不可思议的一幕出现了。三道白得耀眼的"闪电"从神一般的手中激射而出,狰狞地向敌人扑去!两道正中目标,追风身边的猎手连叫喊都来不及,身体便在半空折转方向,摔入身后的树丛!追风大惊失色,立刻向一旁跃起。但"闪电"仿佛长了眼睛,在半空划过骇人的、枝丫横斜的轨迹,追了过去!只听"咚"的一声,追风瘦小的身体倒在地下,抽搐几下,便没了动静。

族人全都屏住呼吸,震惊于这梦中都不会出现的疯狂,接着一片惊呼。

赤土脸色惨白。敌人的能力超乎预想。这不是障眼的小伎俩,而是无懈可击的"神迹"!冷汗从脸上一颗接一颗地滑落,他呆若木鸡,等待落雨松对自己发动致命进攻。

然而落雨松没这么做,坚如磐石站在原地,朗声对赤土说:"我向你提出挑战——就我们两个!"

赤土额角青筋暴露,没有答话。

"我要你放掉这三个人。"他指向驷水和乔叶姐弟,"我自己会走到你跟前,束手就擒,任凭处置——你,敢不敢接受?"

"啊!"身后传来乔叶的惊呼。落雨松感到额角跳动,几乎忍不住要转过头去。但他克制住冲动,只轻轻向后退了半步。半步的距离啊,也是与她更近一些……

赤土大吃一惊:"你确定?你知道亵渎神明者将受到怎样的惩罚?"落雨松的名声他早有耳闻,相信出于顶级猎手的自重,对方绝对不会食言。

两人的目光死死咬在一起。落雨松坚定地点了点头。

"只有火祭可以向神明赎罪!"赤土狰狞地宣布。

丛林中躲藏的科学家面面相觑。由于驷水的鲁莽,导致己方处于被动。原先拟订的计划困难重重,他们知道落雨松必将随机应变。但是……火祭?这也太过冒险了!

"怎么办?咱们要不要出面?"一位叫江辉的小科学家低声向安底特请示。

安底特冷汗直流,拿不定主意。

这时,落雨松稍稍侧过脸来,眉头隐隐上扬,手背在后面晃动两下,又回转身去。距离太远,看不真切,但安底特觉得那分明是给自己的暗号,叫他们"不要轻举妄动"。

"等一下……"他紧张地说。

安底特没有看错。落雨松别无选择。原本拟订的计划是通过环环相扣的"神迹"挑战赤土的权威。然而一路上,"圣殿科学家"教授的把戏驷水一清二楚,这孩子的反应又完全无法预料——如果他出言提醒,"将功赎罪",计划势必付诸东流。当然也可以转巧取为强攻,直接将赤土击倒。但那只能换来一时胜利——谁都知道大首席科学家不是猎手,连追风都无法抵挡的袭击,赤土自然难以躲避。这样一来,赤土作为"神的护卫者"的地位不但没有消灭,反而会被视为"殉道士",更加辉煌——不行,落雨松要的,是将他彻底赶下祭台!

真是无奈啊……说起来,落雨松对赤土没有仇恨,甚至颇有好感。虽然他险些将自己投入猪笼草内,但那不是作为部落领袖无可推卸的责任吗?落雨松觉得,大首席科学家能做到赤土那样,待人平和,甚至让驷水如此依恋,实在难能可贵。然而他的信念同样坚定:大祭神仪式这样惨无人道、自欺欺人的暴行,该结束了!

被抓作牺牲、投入地牢的经历,唤醒了落雨松隐藏心底的反抗,"圣殿科学家"的手段又让他看到希望。解救自己的族人、解救乔叶、解救乔木,让所有人从"变作牺牲"的恐惧中解脱出来……这曾经荒诞不经的梦想,就像早春的雨点,第一时间敲击在他心底!

他走到赤土和渐渐聚集起来的神山族族人面前,指着驷水说:"先把他放走!"

赤土向身后挥了挥手,驷水立刻恢复了自由。

落雨松原地站定,又说:"我将自己交到你手上。你要向神明起誓:从此不再为难这三个人。"

"我起誓。"

落雨松点点头,表示自己准备好了。四位助理科学家迟疑地上前,将落雨松的臂膀扭在身后,用皮绳捆了个结实,随后将他押送到祭台之上。临行前,落雨松侧过头去,看到乔叶哀伤而关切的眼神。多好啊,有人真正替自己捏一把汗!

赤土率领众人在祭台下跪拜。

"神啊!"他大声唱诵,"愿你的荣光永远照见卑微的子民!愿所有触怒你的罪人,都得到应有的惩罚!神啊,你是力量,你是救赎!你的左手施展能力,显出荣耀,你的右手摔碎仇敌!你大发威严,推翻那些起来攻击你的!你发出烈怒如火,消灭他们像烧碎秸一样!神啊,谁能像你至圣至荣,可颂可畏?神啊,你必作王,直到永永远远!"

赤土又站起来,面对族人,指着落雨松高声宣判:"这罪无可赦的魔鬼毁坏了神的道场,是神用大能的手将他俘获,让他低头认罪!神是应当称颂的,因为神的意志是不容置疑的!"

四位助理科学家将落雨松捆绑在火刑柱上,就在那被砍断一只笼体的猪笼草旁。干枯的藤条、树枝在脚下越垒越高,仿佛命运的牢笼,让人无处可逃。

"罪人啊,忏悔吧!是你的罪行将你送上绝路!"赤土举起神杖,示意助理科学家点火。

"施在我身上的,我必在火与电中加倍奉还!"落雨松厉声回应。

太阳忽然跳出地平线,从树叶间穿射过来,直直打在落雨松身上。下面观看的雷之眼再次看到他身上萦绕着柔和的光晕。

"天哪……天哪……要出大事了。"他喃喃自语。

熊熊烈火烧了起来,犹如贪婪的舌头,翻滚着舔食中间的血肉之躯。黑色浓烟瞬间将祭台遮蔽,仿佛不忍心让人目睹这悲壮一幕。猪笼草的红色条纹在火光照耀下越发鲜艳,叶片在热风中舞动——那是胜利者在失败者头顶狂放地欢庆!远处,乔叶和驷水发出痛苦的哀号。

祭台之下,扑面而来的热浪中,赤土再次带领族人跪倒,高声祷告。众人相呼相应,拖着昂扬的尾音,如醉如痴。

"世界虚空,极细如丝。"

"十重大千,四重世界。"

"神乃世界之光,可聚可散。"

"神乃无处不在,动荡无休。"

"神不可见,见则归一。"

火刑柱轰然倒塌,发出山崩地裂的呻吟。

"荣耀归于神!"族人亢奋的欢呼在祈祷中此起彼伏。

忽然,明亮闪电从火光中跃起,刺破祭台上空黑沉厚重的浓烟!赤土愕然停下,难以置信地望着火影中重新站立起来的人影!熊熊烈火将落雨松的影子映得格外高大。只见他甩去身上捆绑的绳索,迅速穿越火线,完好无损地来到祭台前方!

乔叶喜极而泣,驷水惊讶得下巴都合不拢。赤土好不到哪儿去,呆呆地瞪着落雨松,都忘记自己还跪在地下,仿佛向对手求饶一般。这不可能!一个人不可能在烈火中停留这么久,却毫发无伤!

"神啊!"雷之眼跪倒在地。

这回所有人都看到了：落雨松身上被烟熏得黑乎乎，却奇迹般闪烁着愤怒的红光——红光萦绕在身上，又像神的荣耀！

落雨松眼里充斥着可怖的血丝，径直向赤土走来。赤土崩溃了，一屁股坐到地上，向后躲去。但落雨松伸出手，仿佛无声的命令。赤土立刻动弹不得，眼睁睁看着他走到近前，劈手将神杖夺走，转身返回祭台，将神杖高举过头，双臂用力，"啪"的一声将它折为两段！自始至终，落雨松一言不发，但那不怒自威的气场却仿佛冬日里最凛冽的寒风，让所有人心里都颤抖起来。

"啊！"赤土一声惊呼。神杖——神杖就这样折断了？那是大首席科学家代代相传的神权的象征！他曾经在祭台上发过誓，要用它护卫神的光辉……

落雨松看都不再看他一眼，默默地弯下腰，从火堆中拾起一根燃烧的藤条。火焰飞扬，在手中仿佛一朵绽放的红花。他面向身前那棵孤苦伶仃的猪笼草，将红花抛了过去！鲜嫩草叶不易点燃，但主茎很快干枯。脆弱处无法支撑沉重的笼体和叶片，猪笼草急速倾斜，卷须在半空挥舞，垂死挣扎。笼体轰然倒地，断裂处黑烟腾起，微弱火苗重新冒出头来——起初影影绰绰、犹犹豫豫，随后便大起胆子跳跃、欢呼，犹如重获新生的灵魂。

落雨松走入人群。人群慌忙向两旁闪避，男人、女人都垂下头，似乎不敢正视这不怒自威的"神的使者"。他走向后方的乔叶和驷水，但他们也像众人一样躲到一旁。赤土完全被族人抛弃了——他们跟在落雨松身后，不敢靠近，又不敢离开。留给赤土的，只有沉甸甸、黑压压的背影。

祭台上，猪笼草用最后的光华照亮与它同命运的失败者。祭台下，赤土垂着头，垂得那么深，仿佛要钻进自己的胸膛。

第十九章

"这'软甲'一点都不好用!"落雨松揭去身上半透明的薄膜,露出红通通、被烫出血泡的皮肤。

"那叫防弹膜。"安底特纠正他,"本来是为了避免有人暗箭偷袭,谁让你穿着往火里钻!"

"你说它也能防火……"

"我说它'能防微火',不是火堆——再多待一会儿你非得被烤熟不可!况且又不是防毒面具,没把你呛死也算命大!"

"谁知道皮绳那么禁烧,好半天才断。"落雨松揭到格外疼痛的地方,皱起眉头,"真是差点被呛死。所以你看我出来的时候,一句话都没说……"

从神山族归来已经半天了,落雨松的嗓音依旧沙哑。

"不过那'闪电'真是厉害,个头小、劲头足,我自己都吓了一跳……"

"唉,什么'闪电'。"安底特愁死了,"那叫'射电麻醉枪'。"

"这下好了。"落雨松不理会他的咬文嚼字,"今后狩猎可方便了。都不用瞄准——只要方向差不多,它自己就会拐弯!不过只能把猎物击晕,不能杀死,有点可惜……"

"你就不能上点药吗?"安底特看他一个劲儿往身上涂抹草泥,好生奇怪,"拿给你的烫伤膏,为什么不用?"

"这就挺好啊。有一次我被烫伤,乔叶就是这样给我治好的。"

唉,乔叶在哪里呢?想到乔叶,落雨松就有些忧伤。刚才在神山族,乔叶明显躲躲闪闪——近在眼前却无法亲近,感觉真是煎熬。

"她不好意思见我呢!"落雨松想。毕竟有过先前的"背叛"行为,羞愧可以理解,"不过……她把我当成什么人了?睚眦必报的辛朱吗?"

走下祭台的时候,神山族族人亦步亦趋,让落雨松很不适应。人群见他不再像刚才那样凶神恶煞,渐渐放下心来,敬畏地注视这"新的神明",里三层外三层地把他团团围住。落雨松想把众人遣散,却苦于喉咙肿痛,只好举手示意。谁想众人见状"呼啦"一下全都跪倒在地。

越过黑压压的头顶,落雨松与安底特四目相对。安底特赞赏有加地笑笑,落雨松满心无奈地撇嘴。赤土灰溜溜逃走后,四位科学家陆续现身,虽然也颇引人注意,但怎么压得住落雨松的风头?不过,为了避免吓到族人,奥苏依旧躲在暗处。

"追风呢?"落雨松忽然想起。

竟然不见了。其他两位被麻醉枪射中的猎手都还好端端躺倒在地,追风却无影无踪。难道被家人拖走了?没有办法过去一探究竟——身边还跪着好几十位神山族族人呢!

"起来吧!"他挣扎着用沙哑声音对族人说,几乎无人能懂。

有只手伸向他的脚面,犹犹豫豫想要碰触,却又不敢,是雷之眼。落雨松下意识把脚一撤,像被火蚁咬到似的。身边一位瘦骨嶙峋的中年汉子转过头,突然怒目圆睁。雷之眼诚惶诚恐,深深地匍匐在地,为自己贸然"触犯神明"一个劲儿地乞求原谅。

落雨松厌烦得很。这场面,该如何收拾?

"大首席科学家啊,请为我们赐福!"中年汉子忽然大声说道。

"什么?"落雨松惊讶地想,"'大首席科学家'?我吗?"

"请为我们赐福吧!"

下面跪着的族人一迭声应和。落雨松口不能言,连连挥手想让大伙儿站起来,但无人理会,依旧顽石一般匍匐在地上。

幸而安底特在外围声援:"神山族的族人们,你们听着——我是新任大首席科学家的使者……"

落雨松惊讶地看着他。安底特挤眉弄眼,示意自己"早有安排"。中年汉子疑惑地仰起头,看到落雨松点头认可,方才确信。

"和你们原来的大首席科学家不同,我们有一套特殊的赐福仪式,没办法现在就做!请你们都站起来吧,等到一切就绪,落雨松自然会给你们赐福!"

"没有得到祝福,我们不敢站起来,否则神明会降怒的!"

"你叫什么名字?"安底特问他。

"在下撒该。"

"撒该大叔,我向你保证神明不会怪罪……三天以后落雨松和我就会回来,为神山族举行赐福仪式!"

有几位族人迟疑地望着撒该。撒该略作思考,终于郑重其事地拜了三拜,带头站起身来。又示意所有人退后,与落雨松保持"适当"距离。

"这么说,在赤土和追风之下,他是族中最有威望的人了。"落雨松想,不禁多看了几眼。

他记起驷水曾经提过:三年前,撒该是部落中数一数二的猎手,虽然因为年龄缘故,体力比不上追风这些后起之秀,但经验老到、头脑清楚,却是小辈不可比拟的。

"谁想,从某一天起,撒该就被魔鬼缠身了。"驷水说,"持续发烧,恶心,体重也急剧下降,成了一把骨头……后来根本无法外出打猎。"

"哦,就是常常出现在你们部落男人身上的怪状况?"

"是呢,要不然追风怎么能后来居上,成为族长的有力竞争者?"

赤土伯说,是因为撒该觊觎族长位置,在祈祷时向老族长施咒,因此触怒了神……"

"竟然有这事?"落雨松很诧异,"可是赤土空口无凭,会有人信吗?"

"咦,赤土伯是大首席科学家啊……"驷水感到这问题不可思议,"不过,撒该自己不承认,两人还起了争执。最后赤土伯让他对神发誓,这才灰头土脸地认输。"

"就是说真有这事?"

"当然喽,赤土伯说话都是有根据的……撒该大伯丢了脸,病倒好长时间,我们都以为他再也站不起来了!"

"难怪他那么急不可耐地推举我为新任大首席科学家。"想起这段往事,落雨松恍然大悟,不禁仔细看了几眼。只见撒该面颊消瘦,像刀劈过一样,身上也瘦骨嶙峋,仿佛下雨前泛起的钩卷云。

"这人活不了多久啦!"离开神山族的时候,安底特对他说。

落雨松深以为然。个中原因奥苏解释过——什么"大闪电""小闪电",虽然没太听懂,但有一点再明白不过:神山族必须迁徙……至少,要尽快带乔叶离开。

"我们走吧。"想到这里,落雨松迫不及待地对安底特说。

"去哪里?"

"河谷族啊。我的族人还在辛朱的蒙蔽下惶惶不可终日呢!尽快推翻辛朱的统治,就可以尽快把两个部落合并了……"

可惜,那个长得像雾月一样的白峰估计已经受尽折磨,在猪笼草腹内"永生"了。唉,落雨松懊悔不已。

"嘘!"安底特忙止住他,"小声些,别让张有怀听到!"

刚刚回到操作舱里,张有怀和安底特就发生了激烈争吵。虽然他们刻意躲到一边,不想让落雨松听到,但毕竟声音太大,依旧听得清清楚楚。

"你怎么能任他胡来！"张有怀听过安底特眉飞色舞的讲述后大发雷霆，"什么'火祭''复生'，这是你应该做的事吗？"

"你没见到当时的情况。"安底特不服气地争辩，"真是千钧一发，没有别的选择……"

"四位科学家，还带着武器，怎么会没有选择！"

"带着武器又怎么样？硬冲吗？那样行不通——落雨松不已经告诉你了吗？"

"我凭什么听他的……"

落雨松摇了摇头。虽然接触不多，他对这老科学家实在没有好感，傲慢、固执又专横。相比之下，瘦高个子的安底特就随和得多。对于部落生活，他似乎没有其他科学家那样根深蒂固的轻视，反倒很感兴趣地问了不少问题。因此接下来的河谷族之行，落雨松依旧希望与他同去。

"就算要去河谷族，也不用这么晚出发吧？外面天都快黑了。"安底特压低声音。

"路程太远，以你们的脚力，走一夜才能过去。"

安底特点点头："行，我去通知江辉他们。晚上走也好，免得张有怀提前知道，又要啰唆。但我建议稍事休息，十二点钟……呃，到时候我们与你会合，一起出发！"

落雨松笑了笑，看着他消失在一道屏蔽门后，摩拳擦掌的样子，显得比自己还要兴奋。大厅彻底安静下来，科学家都在各自的房间里或休息，或工作，落雨松被彻底遗忘了。他站起来，小心翼翼地在看不见的围墙间四处走动。

墙面不知疲倦地将外部世界投射进来。已近黄昏，落日让天空变了颜色，深红、浅黄、翠绿、嫩蓝，一道一道，就像绚烂的梦。

这几天的遭遇也是一场梦啊……落雨松不禁感慨。十多天前,他是部落中的少壮猎手,注定要在丛林中耗尽一生,等到年老体衰的时候被族人投入猪笼草内。十多天后,他带领一批奇形怪状的同伴走出神山,推翻了赤土的统治,自己还被奉为"大首席科学家"。荒唐啊,太荒唐了。

更不可思议的是,一夜之间,脚下大地被说成"天上微不足道的一颗星",绿树藤条却成了世界的隐秘统治者!"圣殿科学家"认为"地球"面临危机。落雨松不太理解,也不太关心。他是个务实的男人,只关心臂膀能够触及的一方天地、踮脚能够看到的明天。至于仰望星空,还是留给孱弱的"圣殿科学家"吧。

对于"圣殿科学家",落雨松感情复杂。表面上看,他们是衣着怪异的疯子,说着莫测高深的言论,记挂着遥不可及的未来;走近看却和自己一样,是有血有肉、性格各异的普通人。他们展示的"神迹"让人眼花缭乱,虽然不像辛朱、赤土那般故作神秘,但也似乎有所保留——说到底,还是不信任自己,或者看不起族人吧。想到未来就要和这样一群陌生人纠缠不清,落雨松不知是喜是忧。

"不管了。"他站稳脚跟,思虑太多徒增烦恼——夜幕已经降临,明天早晨,河谷族难免又是一番恶斗。现在养精蓄锐,保存实力方为上策。他找了个地方躺倒,面对头顶迅速聚拢、浓得扯不开的夜色,闭上眼睛。

然而很难入睡。操作舱里冷冰冰、硬邦邦的地面,怎比得上部落中茅草堆积的小窝?落雨松试图忽视骨节支在地下的触感,却无济于事。算了,还是出去睡吧。他坐起来,看到奥苏暗灰色的身体在远处闪烁。

"明天我就要回去了。"奥苏走到近旁,对落雨松说,"'天上的眼'。"

落雨松点点头。

"想出去走走吗?"奥苏又问。

两人一前一后进入夜色。

奥苏也难以入睡。今天下午,张有怀和艾琳成功搜索到了舰队电波,虽然由于通信设备太过简陋,无法直接交流,但奥苏认为所发送的信息已经足够让舰队破解自己的位置。

"也许,明天就可以回家了!"他想,有一种逃出生天的雀跃。

他现在就盼着回到飞船,把这几日的神奇见闻写成文章——真想看看那些蠢材读到后,会是怎样的惊讶!

然而他又奇怪地满怀忧虑。这是一次非同寻常的冒险,他无意中影响了地球文明的进程,影响了一群苦苦挣扎的小人儿。还记得年少轻狂、最幼稚的梦里,自己曾幻想"像神一般降临在荒蛮星球",被蝼蚁般未开化的生物顶礼膜拜。然而现实却出人意料:最不起眼的文明也有值得尊重的梦想。这显而易见的道理他却从未想过——在舰队、在母星,又有多少人曾经想过?

今天下午,在搜索到舰队信号之后,张有怀殷切地拉着他,一遍又一遍叮嘱,要他"记挂地球的命运"。

"我答应你,会尽全力在舰队面前争取。'将地球留给地球人'——你看,我连口号都想好了。但是,也得先让我回去啊……"

"送他走吧。"艾琳无奈地解劝,"在舰队里,有我们的声音总比没有要好!"

唉,能起多大作用?奥苏没有忘记遥远的母星,没有忘记舰队的使命。说不定"大移民"就会在明天开启。那时,地球上任何力量都无法阻挡,人类的梦想将在又一次惊天剧变中被撕得粉碎!他答应张有怀为地球文明尽一份心。他是真诚的,然而……就算他用尽浑身力气,将地球人渲染为智慧生物,又能有多少分别?他犹记得不久前，在后发座那偏僻而美丽的星球，上演的微不足道的悲剧。

那是个远离恒星的角落，昼夜温差之大，让科学家对生命起源有了新的认识。冰火两重天孕育出两种截然不同的智慧生物，在各自的时间里统治各自的世界。白天，那些红色皮肤、有翼飞行的生物争分夺秒，风风火火地在星球每个角落建造通天大厦，将触手伸向不可思议的云端。晚上，天空安静下来，另一群通体透明的爬行生物接管了世界，他们对拔地而起的摩天大楼毫无兴趣，只爱优哉游哉地在地下漫步、神思，打磨他们精致的、优雅的、诗意的智慧——那不可言传的诗歌和扣人心弦的音乐，还有他们对于伦理的难以理解的思辨，都令奥苏叹为观止。

两种截然不同的智慧生物熟悉各自的世界——他们定期在人工修建的"议事厅"会面，那里既没有冻裂红色翅膀的寒冷，也没有灼伤透明皮肤的阳光。对于共同统治与管理星球，两种生物磨合出一套复杂而精巧的规则，行之有效地在"平行世界"里构造自己的家园，直到母星舰队来临。

经过一番考察，商业代表将"白昼生物"确定为合作伙伴。"他们理性、高效，具有天生的发展眼光，而且思维模式和我们更为相近。"博万在发布会上如是解释。何止"更为相近"啊——奥苏听说，商业代表几次试图与"黑夜生物"接触，全都不了了之，就连他们语言表述的逻辑都没有搞懂！

起初一切照旧。黑夜生物对于白天的一切不闻不问，白昼生物也没有意图向那寒冷得无处藏身的世界扩张。舰队用老旧过时的技术换来珍贵的资源，同时在母星的舆论中将自己塑造为"启蒙运动"的领路人。然而商业的力量是不可小觑的，利益车轮一旦转动起来，便会不可阻挡地轧碎路上的石头。诡异的"日夜二元模式"被商业代表视为眼中钉，因为一半利益被生生剥夺——对于商业代表来说，时间就是利益。同时，由于黑夜生物的存在，许多回报丰厚的项目被迫中止，或者根本无法开展。

"黑夜生物不会同意的……"白昼生物总把这句话挂在嘴边——有时可能是真的，有时不过是对商业陷阱的慎重的拖延。

无论如何，舰队渐渐失去耐心。于是，他们怂恿急性子的白昼生物向黑夜扩张，煽动他们心内深处的欲望，在关键时刻，将破解"黑夜魔咒"的技术高价卖了出去。这下，黑夜生物的末日到了，他们惊讶地看到"绝不可能出现在日落之后"的红色翅膀映着星光，化为魔鬼的羽翼。入侵、屠杀、征服，他们在一夜间被莫名其妙武装起来的邻居驱逐到环境恶劣的"保留地"，还没有反应过来便失去了一切。

黑夜生物愤怒了。透明寒冷的身体爆发出火一般的斗志。他们撕碎了诗篇、砸烂了木琴，他们组织起一场一场可歌可泣的抵抗运动，屡败屡战。白昼生物始料未及，以为依靠新技术可以很快将叛乱镇压，没想到形势竟渐渐恶化。黑夜生物顽强的斗志席卷整座星球，几乎每一处保留地都成立了抵抗组织，战火将曾经壮丽惊人的城市夷为平地。

母星舰队撤走了。"我们没有义务插手其他星球的文明进程。"博万大言不惭地宣称，"但是，在恢复和平之前，无法再与他们开展贸易！"

在那次远征中，奥苏作为随行记者目睹了一切。他的报道曾在母星激起一阵波澜，但挑起争端的毕竟不是舰队。在程序上，他们合规合理；在道义上，他们无可厚非。同时，白昼生物的"残暴、贪婪"又是如此丑陋，激起母星读者本能的反感……他们选择闭上眼睛，于是那颗战火纷飞、满目疮痍的星球，很快就被人遗忘了。

这段故事，奥苏不敢向张有怀提及，甚至不愿让自己想起。但此时此刻，它就像一朵遥远的乌云，在即将回家的美好前景上，投落一片抹不去的阴影。在追逐利益的舰队面前，无论智慧生物还是非智慧生物，命运其实没有太大差别……曾几何时，他为自己"冷静的认识"沾沾自喜。而今，在与地球人朝夕相处之后，这无情的真相又是多么令人伤感！他满怀愁绪，犹豫不决，只想找个人说几句话——哪怕友好地空谈几句，权当临行道别。

于是，他来到落雨松身边。

多奇怪啊，奥苏想，在本应更理解自己的科学家面前，他不愿吐露心声，却宁愿来找落雨松——仿佛这未曾启蒙的"野蛮人"，才能体会自己的忧伤。

"谢谢你救了我。"他说。

落雨松沉默地耸耸肩。

"不知道今后还有没有机会见面。"

"最好不要见面。"

"为什么？"奥苏有些诧异。

"不属于哪里，就不要出现在哪里。"落雨松简洁地答道。

"如果已经出现了呢？"

"那就尽快离开。就像你现在这样。"

"有时候，身不由己……"

"那就做你必须要做的，就像我现在这样。"

难以抑制的冲动在奥苏唇边踊跃："你有没有这样的时刻——明明知道该做一件事，却无法下定决心，因为你知道即便下定决心，也没有力量完成？"

落雨松沉思片刻。

"没有。"他回答，"我从来不在没做事的时候乱下决心。"

"我不明白。"

"你看它。"落雨松指向高处的藤条,"它不曾下过决心,要自己一定爬上树冠……爬就好了,跟决心没有关系。"

"谢谢你。"奥苏若有所思地叹了口气。

如歌的沉默在树丛中飘浮。

"你相信吗?"奥苏又说,"这些树是有头脑的?"

"我不知道。"落雨松承认,"你相信吗?"

"我相信。否则啊,你们就是地球上最强大的生物了。然而有强的,就有更强的;有个体强的,就有群体更强的。这是宇宙间的规律,地球概莫能外。"

落雨松点点头。

相隔千万光年的两人并肩站立,各自陷入沉思。他们在神山中相遇,就像擦肩而过的两颗流星,转眼分别在即——今后何去何从,是敌是友,谁又说得清呢?夜色如烟,包裹着窃窃私语的丛林。丛林之中一切都看不真切,影影绰绰,酝酿着摇摆不定的明天。

第三部

TIME.SPACE.LOVE

人人都有需要守护的东西,一个人、一段理想、一种文明,或是一颗星球。

第二十章

阳光洒满舷窗,将奥苏从不安的梦中唤醒。万里无云的好天气,他却心烦意乱。回归舰队已经十多个日出日落,地面上的遭遇仿佛千里之遥的传说,那么不可思议。有些场景他自己都怀疑是真实见过,还是慌张中的幻象。

但主舰上的烦心事却实实在在。

昨天傍晚,他接收到蒲迪思的召唤。想都不用想,就知道这蠢货要做什么——肯定是那五篇连载报道惹得他怒火中烧,要找自己当面对质。

刚刚回到主舰的时候,咪咪告诉他:由于舰队在母星的宣传,舆论已经倾向于将两足群居动物认定为"非智慧生物"。行星开发委员会终于决定公开投票,一旦投票结果明确,便会向舰队开放所有权限。

"那时,我们就能到地面去,为大移民作准备啦!"咪咪的语调颇为兴奋。

奥苏有些不快。"驾驶飞船去神山接我的时候,她可没这么高兴。"他不禁想。

很快就发现了原因:有传闻,说在自己失踪期间,咪咪和蒲迪思走得很近。愤怒之余,奥苏感到不可思议:蒲迪思什么时候也学自己,对这小技术员动起心思来了?但传闻并非捕风捉影:咪咪最近频繁出入蒲迪思的办公室,就连他都碰到过几回。

比如昨天,好像故意似的,他刚走到蒲迪思的办公室门口,就撞见咪咪出来——还是蒲迪思亲自开门送出来的。咪咪有些尴尬,回过头不满地瞥了总执行官一眼。蒲迪思大大咧咧对她一笑,同时把目光投射到奥苏身上,笑容立刻像被水泼灭,消失得无影无踪。

"大记者来啦!"他尖刻地说。

奥苏立刻切断所有信息素接收端。这时候,无论是蒲迪思的冷嘲热讽,还是咪咪的虚情假意,他都不愿收到。他目不斜视地越过咪咪,径直走进办公室,雄赳赳气昂昂的样子,慷慨就义一般。

"找你来是为了什么,很清楚吧?"蒲迪思等房门自动关闭,立刻将墙面切换为奥苏的五篇报道。

奥苏索性找个地方坐下,没理他。

"说实话,我很震惊。"开场白出乎意料地客气,"你在地面经历那么多奇遇,我都有些羡慕了。"

"这个……"太意外了,奥苏不知道答什么好。

"但是,想到你在地上摔坏了脑子,做事越来越不计后果,就觉得也没什么好羡慕了!"

果然还是那个蒲迪思……奥苏在心里叹口气。看来,一番不愉快的较量在所难免。

"如果叫我过来，只是为了毫无教养地侮辱——那我看，就到此为止吧。"他也不留情面地还击。

"好，我开门见山。你必须写一篇声明，说这五篇报道所言不实！"

"岂有此理。"

"我以舰队首席执行官的身份命令你：必须写！你的报道严重损害了舰队声誉！"

"我不这么认为。"

"你知道其他舰员怎么议论？他们说……"

"我当然知道。"奥苏干脆打断他，"他们说我的报道写得妙极了！"

蒲迪思恶狠狠地张了张口，竟一时无言以对。

传奇经历让奥苏在舰队中的地位有了巨大变化。回归第二天，就有人拉着他一并用餐，要他把所见所闻"仔仔细细讲来听"。奥苏本就对自己的"壮举"扬扬得意，便打开话匣子，添油加醋，滔滔不绝。餐厅里被吸引过来的人越来越多，很多从未与他有过交往的舰员也都七嘴八舌地提问。那众星捧月的场面，让奥苏的虚荣心膨胀起来。

当晚他奋笔疾书，写就第一篇报道，顾不上多作修改便直接向母星传输。奥苏为报道起了个俗气而抓人眼球的名字，叫《菲米星系第三行星：真相大反转》，并且特别注明"系列报道之一"。

"哈，真是百年不遇的好文章。"他一边按下传输键，一边得意地自言自语。

报道很快在舰队中流传开来，引起热议。就连其他飞船的舰员都蜂拥而至，拜访奥苏。随后几个日夜，奥苏被陌生面孔簇拥着，一遍一遍地将丛林故事讲得跌宕起伏。天花乱坠的细节在舱室内飞舞，就像纷繁跳荡的音符，谱写成惊心动魄的乐章。啊，那是他随行记者生涯中最辉煌的时刻！

接着，第二篇、第三篇报道连续问世，第三行星历史上耸人听闻的剧变再度引起轰动。丁尼特意找到奥苏，要他讲讲"智慧植物"的事。

"对不起，没时间。"奥苏拿腔拿调地答，"今天晚上、明天白天还有明天晚上都安排满了。下次你早些预约吧，我最近好忙……"

丁尼气得半天没说出话来。

然而再精彩的故事也有讲完的一天。兴趣就像海潮，无论涨得多高，终究会衰退。大饱耳福的舰员回到自己的舱室，依旧面对遥遥无期的平淡生活。他们重又想起：这漫长的等待，不正是"荣归故里"的奥苏造成的吗？抱怨情绪就像除不尽的真菌，再度滋长。

在第五篇报道中，奥苏对自己如何"意外拯救第三行星文明"大书特书。然而出乎意料，竟在舰队中引起不小争议。很多人批评他"忘掉记者应当持有的立场，擅自干涉其他物种的发展进程"。

"这种行为不仅疯狂，而且十分危险！"丁尼公开评论。

走下荣耀巅峰，这感觉最让人不适。奥苏那几天极度郁闷，虽然仍有少数人跑来听他讲述，但夸夸其谈的心情再也找不回来了。更多人开始在与他打招呼的时候，有意无意提起"日子多么无聊"，还有人"好心"地注意到他"无法自如控制体色了"。也就是在那时，咪咪和蒲迪思的暧昧传到他耳中……

唉，蒲迪思，为什么偏偏是他！

"你知道不知道给舰队带来多少麻烦？！"怒吼声将奥苏带回现实，"原本我们已经听到风声，说那个'行星开发委员会'准备给舰队全面授权——多亏了你之前提供的'中立'报道！可是……"愤怒的大手在墙壁上猛拍，"这五篇连载一发，优柔寡断的委员会立刻追加指令,让我们'短期内不要采取任何行动'!早知道这样,当初你笨手笨脚掉下去,就不该派飞船搜救!就不该在你走投无路的时候接你回来!"

"你去搜救了吗?"提到这件事,奥苏更加气愤,"那么多日出日落我困在地下,怎么从没见过搜救飞船!"

蒲迪思语塞,干脆避而不答:"我本来已经向各小组下令,开始先期准备——有好几十艘飞船都到星球另一端去了!这下可好,行动不得不撤销,他们全都白跑一趟,辛辛苦苦做出的标记也要全部清除,都是拜你所赐!"

"谁让你那么心急,在得到最终授权之前就胡乱下令!"

这"嚼舌头的小文人"竟然指责自己令行不当!蒲迪思怒不可遏,四臂撑开,声音放大了一倍:"你说说,到底出于什么心态,竟然把那些未开化的两组群组动物写成'智慧生物'。他们哪里智慧了?我看简直……简直和你一样,愚不可及!"

真受够了。奥苏腾地站立起来:"我是记者,本就不应该被舰队利益绑架!如果没有其他事情,我告辞了!"

"等一下!"蒲迪思上前两步,直逼到面前,"我要你立刻再写两篇报道,澄清事实!"

"我写下的,字字都是事实!"

甩下这句话,奥苏转头就走。出门的时候,他身上跳动着红黄交替的怒火,久久无法平复。

他不想回到冷冰冰的舱室,也没心情去闹哄哄的餐厅。只有一个地方适合散心——步行道。每当烦躁的时候,他就会去那里走走看看。全息投影造就的景观吸引不了太多舰员,因此步行道总是安安静静,就像清晨的风,抚慰人心。今天的影像是大海。虽然在地面待了很久,奥苏却没有亲眼见过海。因此当那翠绿通透的浅海和皎白如月的沙滩铺陈在眼前的时候，他一下惊呆了。

太美了！不知投影的地点在哪儿——阳光灿烂，将金闪闪、白花花的水波渲染得妩媚多姿。原本憋闷的心情在美景面前也似乎舒展了许多。"这一切如果是真实的，该有多好！"奥苏不禁想到移民计划——如果当真通过，这美丽而神秘的星球就不再是可望而不可即的虚幻了。然而……对落雨松、张有怀他们来说，又该是多么残酷的结局！

奥苏发现，地面上的日日夜夜已在他心底留下如此深刻的印记。他再无法像舰队其他成员那样，置身事外，以冷漠目光打量脚下的绿色星球了。小人儿们的举手投足、喜怒哀乐牵动他的心：和自己一样，他们成了有血有肉的生命，不再是干巴巴的"两足群居动物"。

"没错，他们也是值得尊重的生命。"坚定的声音和浪花一道拍打在他的身边。

那是弗洛。自打回归舰队，奥苏还从未正式和他说过话。有几次与众人侃侃而谈，都看到这老兄独自坐在角落，仔仔细细地听，脸上写满深思。

没有了咪咪的牵绊，奥苏对弗洛的好感更加纯粹。特别是在一晚暴雨般的精神垃圾后，能与这聪明人交谈片刻，多么令人舒心！

"你真这么觉得？"

"是啊。"弗洛走到他身旁停下，"你的报道完全转变了我的看法。我同意你：舰队不应该启动移民计划，应该把这座星球留给那些苦苦等待的两足群居动物。"

"这是我的观点吗？"奥苏吃了一惊。他没想到会听到立场如此鲜明的表述，况且还出自舰队副执行官之口！

"你说呢？"弗洛微笑地看着他，"至少是我读过那五篇报道的感受。说实话，原先我觉得你只是……呃，一个小记者。现在看来，不那么简单。你有头脑、有魄力,而且敢作敢当!"

奥苏十分受用:聪明人一句简单称赞,抵过蠢人一百句无用的追捧。在这阴郁漫长的日子里,他多么需要听些温暖而鼓舞人心的话啊!

"呵呵,不过是把所见所闻一五一十写下来。至于地球人嘛——那些小人儿这样称呼自己,我只是隐约觉得舰队应该重新考虑……"

"有时候,直觉是最准确的。"弗洛打断他,"也许你不相信,当我第一眼看到这颗星球的时候,就感到不可思议。'怎么回事啊?'我当时想,'怎么会有植被如此茂盛,而动物既高级又稀少的星球?'直觉告诉我,脚下隐藏着不为人知的秘密。只是我不敢把这话说出来,因为没有根据,更因为我是舰队的总科学顾问,还是副执行官——唉,这身份,真让人为难。有时候,我多么羡慕你啊,想说什么就说什么,想写什么就写什么!"

"也不尽然。刚才蒲迪思就……"

弗洛做了个"我明白,但是我不能说"的表情,释放出同情的信息,随着海浪一起轻声歌唱。

"给你讲个故事吧。"他说,"在这边,我还从来没有对人提起过呢……"

奥苏点点头,心里颇为诧异:今天怎么回事,往常只是礼貌问候一下的副执行官,竟然打算和自己长谈?

"曾经我认为,科学不应该与政治掺杂在一起,就像最纯净的水里,是不应该有盐的。"弗洛缓缓讲起一段尘封往事,神情就像悠然飘落的雪花,"在我年轻的时候,准备随如今已经不复存在的182号舰队踏上征途——我的第一次远航。当时有人建议让我担任其中一艘飞船的实习舰长,我拒绝了。'科学顾问就应该把全部心思放在科学研究上。'我天真地回答。"

"难道不是这样？"

"从某种意义上说，是的。如果科学可以决定一切的话……那一次，我们的目的地就在母星附近，云盘座中唯一可供开发的星球——第五行星。"

"啊，就是那次……"

"是的。"弗洛黯然点头，"那时，我多么兴奋！第一次离开母星，去往截然不同的世界，我年轻漂亮的未婚妻萨米提也在同一艘飞船上。我们约定，远征归来就成婚。"

"天哪……"奥苏已经隐约猜到发生了什么。

"云盘座第五行星荒芜极了，没有水，没有大气，因此也就没有任何生物存在的影踪。但是，按照先遣部队的报告，星球地层下蕴含大量稀有资源。特别是锂、铯、铍这类轻金属，和硒、碲这类非金属元素。"

"这些都是……"

弗洛做了个"无关紧要"的手势，继续讲述："舰队直接降落在满目疮痍的星球表面——全都是陨石敲击出的伤痕。在一连串烦琐细致的观测分析后，舰队决定派我所在的第九飞船和第十飞船进行舱外实地考察。那时我年轻气盛，觉得即将迎来职业生涯的首次辉煌。然而，就在考察队准备出发的时候，我在行星磁场中监测到一丝不易察觉的扰动。"

"那是怎么回事？"奥苏完全被故事吸引住了。

"磁场扰动的原因很多，最常见的是所在星系恒星运动引发的高速等离子体云侵袭。怪异的是，在我向主舰发出复查请求后，主舰对恒星和第五行星进行了全方位分析，结论是：恒星运行正常，行星磁场也未见异常。我不相信，又向考察队队长——也是第九飞船的舰长——提出延期，进一步对磁场追踪观测。结果还是一样：

先前的扰动就像幽灵一般,倏忽出现,又消失得无影无踪……"

"太奇怪了!"

"是啊。很多人,包括主舰上的科学顾问都质疑我的观测,甚至有人讥讽我胆小,'为拖延实地考察找借口'。考察队队长也是其中一员。当我再次找到他,要求进一步监测的时候,他断然拒绝。'如果害怕,你就留在飞船里吧。'他直截了当地对我说。"

"你被说服了吗?"

"没有。"弗洛悲伤地摇了摇头,"我对观测结果从不怀疑,但苦于没有证据,无法阻止考察队成行。同时,强烈的荣誉感又让我身不由己,默默地背起行囊,走向未知世界。我劝说萨米提留下来,她没有同意。'我相信你。'她说,'但如果有危险,就让我们一起面对吧!'"

弗洛叹了口气,停住了,奥苏也不知道说什么好。海浪在面前轻盈地扑打沙滩,沙滩细软洁白,就像一首悠长的挽歌。

"当时我没有坚持。唉,那是我一生无法原谅的错误!"弗洛从追思中醒来,"考察进展十分顺利。我们陆续在行星地表发掘出十多种稀有金属——对于资源紧缺的母星来说,云盘座第五行星无异于天赐宝库。我一直悬在半空的心,也渐渐落了下来。然而就在考察队即将返回的时候,灾难降临了。一夜间,第五行星的地磁发生了天翻地覆的变化……"

"磁场迁移。"奥苏对那场灾难记忆犹新。

"是的。"弗洛说,似乎料定他不懂个中道理,随即又解释道,"你知道星球磁场的成因吗?固体行星的地核是一个带正电的等离子体,地核中央高温高压,不断将电子挤压出来,形成永不衰减的电流,进而产生了行星磁场。"

奥苏还是不理解,但没有插嘴。他沉浸在悲伤的故事中,提心吊胆地等待"即将发生"的灾变。

"我们没有预料到,云盘座第五行星的地核会出现周期性变迁,先期观测中幽灵般的扰动就是大变迁的前兆。在那个命中注定的夜晚,行星磁场突然紊乱。磁极就像中邪的舞者,疯狂扭转方向,引发了一场自内而外的强磁暴!转瞬之间,考察活动赖以维系的精密设备全部失灵——定位、方向、通信,一切一切……就连生命供给系统的动力源都险些报废!"

"那时,你们距离舰队多远?"

"并不太远。"弗洛苦笑,"但有什么用呢?我们迷失了方向。在荒无生机、处处雷同的旷野上,没有了仪器,就像瞎子一样。考察队发生了分歧,大部分队员坚持留在原地。'舰队一定会派出搜救队来。'他们说。但是我和少部分队员决定自救——向着记忆中的方向前行。'磁暴的持续时间完全无法预知,苦苦等候无异于坐以待毙!'我劝说他们。但队长则驳斥说:'在给养所剩不多的情况下,贸然行进才是自杀!'唉,现在想来,两种意见都有道理,却都无法逃避命运的捉弄……"

"后来呢?你坚持了吗?"

"坚持了。我带领十位队员踏上归途。队长百般阻挠,不愿将给养分给我们,几乎爆发了争斗。最终,我们只带很少口粮离开了营地,在旷野中踯躅。起初我对自己的记忆信心十足,然而在狂躁的大自然面前,人的信念是多么渺小!我们摸索前行,渐渐偏离了方向。十个漫长的日出日落过去了,仍旧没有舰队的影踪,我意识到大限即将来临。给养几乎消耗殆尽,队伍再次分化,不断有人提出新的方向,走向殊途同归的结局……最后,只有萨米提跟在我身边,已经虚弱得几乎无法站立。我看着她变作透明的皮肤,和皮肤下面暗淡的血色,绝望、无助、近乎疯狂。那时的星空啊,我至今都能看到……"

弗洛抬起头，仿佛回到了久远之前。

"最后一夜，萨米提靠在我的怀里。没有大气遮掩的群星密密层层，看上去有些恐怖。它们高高在上，不动、不闪，寒光笼罩大地，冷酷得令人战栗。萨米提最后一次抬起手臂，抚摸我的面颊。我悲伤得说不出话来。她用目光安慰我：别哭，别哭……我用小臂静静握住她的手，亲吻她的额头。她疲惫而幸福地笑着，眼光暗淡下去，就像无数次在我身边睡着，就像明天还会醒来……"

长久的沉默。奥苏被深深打动了——没想到这风度翩翩、待人亲和的男人，竟有过这般心痛的遭遇。和他相比，几日来自己经受的"打击"又算得了什么？

"最后，你是怎么活下来的？"他终于问。

"如果不是第五行星的地核运动突然停止，磁场变迁平息，我必将追随她而去。"弗洛静静回答，"搜救队找到我的时候，我正抱着死去的萨米提，行尸走肉一般在原地打转。和我一道自寻归路的队员只有两位活了下来，留在原地的那些人，包括队长，都神秘地失踪了——既没有发现遗体，也没有任何求救信号，他们就像一滴水在烈日下蒸发，踪迹皆无。是发生了难以想象的变故，还是终于和我们一样，决定自救？没有人说得清楚。"

奥苏唏嘘不已："如果当初听了你的劝说，就不会发生这样的惨剧了。"

"是啊。"弗洛转过头，郑重其事地盯着他的眼睛，"从那以后，我便决定不再一门心思钻研科学，不再把自己的生命交托给粗心大意的旁人——如果当时，做出决定的是我，考察队就不会出发，灾难就不会降临，萨米提就不会离我而去！这正是我想说的：能够做决定是一件多么幸福的事……心中有了想法，务必要坚持——不要像我一样啊,在多年以后追悔莫及:当初如果坚持己见,该有多好……"

弗洛离去半晌,奥苏才从那哀伤往事中清醒过来,立刻一头雾水:他为什么要将这私密故事讲出来?难道是在暗示自己"坚持己见",不要被蒲迪思的淫威压倒?

可是……弗洛为什么这么做?他想不通。是出于对他的支持,还是对地球人的同情?是单纯的安慰,还是另有所图?疑问一个接一个,困扰人心。奥苏琢磨了整整一夜,直到月上三更,直到昏昏睡去,直到明媚阳光从舷窗中透入,依旧百思不得其解。

第二十一章

这是一个混乱的世界,这是一个无序的世界。

驷水觉得眼前一片眩晕,看不清远方,看不清脚下,甚至就连过去也变得扑朔迷离。几天前他被落雨松接到河谷族来,发现这里也和神山族一样,弥漫着新鲜而不安的冲动。落雨松把他介绍给一位年纪颇大的猎手,要他叫"南木伯"。

"从今以后,南木伯会带你生活,教你狩猎,直到你能自力更生。"落雨松顾不得多说,就被另一位年轻人叫走了。驷水知道那人叫"蓝鸟",是这边大首席科学家辛朱被推翻以后,"新的神明"落雨松的好兄弟。

他没有见证落雨松的夺权之路——听说异常顺利,神迹、威慑、驱逐。那个辛朱没有赤土伯的好人缘,因此一轮较量下来便落荒而逃。

巨大的猪笼草被连根拔起。驷水自己险些沦为牺牲,所以对猪笼草没什么好感。早几天过来的乔木更是兴奋,手舞足蹈,一迭声叫好，引得部落里很多无法适应的族人怒目而视。还有人痛哭流涕，在恶臭的泥土中翻刨，挖出断裂根系，珍而重之地捧回家去。

"这些人都疯了！"乔木对他说。

驷水摇摇头，又迟疑了。日夜相逐，每一天他都觉得更加迷茫。对赤土伯的思念和愤怒交织在一起，对落雨松的怨恨和敬畏混杂在一起，对险些死去的后怕和前途未卜的忧虑纠缠在一起，驷水头都疼了，也没想出个所以然来。索性不想了！他在一个月明星稀的夜晚独自外出游荡，却意外撞见了更揪心的一幕。

部落外，草叶茂密的林间传来窃窃私语声。驷水立刻听出：那是赤土伯，他自幼熟悉的声音！他抑制住大声呼唤的冲动——连日变故不断已教会他警觉。他蹑手蹑脚地靠近，很快从藤条缝隙中看到：除赤土伯外，还有将近十人，围成一个圈。赤土伯和另一名男子站在中心，神情关切地交谈。

"这样不行，太冒险了，我们毫无胜算。"他听到赤土伯说道。

"虽然冒险，胜算却大。"对方回答，"你我两个部落的族人，都不是诚心实意拜服他落雨松的……既然拥护者还在，为什么不能策动起来，扭转败局？"

"策动？怎么策动？"赤土问，"你能神不知鬼不觉潜入神山族？你能在落雨松眼皮底下号召族人反对他？"

"这个……只要你决定联手，我自有安排。"

驷水不谙世事，但也明白听到了不该听到的东西，吓得头皮发麻。他十分确信：一旦被这群人发现，自己的生命就算走到头了。分别前，赤土伯令人将他拿下，那决绝的神情依旧在眼前鲜活！

丛林里洒满明暗交织的月影，在光明无法照射的角落，两个部落被放逐的大首席科学家就像结网的蜘蛛，布下一场无声无息的阴谋。驷水心惊肉跳，大气都不敢出——虽然听起来一切还未成形。

怎么办？要不要通告雨松哥？如果通告了，赤土伯最后的希望岂不要被自己生生掐断？

这几天见到落雨松的时候，驷水为难得不敢抬头。他多希望这场阴谋不会如辛朱设想那般顺利开展……在交谈中，辛朱提到"还没找到合适人选"——神啊，让这"合适人选"永远不会出现吧！让阴谋就像胎死腹中的婴孩，注定无法见到天日……

落雨松倒没有多想，以为驷水只是对新环境不太适应，假以时日就好了。他没有更多精力放在这孩子身上。自从当上两个部落的首领，他几乎忙得连睡觉都顾不上！各种烦心事接踵而来：往返于两个部落之间、说服神山族迁居、扮演"新的神明"……这一切本就困难重重，"圣殿科学家"竟还不合时宜地站出来，挑战他的权威！

就在两天前，张有怀找到他，一脸严肃。

"你知道自己在干什么吗？"他质问。

"什么？"落雨松很茫然，"我打算合并两个部落……"

张有怀蛮横地打断："不，你在试图恢复旧秩序——你，取代赤土、取代辛朱，改头换面登上高位！"

"你在说什么啊！"落雨松很惊讶，"是我们一道赶走了那两位大首席科学家，怎么如今，却转头指责起我来？"

张有怀气愤地驳斥："当初我们联手，是为了在部落中推行真正的科学，而不是扶持一个新骗子！自从当上部落首领，你做了什么？不但没有打破那些蛊惑人心的神话，反而默许他们称你为新的大首席科学家！你的族人依旧在敬神、祈祷，和过去有什么分别？"

落雨松瞠口结舌。对任何人来说，适应"新秩序"都需要一个过程，不能一蹴而就，这道理——张有怀为什么不懂？

"平静一下吧。"落雨松无奈地对他笑笑，"我明白你的急切，然而那是不现实的。神山里的所见所闻，的确改变了我对于'科学'

的认识,但你可知道,族人是不会轻易接受的。在他们眼中,我们几天前的表演和辛朱装模作样的'神迹'有什么区别?无论是在河谷族还是在神山族,你我都刚刚立足,脚跟还没有站稳,怎能迫不及待向他们宣布'曾经信仰的一切都是谎言'?"

"谎言这东西,你不打破,它永远不会自己消失!"张有怀毫不动摇。

"不错。但是'打破'难道不需要时机?你可知现在最紧要的事情是什么?是把神山族迁移到河谷族来!你们——久居神山的科学家,你们无法理解这其中的微妙与困难,在这时候,如果不借助上天的权威,根本无法顺利……"

"'上天的权威'!"张有怀暴跳如雷,"不要再用这胡言乱语污染我的耳朵!科学!有科学就足够了!"

落雨松伸出手,轻轻按在他肩头。瘦削骨架上传来冰河解冻般的颤抖,让人担心那一把老骨头随时会散架。

"请你放心。我不是贪婪权位的辛朱,也不会忘记与你的约定。在将两个部落成功合并之后,一切都会走上正轨。那时候,我们通力合作——你们的科学,才有生根发芽的土壤。"

天哪,他多么怀念曾经简单的生活!每天在绿意盎然的丛林中狩猎,只为"果腹"这一件事奔波。落雨松觉得自己不是张有怀指控的那种人。他难道是为了在两个部落中耀武扬威,才做这一切的吗?当然不是。他难道不想回归旧日平凡,想到与乔叶会面,就能快乐好几天?他当然想。但如今两个部落乱作一团,犹如被暴雨砸烂的泥塘,有谁能带领族人将泥土抹平?除了自己,还能找出第二个吗?况且自己带头打破的秩序,难道不应该亲手恢复?

唉,乔叶。他又想到一件烦心事。这么多天,就没见过乔叶的面。她刻意躲避自己,只托乔木带来过一条精心缝纫的皮裙。然而在这艰难时刻，落雨松多希望乔叶就在身边，哪怕什么都做不了，只在夜深人静的时候靠在他肩头也是好的啊……

由于乔叶的原因，落雨松对乔木格外关心，让他跟着蓝鸟学习狩猎。乔木不愿意学，千方百计躲避课业，落雨松也不强求——有自己在，总会有他一份口粮。

将驷水和乔木带到河谷族来，是落雨松精心设计的一步。借助人畜无害的孩子，降低大伙儿对神山族的戒备……没办法。两个部落隔阂太深，落雨松记得自己打小便将其他部落的男人视为凶残魔鬼——"杀与被杀"的关系，不共戴天的仇人。如今，想要将神山族举族迁徙过来，住在同一片河滩，这其中的困难想想都让人挠头。

谁知道，乔木却出乎意料地让情况更加复杂。

与驷水不同，乔木毕竟年龄更小，对新环境更加好奇。两次命悬一线，又两次逃生，更让他对落雨松亲近有加。在河谷族，乔木如鱼得水，很快和大伙儿打成一片。令人意外的是，虽然拜蓝鸟为师，他却与为人和蔼的南木走得更近。南木年岁日长，平日不事狩猎，有这么个游手好闲的小跟屁虫每天陪着，心情舒畅不少。

乔木口无遮拦，将"神山族打算搬来一块儿住"的消息说给南木听。南木大吃一惊，立刻来找落雨松。

"这么做绝对不行！我绝不会同意！"南木劈头盖脸就扔下两个"绝对"。

落雨松还住在自己的茅棚，他拒绝搬到辛朱宽敞高大的住处。"那不是人住的地方。离河岸那么远，挑水都费劲！"他对前来劝导的蓝鸟说，"我可不想当什么大首席科学家……早晚有一天得教大伙儿改口！还是这小窝儿更适合我，自力更生挺好！"然而此刻却有些后悔——茅棚太过促狭，南木站在里面，无处可逃的逼迫感几乎让人窒息。

虽然已是部落实际首领,落雨松对南木的尊敬却没有减损。况且人家还是名义上的族长,说话依旧分量十足。

"南木大叔,"落雨松赶忙解释,"这件事我还没来得及与你商量。但其实你不也看到了吗?部落已经和过去大不相同了。曾经我们故步自封,以为这一片河滩就是丛林中的净土——强敌环伺,只有奋起保卫家园这一条路。但是现在,神山上的科学家们让我的眼睛明亮起来,我知道从前错了……丛林、天地、世界都不是以为的样子。将两个部落合并、让部落更加强大,甚至联合更多部落,对抗不怀好意的丛林……这不只是我一个人的野心,也是张有怀他们这些科学家的愿望!"

南木叹口气:"我老了,不明白你说的那些。但神山族的猎手与我们世代为敌——我的亲弟弟,不就死在他们族那个叫撒该的猎手的箭下吗?让他们迁到河谷中来,让我与撒该朝夕相对,你想过后果吗?族人里面,有相同仇恨的还很多……就算我能克制,你能保证族人都能克制吗?"

仿佛与南木的警告相呼应,茅棚外忽然传来清亮的嗓音:"请大首席科学家出来,与族人对话!"

蓝鸟!落雨松马上听出——而且不止他一个!蓝鸟身边至少围了二三十人,从那起伏不定的呼吸声就能分辨。

南木愣了一下,立刻向落雨松解释:"这些人,不是我找来的!"

落雨松点了点头。对于南木的人品和经验,他还是相信的。一定还是乔木!在南木之外,这孩子还和其他人说起过迁徙计划——多嘴多舌!

这时,蓝鸟跳了进来,顾不上奇怪南木为何在场,便压低声音对落雨松道:"刚才,好几位族人找到我,要来向你请愿——是真的吗?你打算把我们的领地让出来,留给神山族?我安抚半天,人却越聚越多。他们坚持要求你出面解释……我是压不住了,你赶紧想想办法吧!"

"唉,没想到这么快……"南木比落雨松还发愁。

就这几句交谈的工夫,外面烦躁不安的声音陡然增高,仿佛暴雨来袭前狂风正掠过大地。落雨松猜测是有新的族人加入。箭在弦上,这时必须出面了。每拖延一刻,族人的激动不安就会放大一分,一旦失控,将更加难以收拾。

落雨松还没有做好准备。他本打算先进行些铺垫,将计划拆分,慢慢讲给族人们听——不要逼迫太甚,假以时日,总能达到目的。谁知时不我待,不经意的一个小小疏忽,就将自己置于如此被动的境地!但落雨松从不知道"退缩",遇强则强的性格让他陡然兴奋。他坚定地看了眼蓝鸟和南木,信心十足地转过身去,面向门外的族人。没有石刃、石箭闪烁寒光,却是一场前所未有的战斗!

他的出现让族人立刻安静下来。

"蓝鸟已经把你们的意愿说给我听了。"落雨松没有任何迟疑,双脚立定,站在人群面前。"神迹"带来的不怒自威的气场立刻生效,下面鸦雀无声,每一双眼睛都透露出敬畏。落雨松知道这是他先声夺人的唯一优势。

"族人们啊,"他继续说,"传闻是不准确的。我没有打算将世代生息的土地让出来,留给神山族!相反,他们将加入我们的队列,与我们共同生活——我们的队伍将无比壮大!"

一片哗然。

"我知道你们惊讶,你们无法理解。"落雨松伸出手,示意让他说完,"在你们心里,神山族就是恶魔……也许你们中还有人像南木大叔一样,与神山族猎手有着血海深仇!但是族人啊,我实在地告诉你们:你们的眼睛从前被谎言迷惑,如今还未睁开。辛朱欺骗了你们——'为部落而战，把他族的血肉带回来'，投入那贪得无厌的猪笼草中，他还说那是神的道场！

"觉醒吧！在神山里面，我听到真神的指示：立刻停止对同类的攻击，将目光投向身边的丛林！族人们啊，我们的大敌不是神山族，不是风口族，也不是一切其他部族，而是树木、藤条，是猪笼草、茅膏菜，是火蚁、胡蜂！想想你们消失在密林中的亲人吧，不比死在神山族猎手石矛下的，要多得多？神对我说：起来，团结每一个可以找见的部落，因为那是人类生存下去的唯一出路！神会帮助我们的，就像几天前帮助我们揭穿辛朱的谎言！

"你们问，曾经的仇恨该怎么办？我的回答是：谁不能放下过往的敌意，谁就不配在神的乐园中生活！我曾被神山族俘获，险些成为大祭神的牺牲。我也曾将他们的猎手带回，在我们的祭台上贡献性命。请想一想，我们和神山族的猎手有什么分别？族人们啊，神告诉我：无所谓仇恨，无所谓敌意——那过去的一切都是错误！从今以后，让我们在神的正道上前行，与神山族、与风口族，与其他一切部族携手，成为神的忠诚的臣民！我实在地告诉你们：神已经向我许诺，只要谨守与他的约定，我们必将成为丛林的主宰。那时，什么火蚁、什么胡蜂，都将在我们脚下苟延残喘，在我们的恩赐下讨一口残羹剩饭！"

族人渐渐散去。落雨松抬起头，在远方看到张有怀火一般燃烧的双目。

二十天后，迁徙正式开始。神山族年轻力壮的猎手们在河谷族旁边搭起新的茅棚，三天工夫就将部落扩大了一倍。尽管已经在两边反复布道，落雨松依然颇为担忧，让蓝鸟和自己一起，守在族人中间。起初确实有些冲突，但并不是出于棘手的"血海深仇"，而是些微不足道的小事——两间茅棚离得太近啊，上游的茅棚弄脏了水源啊，等等。落雨松在族人中穿针引线，充当评判人的角色，不偏不倚，一件一件地将争端平息。

最初的混乱过后，河谷族人开始好奇地打量这些新的邻居——多么神奇，他们与自己既相近又不同！

"神山族怎么没有老人？"

"穿得好奇怪——裙子似乎是用好几块兽皮拼起来的！"

"这些人搭茅棚，竟然是先竖顶、后起墙！"

"他们的姑娘都不错呢……"

"知道哪个是雨松哥的相好吗？我听说就住在那边……"

落雨松看到乔叶了。她小巧玲珑的身体在风风火火的族人中并不显眼，但每一次从人群中穿过，就像一块大石头重重砸在落雨松的心头。乔木跑到姐姐身旁，兴高采烈，恬不知耻地把先前闯下的大祸抛在脑后。乔叶露出灿烂笑脸，指指旁边的茅棚，似乎在说："你长大了，从今以后，我们要分开住了。"落雨松觉得头顶的太阳格外明亮，照得人睁不开眼。

晚上，两个部落的小伙子都激动起来。"走婚"从没有这般方便过……部落中、茅棚外，蹑手蹑脚的声响仿佛偷食的草鼠。落雨松向外望去，猛然却不见人影。再仔细看，原来小伙子们都知道害羞，专挑阴影处走，一纵一跃，闪转腾挪，又像捕猎的猫。

落雨松无法安眠。合并两个部落——曾以为困难重重的任务就这样完成，竟有些不可思议。他想起当初学习狩猎时师父说过的话："很多事，做起来没有看起来难。"真的，无论有多少可以预计的困难，只要开始动手，往往就会有意想不到的转折。比如现在，他就想到日后进一步扩展部落时，最能激动人心的口号："让走婚成为过去！"把曾经冒着生命危险、徒步一夜才能见到的姑娘带到身边，部落里哪个小伙子不会怦然心动？

索性不睡了，落雨松坐起来，向河岸望去。乔叶的茅棚就在岸边，映着雾气般的月色，朦朦胧胧。何止小伙子啊，此情此景，他自己不也怦然心动吗？落雨松想到曾经的梦想——"一辈子守着一个女人"，正一步一步成为现实。心爱的女人近在咫尺，难以忍受的燥热突然像蟒蛇一般裹挟全身，他爬出茅棚，轻手轻脚向河岸奔去。

在门口，落雨松停住脚步，心怦怦地跳。乔叶对自己是什么态度？是否已将往事放下？是否依旧温存？他试探着向茅棚中望去，忽然像被毒草蜇咬一般，险些跳起来！那黑暗中两汪明亮的秋水，不正是自己日思夜想的双眸吗？

"乔叶……"他喃喃呼唤，低头闪进茅棚。

第二十二章

"'圣殿'就在那里。"奥苏指着舷窗下面，对驾驶员说。

真想不到，离别十多天后重返神山，心里竟然这般激动，就像离家日久的游子一觉醒来，越过稀薄如雾的大气望见母亲一样。操作舱已经被科学家清扫干净，银白色外壁映衬着淡蓝色的天空，在树丛中分外醒目。树丛依旧枝繁叶茂，一切如常，然而奥苏心里却是五味杂陈——这一次回来并非走亲访友，他是遵照舰队下达的指令，来与地球人"谈判"的。

昨天早晨，奥苏再次遭到蒲迪思传唤。本以为又是一次无意义对抗，进入办公室才知道情况特殊——满满一屋子人，弗洛也在场，还有丁尼等一众科学家以及各飞船舰长。奥苏一出现便吸引了所有的目光，几位未曾谋面的舰长还用皮肤闪了闪，表现出极大兴趣。

"这是怎么回事？"奥苏满头雾水。

"本来你没有资格参加会议的。"蒲迪思正在慷慨激昂地讲话，被打断很不耐烦，"不过……就坐在后面吧。"

奥苏在角落里坐下。空气中飘荡着带刺的气息，像水中看不见的浮游生物，蜇得人阵阵生疼，而且这气息……似乎来自不止蒲迪思一人。他越来越诧异，坐得笔直，仿佛这样就能为自己辩护似的。

"这就是刚才提到的那份通告。"蒲迪思继续说，墙上随之出现一张庞大的数据表。

又是民意统计表，奥苏一眼看出。但是不同于先前蒲迪思给他看过的那张阶段性图表，这一次数据格外复杂，密密层层覆满整面墙，叫人头皮发麻。他盯着研究半晌，废然而返：这东西是谁发明出来的？没受过训练根本不可能看懂！

"这张莫名其妙的大表，就由丁尼介绍一下吧。"蒲迪思一边说话一边用手敲打桌面，加重语气中的烦躁，"我们那位勤奋工作的'记者大人'，可真会惹麻烦呢！"

丁尼点了点头："原先根据民意局统计，母星参与投票的民众只有68%，其中超过70%的民众觉得两足群居动物并非智慧生物。然而经过这段时间的舆论反转，现在参与投票的民众已经高达83%，有54.9%的人倾向于他们是智慧生物……"

"那是不是就意味着要把权限交给商业代表了？"一位舰长问道。

原本按照行星开发委员会的要求，商业代表与总执行官具有同等决策权，在涉及目的星的定性、开发等问题上，总执行官与首席随行代表必须达成一致。然而蒲迪思用霸道和专横成功将商业代表压了下去——议事会上看不到他们的影子即为明证。上有所好，下必甚焉，各飞船舰长对商业代表也无甚好脸色，在背后提及总是充满轻蔑，据说有几位还当面狠狠骂过他们，气得商业代表险些打联名报告，要求提前回家。

"一群小人。"奥苏想，"不过……首席随行代表叫什么来着？"

蒲迪思哼了一声："还轮不上他们插嘴！但是那个委员会实在啰唆，居然因此提出要我们去地上走一圈，探探究竟……"

"对不起。"弗洛打断他，"能不能说具体些？委员会有指令了？"

蒲迪思不满地瞥了弗洛一眼，明显嫌他多事："喏，原话是这样的'建议舰队派代表团亲赴第三行星，与其文明孑遗商谈共同开发事项。'"

"共同开发？"弗洛大吃一惊，"就是说委员会已经做出决定了？"下面立刻议论纷纷。

"别乱猜！"蒲迪思用手拍打桌面，示意安静，"一份非公开指令，算不得数！委员会向来瞻前顾后，这次也是如此。'记者大人'对那些'智慧生物'大加赞赏，委员会信不过他，要我们去摸清底细！"

奥苏腻烦透了，蒲迪思不放过任何一次羞辱他的机会。每次听到"记者大人"这四个字他都有拂袖而去的冲动，强压着没有离开，只因为还不清楚叫自己来究竟有何图谋。

答案马上揭晓。蒲迪思对他下达命令："去找咪咪，给地上那些'智慧朋友'发个消息，就说舰队要来了——咪咪已经调好电台，你们可以直接对话。还有，明天随飞船一道去神山……唉，和你朝夕相处一整天，简直活受罪！但是，谁让你有一项用性命换来的技能——会说它们的话呢！"

好几位笑了起来。奥苏气得一明一暗，直接站起来走出房间。

他没敢发作。会议室中的气氛太明显了：作为传奇故事的讲述者，他大受欢迎的好日子已经过去。行星开发委员会再次让等待无止无休，而他将再次成为众矢之的。与最初那三篇"完全客观"的报道不同，在这五篇连载中，他自己成了大出风头的主人公、推动者，因此与任何后果都脱不了干系。

"这显而易见的道理,当时写作的时候怎么就没想到?"他懊恼地自责。

找咪咪发送信息也极不愉快。自从上次在蒲迪思的办公室外撞个满怀,他俩的关系就降至冰点。公允地说,人家咪咪还是主动找过他的,但被奥苏拒之门外。两人照章办事,半句多余的话都没有。

唯一让他稍微开心起来的,是重新听到科学家们的声音。

"哎呀,真没想到,居然能和你直接通话!"安底特兴奋地说。

"你们还好吗?张有怀和艾琳呢?落雨松去河谷族夺权顺利吗?两个部落合并了吗?"他一口气提了好多问题。

然而当宣布"舰队要派代表团前往神山"的时候,气氛立刻凝重起来。

"到底是为了什么?"张有怀顶替安底特提问,"这么快就进入商业谈判了?"

"这个……没那么快。"奥苏愁死了。令人窘迫的真相是:地球人是否会被认定为智慧生物尚未可知。就算母星民意认定他们为智慧生物,蒲迪思如何处理也是个问题。但这话,要他怎么说得出口?

一夜辗转反侧,转眼就到天明。此刻看着窗外绿意盎然的丛林,奥苏依旧没有头绪。

"不过我只是个翻译。"他自我安慰,"关键的话,都会由蒲迪思和弗洛来说!"

在海啸般的树叶中,人类太古文明的操作舱就像一叶随时可能倾覆的扁舟,那么渺小、那么微不足道。旁边站立的小人儿也同样弱不禁风,似乎吹一口气,就能在他们的世界里掀起巨浪,吞噬一切,不留任何痕迹。他又想起刚刚飞越的神山族,被遗弃的破败茅棚就像华丽衣服上沾染的污渍,丑陋而不合时宜。第一眼看到,谁都会有冲动，想把它彻底移除吧？而那，不过是简单地动一动手指……

反重力通道开启，奥苏凭空而降，就像缓缓飘落的一片叶子。

"哇哦。"安底特看得目瞪口呆。

张有怀脸色苍白。他昨天一夜没有睡好，外星人的突然造访让人不安，奥苏在通话中的闪烁其词更平添疑虑。面对飞船，他没有表露出太多惊讶：毕竟谁都知道外星舰队的科技远非人类可以企及，少见多怪的一面，还是省省吧。

然而当看到飞船内部的时候，他还是忍不住"啊"了一声。

"这里——怎么这么大？"

目之所及，明显比外部看起来宽广得多，就像跨过一道门，闯入另一个世界。

奥苏左右看看："本来没这么大的，因为要开会所以开启了折叠模式。这么解释吧，空间并没有加大，只是对空间的利用率增加了。你以为我们面对面站立，其实可能一个朝上、一个朝下。只不过利用视觉纠正功能，让你看不出反常。在我们的母星，资源紧张，地表不足，这是使用最广泛的民用科技之一。"

解释出来似乎也没有太过神秘，张有怀深为自己的"不矜持"感到羞愧。

其实他还算沉得住气，艾琳和安底特他们早就好奇地左看看、右看看，到处走动起来。昨天张有怀问奥苏是否能带几名科学家登上飞船，奥苏的回答是"无所谓"。张有怀于是一口气带了十位不同领域的同伴上来，这时颇有些后悔。他们怎么就不明白，自己是地球文明的代表呢？在外人面前尽情暴露无知，真是幼稚至极！

"没关系的。让他们看看吧。"奥苏说，"你怎么……哦，我忘了，信息素……"

一扇门打开，人高马大的蒲迪思走了进来，脚步踏得咚咚响，似乎急着赶场。随他进场的，还有弗洛、丁尼和几位舰长代表。谈判桌从天而降——原来一直隐藏在墙壁内，一点痕迹都看不出来。为适应鱼尾座 α 第四行星人的身体结构，谈判桌设计为两层，分别供大臂和小臂使用。人们迅速落座，只有弗洛和丁尼向张有怀他们礼貌地打了个招呼，其他人就像没看到一样，傲慢态度让奥苏都有些难为情。

"请坐吧。"他连忙向地球科学家示意。

虽然座椅可以升降，但地球人身材实在矮小，只能勉强露出头来。从蒲迪思那边看去，就像桌面上装配的一排实体按键。他立刻笑了出来。奥苏气得头都快炸了——幸亏张有怀他们无法分辨信息素，否则一定会被激怒。

张有怀和艾琳对视一眼。虽然不明白在笑什么，但是对面这大块头的不友好已经昭然若揭。看起来，今天会面果然要如他们所担心那样，成为一场"艰苦的斗争"了。

奥苏坐在翻译席上，谈判正式开始。

"我是没有办法，"蒲迪思毫不客气地直奔主题，"不得不按照总部的意思召见你们。其实共识已经达成：舰队将全面开发你们的星球。你们呢，只需要配合就好。"

"请解释一下'全面开发'。"张有怀克制地说。

"我没有义务解释。"

科学家吃了一惊。再怎么预料，也没想到外星生物会如此强硬。张有怀疑问地向奥苏望去。奥苏忙不迭地躲避他的目光，但身体不由自主地暗淡下来。

"如此说来，我们也没有义务配合。"

"哈哈。"蒲迪思一笑，"我想你还没弄清楚情况。今天会面是你们最好的机会——可能也是唯一的机会。无论配合与否，舰队的意志都不会动摇。唯一的区别只在于如何处置你们。"

"怎么讲？"

"我的提议是在开发第三行星的时候，留出某些区域给你们繁衍——还有那些原始野蛮的同类。我承诺不会干预你们的行为，但是你们不可以从保留地里迈出一步，否则将被舰队划为'可清除物'予以回收。我说明白了吧？"

张有怀不怒反笑："我倒是很想听一听——如果今天不会面，原先的打算是怎样的？"

"原先嘛，"蒲迪思向后一靠，"从收集上来的资料看，我以为你们这些小生物长得颇为滑稽，很适合豢养起来，做观赏动物。"

几位舰长忍俊不禁。

"不过今天会面以后，我觉得原先的理解有偏差。你们这些小人儿脾气倔强，似乎不太适合家养……"

勃然大怒的气息像洪水一般在谈判桌上泛滥。奥苏难过极了，纵使见惯了总执行官的倨傲嘴脸，但如今天这般蛮横无理还是出乎意料——他尚且无法接受，更何况张有怀他们呢？

弗洛也听不下去了，急忙转身对张有怀说："我想，可以稍微平静一些。在双方都不熟悉的情况下，难免会有误会……"

"怎么不熟悉！"蒲迪思不乐意了，"我们对于这颗星球的了解，恐怕比他们自己还多！"又指向奥苏，"他告诉我，你们是这里唯一有些头脑的生物——总共多少个来着？二十六？我问你，你们星球的情况自己说得明白吗？别说地表那些树了，就算大气运行规律和地核主要构成，说得明白吗？舰队倒是一清二楚——所以严肃些吧，你们没有讨价还价的余地……刚才的提议我也不喜欢，但毕竟是原住民啊，直接清除掉呢，恐怕母星里那些没脑子的家伙说三道四。不过我警告你：不要心存侥幸，不要耍花招，否则后果不堪设想！"

"等一下。"弗洛再次插入,"为什么总说些刺激性的话?从来没有一条计划说要'清除'他们。请放心,全面开发不过是对星球原始环境进行改造,我们会在综合考量各种条件后,尽可能避免对星球的破坏。"

"但是,你们会把大部分资源开采走,对吗?"艾琳在一旁反驳。

"这个不必担心。"弗洛早有准备,"不同文明所需要的资源是不一样的,我们的开采不会给你们带来太大困扰。"

"地球属于人类。地球上,一切资源也属于人类,这是天经地义的事!我们不会允许任何人掠夺——蛮不讲理也好,冠冕堂皇也罢!"一直没有发言的崔玮终于忍不住激动地说。

"你看,跟这些生物没法讲道理。"蒲迪思得意扬扬地瞥了弗洛一眼。

弗洛低头沉思片刻:"我建议修改方案。委员会的措辞不是'共同开发'吗?是不是可以考虑和'地球人'通力合作?在开采母星所需资源的同时,也帮助他们开采自己的资源——甚至可以传授技术。'将文明带给目的星',这不是我们经常提及的口号吗?"

"什么?"蒲迪思震惊了,"与他们合作?就凭他们,就凭几个小人儿?与我们合作?你疯了吗?!"

"可是不能否认,他们是智慧生物啊。"弗洛争辩道。

"我可以说一句吗?"丁尼唯唯诺诺地插嘴,"从物种的角度看,少数变量的特殊情况不足以动摇对整体的评价。这几个……呃,个体,可能是有智慧的,但是数量太少——既不能代表同类,又不能通过繁衍形成新的物种。所以我觉得,两足群居动物恐怕还不能算作智慧生物。"

"你说什么?"这几句话完全出乎地球科学家的意料。原来在他们心里,从来没有把地球人和"智慧生物"等同起来。

"看来，需要补习的功课还有很多啊。"蒲迪思不容分辩地站起身，"我想，该说的话已经说完了。给你们十天时间，考虑我的建议。十天以后如果没有得到令人满意的答复，舰队会再次到来——我保证，你们将见识神一般的力量！"

地球科学家离去的时候，奥苏远远躲开，但还是看到张有怀向自己投来愤怒的一瞥。张有怀几乎站立不稳，脚步虚浮地倚在艾琳身上。艾琳也失望地回头，目光从暗灰色的奥苏身上滑过，叹口气，走向反重力通道。

奥苏从没体味过如此深刻的内疚。会议室安静下来，就像掏空的心。折叠模式关闭，空间顿时缩小为三分之一，压得人气闷。他望着脚下越发渺小的科学家一个接一个走向操作舱，就像没有灵魂的身体，走向冰冷的坟茔。

"我还能做什么呢？"他无奈地对操作员说。

"不知道……再给他们施加些压力？"对方不明就里地回答。

第二十三章

"休息……休息一会儿……"张有怀上气不接下气地说。

艾琳扶着他在树根下坐倒。

汗珠从面颊上颤抖着滑落——这男人，身体已经被三万年冷冻消耗得只剩一副骨架了。艾琳犹记得当初，两人确立情侣关系的时候，张有怀风华正茂，做起事来风风火火，似乎有使不完的力气。

冷冻效应在不同人身上的表现一直是个谜。张有怀和艾琳实际只差五岁，然而从生理年龄来说，谁都无法否认他们已经是两代人了。

不久前，张有怀才劝过她："你我已经差距太大，今后不要再守着我了，找个合适的伴侣吧——我看，安底特或者崔玮就不错。"

从那黯然神伤的语气，艾琳听出自己没有选择——她怎么好伤害这曾经情投意合的男人？虽然在很多问题上有了分歧，发生过几次激烈争吵，日常交流也淡淡如水，但谁要说"两人已没有感情"，她是不会同意的。

"快到了。"艾琳给张有怀鼓劲，"能听到河水声了。"

为参加今天的议事会，两人前天就从操作舱里出发，先在被遗弃的神山族投宿一晚，然后起个大早，继续赶路。大会是落雨松召集的，驷水前来送信的时候，解释说这是"两个部落合并以来，第一次联合议事"。

"雨松哥让我向你道歉。"驷水又说，"本应叫大伙儿一块儿到神山里来的，但是他们不敢，所以这一次还是在河谷族吧。

"你看，当初说一等两个部落合并，就正式开始普及科学。结果一切照旧——该愚昧还愚昧，该恐惧还恐惧。"张有怀想到这事就不痛快，一边喘着粗气一边对艾琳说。

"哪儿有这么快的。"艾琳解劝。不知道为什么，这次醒来，特别是从外星舰队回来以后，艾琳发现张有怀的脾气变坏了。明摆着不相干的事情也要横挑鼻子竖挑眼——都什么时候了，还管它科学或者愚昧？难道他自己已经乱了阵脚，分不清主次？真不愿这么想，但只能无奈而模糊地承认。

"你还不打算告诉落雨松？"她问，"毕竟这么大一件事，他应该知晓——再说就算硬碰硬地较量起来，有他和他的族人在一起，也能多一份实力……"

"哪儿有什么实力！"张有怀不耐烦地打断，"连科学大门都没摸到的乌合之众，多一千个、一万个，又能怎样！与其去神山白白送死，还不如在这里传宗接代！"

"那你打算怎么办？安底特在调试那几门碎石炮，似乎能用的不多……"

"不多就不多，大不了鱼死网破，你还怕了不成！"

最近总是这样，交谈几句便会不欢而散。艾琳索性不再说话，等张有怀休息好了，闷闷不乐地站起身来，这才一道上路。

"估计已经开始了吧。"张有怀没话找话，大约歉疚于方才的情绪。

"嗯。已经开始了。"艾琳不愿多和他计较，"不过安底特他们肯定到了。"

"有他在就好。"

阳光明媚，微风习习，吹来露水和嫩叶的香气。河水潺潺，在前方呼唤，地势也一步一步变得低伏——河谷族的茅棚已经露出尖顶。"真是个好地方啊。"艾琳在心里赞叹。两座平缓山丘将一道河湾捧在手心，河水清浅平静，正如山谷中的风和雨，永远透着几分收敛，不会像外面那般猛烈。

议事会在原来辛朱的住处举行——离山丘最近的茅棚。辛朱离开后，落雨松不愿搬过去，但那么大一座茅棚空着也怪可惜，于是在南木的提议下被改造成议事厅，供两个部落的代表和科学家一道商议大事。

"部落能有什么'大事'？"张有怀纳闷，"还要这么兴师动众地召集大会？"

然而直到远远望见议事厅的时候，他才明白什么叫真正的"兴师动众"。整整两排猎手候在门口，各持石刃、石矛，将茅棚围了个水泄不通，简直像在防备强敌入侵。领头猎手身材颇为瘦小，庄重地在外侧走来走去。张有怀和艾琳刚刚翻过山丘，瘦小猎手就注意到了——科学家的装束毫无隐蔽性，即便在丛林中也是显而易见。

他一路小跑着迎上来："请问，两位是参加议事会的吗？"语气十分客气，竟好像受过教育一般。

张有怀点点头，报上姓名。

"请吧，大伙儿已经等待很久了。"

"不过是个议事会，怎么弄得刀光剑影？"张有怀问，"难道情况有变？"

"没有什么情况，一切按照原计划进行。只不过既然是两个部落联合议事，自然应该隆重些。"

猎手跟在后面，不久便来到议事厅外。他挥一挥手，人群立刻分开一道缝，训练有素的样子。

"这人不简单啊。"张有怀暗赞，穿过两道人墙的时候他回过头，看着猎手闪闪发光的眼睛，"小伙子，你叫什么名字？"

"我叫追风。"

还没等他反应出"在哪儿听过这名字"，就被身后一只大手猛然推了一把。张有怀"哎哟"一声，踉踉跄跄地闯进议事大厅。紧跟着，艾琳也被人推了进来。

眼睛一时没有适应，朦胧中他们只看到来了很多人。奇怪的是，大伙儿都站在地下，僵直不动。恍惚间，张有怀觉得自己跌进了时间的空隙。

"你们……怎么回事？"艾琳在身后惊讶地问。

张有怀侧过头，看到一柄漆黑的枪正对自己——并非先前扮演过"神迹"的射电麻醉枪，而是可以立时取人性命的点射枪。顺着持枪的手臂向后面望去，一张尖瘦的脸从黑影中突显出来。他看清楚了——是安底特。

再向周围望去，终于明白所有人站立的原因：地下一具身材粗壮的身体仰面倒在血泊中。那是神山族的雷之眼，听说在赤土落败后，就是他第一时间跪倒在落雨松的脚下。"他死了？"张有怀觉得难以理解：上次到部落中来，雷之眼还友好地和自己打招呼，管他叫"大科学家"呢。怎么……就死了？

"是你杀的？为了立威，你就把这无辜的人杀死了？"他清醒过来，愤怒地与安底特对视。

"他可不是无辜的人——他是神的罪人！"

"什么？"

"我说，他是神的罪人！"

张有怀像见了鬼一样盯着他。

"没想到吧？"安底特得意扬扬，带着猫捉弄老鼠的表情向张有怀靠近，"其实我也没想到。三万年前，我们一道在鸟蛋般憋闷的操作舱里忙碌，那时候，谁想得到今天这步？"

"这一天，你谋划很久了？"张有怀咬牙切齿。

"哎呀，你可冤枉我了。其实直到这次醒来，我都没有想过要和你兵戎相见。不错，航天器里的生活我厌烦透了——在无尽的等待中，在不知哪一次沉睡就无法醒来的恐惧中生活……天哪，那也能叫'生活'！但我不知道该做什么。在你们这些人中，我格格不入。你们高谈阔论，你们步履匆匆，好像真的投身在什么崇高伟大的事业中——其实不过是自欺欺人的美梦！有时候啊，我多么无奈，就像在没有星星的夜里找不到方向。直到那天，有人在神山族外的丛林中把我拦住……"

"谁？"

"辛朱！"一直没有搭腔的落雨松开口了。他就站在雷之眼的血泊旁边，也被一把点射枪死死锁定，持枪的是江辉，先前一道在两个部落显示"神迹"的小科学家——不知何时被安底特蛊惑。

"很聪明。"安底特轻松地说,"确实是他。"

"我猜,他向你许诺助他夺权成功,让你当上族长?"

安底特点点头,又摇摇头。

"就为了这——你背弃了同伴,背弃了科学,背弃了大伙儿一直为之奋斗的目标?"张有怀怒发冲冠,颤动的手指伸向叛徒,仿佛要和枪口对决。

安底特笑了:"你觉得不值?我也觉得!本来没有必要走这条路啊……谁让你们都铁着心,执迷不悟!原本我还没有下定决心,但是你们以卵击石,非要和外星人拼命。"

"外星人?"落雨松疑惑地问。

"哈哈。"安底特狂放地笑着,"你还不知道呢……他,张有怀,不打算告诉你!外星人要来啦,就是奥苏他们——'天上的眼',威胁要把神山夷为平地,如果我们不合作的话!"

落雨松还想追问,但安底特不再理他,继续对张有怀说:"我真不明白,一群聪明人,竟然想不通如此简单的道理:地球资源对我们有什么用!文明复兴和我们有什么相干!你不也说过吗?文明已经死了、烂了、没救了,人类再也站不起来了!记得我曾经向你提出'离开航天器,过正常生活'的建议吧?你恼羞成怒,把我痛骂一顿。唉,你说,何必呢?比起在坟墓一般的冷冻舱里做梦,坦然承认失败,在外星人留给我们的土地上开启新生活,有什么不好?"

"这——就是你开启的新生活?"艾琳在身后问,"众叛亲离,做个部落族长?"

"不只是族长哦。我还将是两个部落的大首席科学家——什么辛朱、赤土,怎能与我抗衡!他们已经接受了:从今往后没有族长、大首席之分——只有我!那两位不过是我的副手……"

艾琳痛心疾首地摇头，半晌没说话。

"其实你最应该理解我的，对吗？"安底特的声调亲切自如，就像往日在操作舱中闲聊，"毕竟，那一套神啊、经文啊，都是你的发明……'生命无常'，你不也总这么说吗？还有什么，比及时行乐更对得起这无常的一生？还有什么，比受到众生顶礼膜拜更令人醉心？凭借科技力量，保留地里所有部落都将拜倒在我们脚下——我们将开创自己的王国，那滋味……你想想看呢？"

安底特仰起头，轻蔑地瞥了张有怀一眼，意思再明显不过了。

"不要'我们''我们'的说个没完！"艾琳怒不可遏，"当初实行宗教复兴计划是没有办法的办法，是为了在沙漠中留存一眼甘泉，而不是为了让你这卑鄙下作的小人拿去满足那不值一哂的虚荣！安底特啊，我曾经高看过你——我错了，我后悔和你说过的每句话……想想都觉得恶心！"

张有怀退后一步，站在她身旁。那一刻，两人似乎重又回到了并肩作战的年轻时代，成了操作舱中人人羡慕的神仙眷侣。

安底特耸耸肩，一副"无所谓"的表情，又转向落雨松和身边的撒该："你俩呢，我没什么好许诺的。受人之托，忠人之事。既然已经答应辛朱和赤土，结局是改变不了的。不过有一件事确实可以争取：如果好好配合，我就劝辛朱给你俩挑一种简单痛快的死法！"

"哦？挺有吸引力。"落雨松不怒反笑，"我倒想听听你的条件。"

"简单得很。只要你走到外面，对族人宣布：你不是真正的大首席科学家，并且会将部落交还给神所中意的人……"

落雨松坦然回答："你知道不知道现在是上午，蓝鸟这样的猎手都在丛林中狩猎未归。即便我同意你的要求，对一众妇女和老人宣布，难道就能作数？"

"猎手都是聋子、瞎子，只会跟随领头的人……呵，在你退出之后，就是我了。"安底特狡猾地挥了挥手，"况且你多虑了，有人早替你作好铺垫——外面有不少族人正等着听你的精彩发言呢！哦，对了，有位老朋友，我想你应该见见。"

说话间，草帘掀起，山谷中清新的凉风瞬间吹了进来，让人精神一振。

"多舒服的风啊。"安底特长吸一口气，享受地打了个哈欠，枪口却一直没有从张有怀身上离开，"让我们赶快把屋里的勾当了结，光明正大地到外面去吧！"

落雨松没顾得上回应。他的目光完全被从门口闪身进来的瘦小猎手吸引住了。追风！他先是一惊，随后恍然大悟：难怪安底特和辛朱他们底气十足，难怪敢在自己的"地盘"闹事——原来是他！

"好久不见，都还顺利吧？"追风说话一向客客气气，即便现在听起来，也觉不出嘲讽。

落雨松淡淡点了点头："外面听起来好多人，是你安排的吧？"

"不错。"追风挺起胸膛，"外面是神山族的大部分猎手，你以为他们全都出去狩猎了吧？其实狩猎去的，只有你们河谷族的猎手。"

"两个部落已经合并，不分彼此。"

"可是人心还没有合并——他们就是明证。"追风向外面指去。

落雨松无言以对。作为首领，竟没有察觉族人的反常，这不能不算严重失职。他记得刚刚合并两个部落的时候，南木曾意味深长地对他说："当一名好首领，和当一名好猎手，是不一样的。"现在想来真是肺腑之言。落雨松扪心自问，自从身负重担一直兢兢业业，在涉及两个部落的事情上从没有过偏私。可是，为什么依旧无法服众？为什么追风轻轻巧巧的几句话，就能重新拉起大旗与自己抗衡？他百思不得其解。

"其他人呢？"

"刚才被我们阻在会场外面，现在已经聚拢过来。"追风不紧不慢，"我的人已经告诉他们，你准备当众宣布一件'重要的事'。快点出去吧，你别无选择——我们也希望在猎手回来之前把事情办好。"比起安底特，追风可要实在多了。

落雨松向安底特望去。后者正得意地笑着，示意另一位叛变的科学家用枪口对准张有怀，他则掉转目标，将那致命武器锁定在自己身上。两把枪——想逃也逃不掉了。

"他们——都是你的同伙？"张有怀指着剩下的七八位科学家问。

"不错。"

"难怪前天你说：参会人员由你确定。"

"你身体不佳，我这也是为你分忧。"

安底特的无耻令张有怀震惊，正要发作，落雨松却伸手止住他。

"不必跟他废话了。"他说，"我出去就是。"

安底特与追风对望一眼，面露喜色。追风先行出去，在外面镇守。安底特则转向落雨松身后，用枪口示意他出去。

"阳光可真好啊。"出门的一刻，落雨松想。外面是两层手持兵刃的神山族少壮猎手。不少人见他出来，都羞愧地把头扭向一边。猎手外围，密密麻麻的人群，就是河谷族和神山族的妇女、儿童还有老人了。首领出现，在人群中引发一阵不安的议论。人们已经知道这边"出了大事"，但不清楚到底怎样。

乔叶呢？落雨松在人群中搜索。没有看到。会不会遇到危险？按理说，猎手不会对一个女人费心，但毕竟她和自己的关系尽人皆知，难保追风他们格外上心。

容不得细想。身后众人陆续走了出来——先是安底特，随后是撒该、南木和两个部落的代表，最后是张有怀、艾琳还有叛变的科学家们。安底特从茅棚中钻出来，第一时间站到人群面前，趾高气扬，似乎已经坐上了族长兼大首席科学家的宝座。

"族人们,"他张开双臂,纵声高呼,"静一静!我是从神山中来的科学家安底特。可能很多人还不认识我吧——没关系,今后有的是时间!现在,先让我们听听你们的'首领'落雨松,要对你们说些什么吧!我保证……"

话音戛然而止。落雨松感到余光里划过一道白光——石箭!他立刻转头看去。安底特却消失了——不对,是向后飞了出去!一切都太快了。血花瞬时迸射,落雨松看到他嘴角的笑容都来不及收起,便重重跌落在地,喜气洋洋的表情和难以置信的惊恐奇妙地叠加在同一张脸上,接着便开始垂死抽搐。石箭插在喉咙之上,颤抖不已。

乔叶!落雨松向石箭射来的方向望去。他想起来了:乔叶曾经提过自己"在苦练狩猎",因为弟弟实在太不争气,乔叶希望多少能替他承担一部分责任,以免有一天被赤土盯上,选作牺牲……这份努力没有收获预期的成效,却意外地给落雨松帮了大忙。

"辛朱!赤土!"落雨松动念极快,立时高喊。这两人一定就在附近,必须把他们捉住……

"不用叫了!"一声断喝,落雨松听到身后传来石刃劈空的声音。

是追风!变故太快,落雨松几乎已经把他忘了。追风身手敏捷,距离又近,落雨松再想躲避已然不及,只能从风声判断敌人的方向,奋力朝旁边跃起。

"啊!"追风大叫,将石刃插入落雨松的肩头!鲜血立刻喷射而出,落雨松滚倒在地。

乔叶一声惊呼,弯弓搭箭想来救助。没机会了,神山族训练有素的几位猎手已然怒吼着向她扑去。乔叶转头就跑,然而怎么跑得过!落雨松倒在地下,透过模糊的眼睑,望见乔叶那纤瘦背影被四位凶神恶煞的猎手撵上、扑倒,看不见了……

全完了。追风就在头顶，举起石刃正准备再次劈落。神山族的猎手将"圣殿科学家"团团围住，步步紧逼。蓝鸟他们外出狩猎，一时又无法赶回。落雨松不甘心地闭上了眼——命运啊，有时真的让人无可奈何！

这时，就像久远往事重现一般，天上忽然传来震耳欲聋的声音。落雨松想睁眼观望，却被刺得再次紧紧闭上。"天上的眼！"他明白过来，过往经历从记忆深处火焰般升腾。时机转瞬即逝，他一跃而起，奋力用头撞向呆呆发愣的追风！追风措手不及，被撞得双脚离地，直直向后飞起，石刃拿捏不住，落到一旁。

落雨松右臂无法用力，但左臂还在。他猱身而上，一把捡起敌人的武器，踉跄着向追风冲去！

"别打了！"艾琳在一旁高喊。

天上的亮光已经转移方向，震耳欲聋的声响也渐渐消散，似乎急着赶去什么地方。

"他们……他们是不是去神山的！"艾琳急切地问张有怀。

"是！"张有怀脸白如纸，望着飞船前进的方向，喃喃自语，"不对啊！日子还没到呢……"

第二十四章

奥苏犯了一个错误。为与总部指令保持同步，母星时间一直是舰队的标准度量，蒲迪思留给地球科学家的"十天"当然也不例外。鱼尾座 α 第四行星自转较快，一天只有 13.5 个小时，因此蒲迪思口中的"十天"其实仅相当于地球上的五天半。然而内疚与窘迫让奥苏忽视了其中的差异——差之毫厘，谬以千里，却无意中解救了命悬一线的落雨松与张有怀，也改写了地球的命运。

奥苏自己浑然不知。他正紧张地望着脚下起伏不断的绿树，期盼"圣殿"永远不要出现在视野中。

"到了。"操作员漠不关心地宣布。

奥苏像被雷劈到一样，不禁哆嗦了一下。他向远方望去，操作舱安安稳稳地镶嵌在泥土中，仿佛做着好梦，还没有醒来。舰队投落的阴影犹如藏在草里的蛇，向着人类文明的最后堡垒潜行，冷酷而坚定。

这是一次没有悬念的行动，蒲迪思亲自率领主舰和四艘飞船驾临神山，只为了"让两足群居动物长点教训"。奥苏觉得他疯了：公然违背行星开发委员会传达的"短期内不要采取行动"的指令，就不怕日后追究吗？

蒲迪思不怕。他有自己的逻辑："只要能给舰队带来利益，就是大功一件。哪怕行星开发委员会追究起来，也不会有人认真。"

虽然在舰舱内毫无感知，但奥苏知道飞船的震慑效果其实惊天动地。果然，地球科学家立刻被外面的喧嚣吸引出来，呆立在门口，就像一排没有落进土里因而无法生根发芽的种子。

离得太远，奥苏看不清谁是谁，但是能够想象他们的惊恐。有些场景，远处看会有别样的效果。科学家们在地上慌乱地奔跑，交头接耳，就像学生时代在显微镜下看到的无规则运动的藻类。第三飞船驾驶员不禁笑了。

"看把它们吓得！"他得意地说。

奥苏没有回话。他知道是怎样的隔阂横亘在两种文明之间，未曾亲身体验过，是很难了解、很难同情的。他满怀愁绪地站在扬声器跟前，焦急地东张西望。蒲迪思的指令是，在发动进攻之前由他向地球人下达最后通牒，并交给他一份措辞严厉的文稿。啊，这上面每个字都像一把匕首，读在眼里都刺得生疼！

尖厉警报忽然响起，但只有一声便偃旗息鼓。奥苏根本来不及反应，就看见一道明亮白光在舷窗外转了个弯，径直向远方飞去。

"咦，它们竟敢主动进攻！"驾驶员惊讶地说。

地面亮起一个白点，仿佛跳出柴堆的火星，转瞬即逝。接着黑烟升起，在半空久久不散。随后，另外两个白点也在不远处相继爆发。

"这算武器？"驾驶员四手一摊，"手动防御都没用上，就结束了！"

奥苏明白过来。人类科学家知道双方实力悬殊，于是孤注一掷，寄希望于先声夺人。然而他们还是低估了舰队的战斗力，那道白光触发了飞船的自动防护系统——反转空间。就和那天奥苏向张有怀解释"会议室不可思议地变大"一样，飞船周围的空间也被扭曲折叠。白光速度不变，却被引入歧途，一百八十度大转弯，直向地面"弹射"而去。奥苏看到两名科学家被冲击波高高弹起，向一旁的树丛摔去，看不到了。

他暗自庆幸。一方面是因为白光虽然被"弹射"回去，却不是严格的反向通路，没有直接落在科学家身上。另一方面是因为战斗已经打响，令他左右为难的最后通牒也就免了。

"这群小人儿，胆大包天！"指挥室里，蒲迪思勃然大怒，火一般的气息让身边的弗洛不禁后退几步。

在蒲迪思的脑中，今天不过是"娱乐活动"："憋闷太久，终于有机会舒展筋骨了。"他认为，虽然在十天前的会谈中地球科学家表现强硬，但只是虚张声势——它们不是一直在传递焦虑和恐惧的信息吗？

"端着架子，不好意思当面承认罢了。"他对弗洛断言，"舰队一到，那些小人儿就会跪倒在地，俯首称臣——不信，你看着吧！"

弗洛不置可否。

然而地球科学家出人意料地顽强抵抗，令蒲迪思恼羞成怒。他不假思索，立刻扑到指令台上对第一飞船怒吼："反击！狠狠打！"

"什么？"所幸第一飞船舰长基亚土头脑冷静，立刻提出反对，"反击？向谁反击？"

"谁向你进攻，你就向谁反击！"

"对不起……我不能从命。"基亚土回答，"按照'舰队防御准则'，刚才的白光根本算不上'进攻'，反击条件不成立。"

蒲迪思火冒三丈，但无可奈何。飞船舰长有驳回总执行官指令的一次性权限，这是为了避免"一人一时的错误波及不可预期的范围"，比如现在。虽然性格暴躁，蒲迪思却不是没脑子——基亚土确实说到了点子上，如果在"条件不成立"的情况下向地球科学家发动进攻，就会被行星开发委员会定义为"主动入侵"。蒲迪思哼了一声，切断了通信路径。

又一道白光闪起，这次直接瞄准个头庞大的主舰，当然再次无功而返。好在地球科学家已经吸取教训，一开火便逃到旁边。白光在地面炸裂的火花仿佛绽放的白莲，将丛林映衬得光彩全无。

"气死我了！"蒲迪思攥起拳头，在桌面上捶得咚咚响，"从来没有这么窝囊过！"

弗洛若有所思："别急，就快好了……"

"什么意思？"

"如果这种小规模袭击达到十次，就符合'舰队防御准则'规定的'遭受进攻'的标准了。"弗洛平静地回答，仿佛只是在解释干巴巴的纸面文字，与脚下危在旦夕的生命毫不相干。

"原来如此！"蒲迪思大喜过望，"那就只好再等一等喽，十次一到，看我怎么收拾它们……"

"可以向飞船下达指令,调整空间反转率,让白光射向无害的地方。这样,那些小人们就不会退缩了。"

蒲迪思惊喜地看着弗洛:"你真是天才!但愿一切如你所料。它们,可千万不要让我失望啊!"

他不会失望。地面上,崔玮正指挥同伴一边将伤员抬到操作舱内,一边重新装弹。三万年前,科学家们驾驶飞船勇敢地向太空进发。当时的使命是"寻找地外生命"——现在想来,三万年前的人类是多么可笑,多么幼稚!因此,操作舱并未装配武器,唯一可以凭借的,只有用于击碎微小行星、避免频繁转向的碎石炮。

五天前,张有怀提出"用碎石炮自卫反击"的建议,安底特第一时间反对。

"碎石炮的功率不可能与外星舰队抗衡!"

"怎么不可能?"张有怀反驳,"碎石炮能够将直径10公里、速度200公里/秒的小行星击成无害尘埃,功率还不够大?"

"那是要多门碎石炮连续发射才能做到的!"安底特大摇其头,"操作舱里原先只有十门碎石炮,改造冷冻舱时拆掉了三门——剩下的七门能不能用还是个问题……"

"那就去试试!"张有怀烦躁地说,"什么都没做就说不行,你是想让我们直接投降吗?!"

结果比安底特的担心还要糟。七门炮里只有四门勉强能用,但炮弹年久老化,有效成分还不到一成。

"也就是说,我们基本相当于往外星舰队上扔石头!"安底特苦恼地汇报。

"看看有没有可能调配一批火药……"

张有怀的固执不仅让安底特心灰意冷,就连艾琳都无法忍受,与他发生了好几回激烈争吵。然而今天,正是那无法引爆的炮弹救了科学家一命——否则,"弹射"回来的能量足以将整座神山夷为平地。

崔玮一边感慨,一边绝望地指挥同伴。其实谁又不知,与外星舰队抗争无异于螳臂当车,不过是为地球尽最后一份力而已……

"与他们拼了!"崔玮高呼,将三门碎石炮同时对准主舰。

张有怀在哪里?安底特在哪里?崔玮知道自己可能活不过今天……多希望同伴们都在身边,也好不那么孤单!

三道白光扑向主舰。奇怪的是,这一次并没有被"弹射"回来,却向遥远的天边划去,仿佛掠过头顶的流星。

"他们的防御快被攻破了!"崔玮惊喜地宣布,"再加把力,三炮齐射——目标还是主舰!"

又是三道白光,崔玮满怀期待地望着头顶那一片乌云般的主舰,却失望地看到白光再次扭转方向,仿佛荒野中迷途的旅人,奔向错误的前途。

然而这一次,情况变了。他看到"乌云"忽然有了色彩,橙黄色光斑在飞船一端聚集,亮度逐渐升高,就在即将转为明黄色的时刻开始迅速移动。光斑成为环绕飞船的一条耀眼光带,自后向前,横跨中部和前端,随后脱离飞船,跃入虚空,仿佛燃烧的火种落在水里,消失得无影无踪。所有人都停下手中工作,惊恐地望着天空。天空就像倒转的水面,平白无故起了波纹。"水波"荡漾着扩散开去,迅速掠过天际,掠过树梢,掠过另一侧的山峰,无声无息。天空重归澄澈与安宁,什么都没有发生。

崔玮舒了口气。然而就在同时,左侧丛林深处传来低沉的隆隆声,地面也开始抖动。

"山体滑坡!"他猛然惊觉。

响声越来越大。丛林高处,树冠像被暴风雨肆虐一般疯狂摇摆,痛苦挣扎,树叶争先恐后地从枝干上逃离。随后,一整片丛林在眼前凭空消失！惊天动地的崩塌声伴随着剧烈震感，将所有人掀翻在地。眼前一切都在抖动，土块如雨，从头顶倾斜。三门碎石炮也像受惊的野兽，猛然跳了起来，相互撞击，又东倒西歪地摔落地下。一道纵深的地裂在操作舱前赫然开张，犹如通向地狱的入口。

这恐怖一刻似乎无止无休，渐渐平息的时候，崔玮觉得已经过去了一个世纪。

他抬起头，绝望地看到飞船尾端再次亮起。同样的"波纹"划过天空，向右边的丛林荡漾。

"外星人在向周边地区扫荡！"他明白过来，"这只是一个警告——要我们即刻离开！"

神山再次呻吟、扭曲，仿佛被病痛折磨的将死之人。崔玮跌跌撞撞地扑向一棵大树，稳住身体。几步之遥，一位同伴挣扎着想要站起来，却被高处滚落的巨石正面砸中，瞬间消失在下方丛林中！耳边传来令人心悸的断裂声，参天大树禁不住持续震颤，呻吟着被连根拔起，向操作舱压了下去！

"天哪，怎么会这样！"他终于明白蒲迪思的威胁——神一般的力量！无法较量的敌人！

震颤再次平息。崔玮想跑去操作舱旁边检查，身体却不听使唤。他低下头，难以置信地看到右腿被断裂树干结结实实压在下面，折成古怪的尖角，鲜血汩汩流出，自己却浑然不知。

"我要死了！"他意识到，忽然松了一口气，"太好了……"

"快来帮我一下！"身边有人高呼。崔玮循声望去，是落雨松！他右臂缠绕着血淋淋的绷带，左手插入树干底部，拼尽全力，树干却纹丝不动。

落雨松呼唤的帮手是追风。追风二话不说蹿到旁边，两人一同用力。接着，七八位刚刚赶到的猎手也冲上来，树干被立刻掀起，四五只手一齐将崔玮扯了出来。大敌当前，让片刻之前兵戎相见的对手放下干戈，并肩作战。

"啊，你没事吧！"张有怀趴在蓝鸟背上，晚到一步。艾琳也在族人的搀扶下气喘吁吁地跑来。

蓝鸟是落雨松在路上遇到的。他原本正在附近狩猎，听到神山传来可怕动静，已然自行赶到附近。正不知该进该退，就见落雨松和追风狂奔而至。

"神山有难！快走！"落雨松招呼他。

"可是，神山……"

"你到底去不去！"落雨松顾不上解释，一马当先地冲了进去。

蓝鸟大受鼓舞。正好神山族猎手背着张有怀跟跟跄跄地跑到近前，蓝鸟便将他换下，驮着一路大吼大叫的老科学家赶到"圣殿"。

"全完了！"张有怀看到操作舱的惨状，不禁失声叫道。

倒塌下来的大树并未对操作舱造成多大损害，但外星舰队的神秘力量似乎引发了舱体的剧烈共振，张有怀看到：曾以为坚不可摧的外壁有几处竟像玻璃般碎裂，一道致命浅纹从正中腰线划过，如果再有一次进攻的话……

再一次进攻已然开始，第三道"水波"仿佛舞者缠在腕上的轻纱，优雅地抖动，从头顶漠不关心地飘落，消失在山体背后。

"趴下！"崔玮大叫，却被随之而来的尖啸吞没——如同死神的吟唱，不绝如缕的尖啸伴随山崩地裂的巨响，在四周翻滚、悲鸣。

然而这吟唱，高高在上的舰队是听不到的。蒲迪思正得意扬扬，欣赏脚下的"闹剧"呢。

"低量级震颤就让它们丢盔卸甲！"他哈哈大笑，"实在不堪一击！"

弗洛一言不发，透过舱窗望着在恐惧中颤抖的丛林。丛林上方黑压压一片，是仓皇逃离巢穴的昆虫。它们完全不知发生了什么，家园顷刻毁于一旦，这些愤怒的生灵盘旋在故土上方，久久不愿离去，进退两难。

距离是一层奇妙纱帘，将天地隔开。芸芸众生因自己的一句话受尽苦难，发号施令者却可以躲在一旁，心安理得地转过头去。"自古就是这样啊，有什么办法呢……"弗洛感慨。与古板的丁尼不同，在弗洛心里，两足群居动物毫无疑问是智慧生物。即便代表智慧的只有寥寥二十六位科学家，但同为科学家的他，怎么可能对执着的信念嗤之以鼻，怎么可能对绝望的挣扎视而不见？他扪心自问：如果母星文明遭逢不幸，自己会不会以同样决心，誓死保护干涸土壤上最后的嫩芽？一定会的。那天在谈判中，蒲迪思的强硬、傲慢不仅让张有怀怒火中烧，也让弗洛如坐针毡。真想替小人儿们说几句公道话啊——如果决策者换作他，兴许两足群居动物还有一线希望！

然而空想无济于事。坐在总执行官位子上的是蒲迪思，是这迟钝、麻木、狂妄自大的蠢材。"除了用蒲迪思的意志改写第三行星的命运，还有别的选择吗？"他自问——也许有吧，但不是今天，不是当下……作为副执行官，弗洛当然无法违抗总执行官的指令，只能顺着他的意愿，将这一出荒唐戏好好演下去。再一次，权力的王牌扣在桌上，就像萨米提的死揭示出的冷酷事实！前进或者后退——这是手握权力者俯仰之间的草率决定，没有权力的人只好听命，或者……静静等待！没错，即便有再大的仁善，现在也必须等待——等待时机足够成熟，等待力量足够强大，等待羽翼足够丰满，让自己的决心成为舰队的使命。况且，仁善与政治本就是不相干的——有一些牺牲必须做出，有一些舍弃决不能心软！

张有怀破碎的神情在眼前闪过，弗洛甩甩头，冷静地提出建议："现在,可以逐渐调整进攻方向，将它们从神山上逼下去，然后摧毁'圣殿'，让它们无法返回。"

"真想下去看看,那些小人儿还能不能像在谈判桌前一样傲慢！"蒲迪思得意地下达指令。

传呼灯闪烁起来。蒲迪思瞥了一眼——竟然是奥苏，不屑地直接切断："这小文人，找我做什么！"

没想到传呼灯立刻又亮起来。如是反复三次，蒲迪思只好不耐烦地接通。

"干什么？！"

"你必须停手，现在就停手！"奥苏在那边气急败坏地大吼大叫，"我命令你，现在就停手！"

"你命令我？！"蒲迪思气得笑了，"你算什么东西？"

"听我说。如果现在不停手，会引来大麻烦的！"奥苏声音急切，"神山相当于第三行星植物群落的神经节——你这样蛮干，有可能触发不可预料的全球连锁反应，给资源造成无可挽回的破坏！"

"你胡说些什么！"

蒲迪思正要再次强行切断，丁尼的声音却在另一频段响起。

"总执行官，他说得对，停手吧！"丁尼一反常态，也激动起来，"刚刚探知，神山释放出异常电波，同时距离最近的其他神山也隐隐有了响应。总执行官，我们必须停手——这颗星球的植物具有罕见的整体意识，再这样下去，后果将不堪设想！"

蒲迪思疑惑地看着弗洛。后者耸耸肩，意思是：谁说得准呢？

"关闭反阻力引擎！"奥苏大声说，"你就会明白！"

"是的是的！"丁尼也坚持道。

反阻力引擎是大气层作业的必备装置，在增加动力的同时，还能有效屏蔽因大气摩擦而产生的噪音——这一点在高速飞行中至关重要。

蒲迪思迟疑一下，还是向驾驶员下达了关闭指令。摄人心魄的尖啸瞬间袭来，虽然音量不大，但就像一根被火烧过的针，从头皮直插入脑，教人说不出的难受。

"天哪，这是什么？！"

"这是神山发出的强电波信号音。"丁尼大声说，"它在与其他神山交流！总执行官，立刻停手吧！不要发动进攻！不要发动进攻！不要发动进攻！"

"他们说的……也有道理。"弗洛在身后静静地评论，"如果单从震慑效果来看，今天的目的已经达到。我也认为可以停火了。"

蒲迪思狐疑地瞥了弗洛一眼。什么地方有些不对劲，一时又想不明白。无处可逃的尖啸声几乎要把人逼疯，他连忙命令重启反阻力引擎。世界立刻清静下来，混乱的大地再次远离，就像书里写的故事。

"总算好了。"蒲迪思呼了口气，终于不情愿地坐到指令台上宣布，"进攻停止，返航！"

不过，未尽兴的小插曲并没有太过影响心情。走出指挥室的时候，蒲迪思伸了个懒腰："等待这么久，终于做了点事——不错的一天！晚上，可以睡个好觉了……"

第二十五章

落雨松从没见过那么多火蚁，就像席卷一切的浪涛，在河谷族的土地上翻涌滚动。

神山受到重创，多处山体滑坡，巨树东倒西歪，藤条散落一地。

无家可归的火蚁倾巢出动，犹如褐色的血，无声呻吟着向丛林深处流去。神山族旧址首当其冲，已经荡然无存，如今河谷族又遭逢大难。落雨松感到仿佛旧日重现，儿时是南木率领族人躲在高处，如今担子落到自己肩上，同样没有选择，眼睁睁看着火蚁大军在脚下穿行，咬牙切齿地祈祷它们不要发现隐身树冠的族人。所幸，如今有"圣殿科学家"坐镇，小规模蚁群攻击可以用"火焰枪"击退，叫人心里稍微安定了些。

"但火焰枪不是万能的。毕竟火蚁数量太大，保险起见，还是不要引起它们的注意为妙。"崔玮瘸了一条腿，拄着树枝跳来跳去。

崔玮原本建议直接迁徙，但是落雨松和南木都不愿意。毕竟是自己的家园，谁忍心不做任何反抗就徒然放弃？崔玮让族人撤离，爬到旁边的高树上去，自己带了五名科学家在部落中东奔西跑，将淡黄色液体泼洒到每个角落。

"那是什么呀？"乔木非要跟在旁边，一个劲儿发问，"泼点水就能把火蚁吓跑吗？"

"哎呀，你这孩子，怎么那么多问题。"崔玮一方面因时间紧迫而颇不耐烦，一方面又很乐意给他解答，"这是'化学物质'……什么意思，以后再说给你听吧！"

"我知道了，是毒药，对不对？"

"不是毒药，是驱虫水……到一边去！要不然就来帮个忙！"

其实崔玮知道不会有太大作用——驱虫水中的化学成分极易挥发，火蚁又非一只两只。果然，在最初的片刻犹豫后，大军便突破气味防线，一拥而入，将部落变为死亡河谷。道路上爬满了火蚁，祭台上爬满了火蚁，茅棚上也爬满了火蚁，它们见缝插针，将每一寸土地据为己有。茅棚站立不稳，一座接一座轰然倒塌，瞬间被后面涌动的火蚁覆盖，看不出任何存在过的迹象。

"雨松哥,我们是不是回不去家了?"驷水在身边小声问。

"别那么尖嗓门说话。"旁边枝丫上的乔木警告他,"'高频声波震颤'会吸引它们的注意。"

"你听谁说的?"落雨松惊奇地问道。

"瘸腿大叔告诉我的。"

很奇怪,自从"圣殿科学家"搬到部落中来居住,乔木就整天围着崔玮转,原来指定给他的师父蓝鸟干脆放弃了。

"这孩子没法教——让他练个射箭,三五下就跑去找瘸腿大叔玩,要么就去看星星看月亮,这还能学会?"

乔叶问过弟弟:"你干吗整天跟那些'圣殿科学家'混在一起?"

"他们说话有意思啊。"

"我怎么没听出有意思来?都是些莫名其妙的东西。"

"才不是呢!"乔木立刻反驳,"比如瘸腿大叔就说蝴蝶翅膀上的颜色都是粉末,还说火蚁不用说话就能交流,还说细腰蜂眼中的世界和我们看到的不同!"

"唉,这孩子……"

乔叶放弃了。好在现在落雨松已经稳坐部落首领的位置,乔木就算整天游手好闲也没什么好担心的。

议事会上的危机过后,河谷族与神山族彻底融为一体。外星舰队出现的时候,落雨松第一时间放下兵戈,向追风伸出手去,号召他一道"保卫神山"。追风对落雨松的果断、胆魄和大度心悦诚服。外星舰队退去后,他跪在落雨松脚下,请求原谅。

"我有罪了。"追风诚心实意地说,"我原以为你没有资格统领两个部落。现在看来你不但有资格,而且应当承担更大责任!如蒙不弃,我愿奉你为王,助你统一所有部落!"

神山族的猎手跟着一道跪倒在地。落雨松哈哈大笑后拉起追风,让大伙儿站起身来。"什么王不王的!"他说,"大敌当前,我们必须团结!"

辛朱和赤土踪迹不见,大约趁乱溜了,但追随安底特反叛的八位科学家都被关押起来。

张有怀气得捶胸顿足。

"他们不是愚昧无知的原始人!明明知道科学的真谛,知道我们的使命,却依然选择与辛朱和赤土联手……到底是一时糊涂,还是心术不正?!"

他主张对这八位科学家严惩不贷,被落雨松拦住了。

"如今反叛的土壤已经荡然无存,他们也兴不起多大风浪。部落中人手本就不足,多留下一个,总会多一份力量。"

艾琳也劝他既往不咎:"毕竟三万年朝夕相处的同伴,犯个错误,又不是主犯,干吗那么决绝!"

张有怀兀自喋喋不休。但当他看到被羁押在案的江辉时,心就软了。江辉是艾琳的学生,平日和张有怀关系不错,总一口一个"师父"地叫。如今他坐在有人把守的茅棚内,双手抱住脚踝,头枕在膝盖上,就像偷吃糖果被责罚的孩子。张有怀瞪着他看了半晌,说不出话来,长叹一声走了。

"随你们怎么处置吧,我不管了!"他转头回到自己的住处。

由于"圣殿"在神山之劫中遭受毁灭性打击,科学家无处可去,只能投宿落雨松的部落。茅棚生活让这群"文明人"倍感不适。张有怀抱怨每天晚上睡不着觉,艾琳抱怨草垫上有跳蚤和虱子。落雨松笑呵呵地听着——他见过"圣殿"的模样,知道陡然换成茅棚会引发怎样的不适。

"那天晚上,我在'圣殿'里面也睡不着呢。"他对张有怀说。

"咦,怎么可能……"

两人还为此争论了几句。

现在看来,这些争论毫无意义。"圣殿"和部落茅棚全部毁于一旦,火蚁仍像滚石一般滑落,两天以后才算平息。落雨松放弃了,无法抗拒的力量碾碎了一切阻碍,部落必须转移,否则连狩猎都不可能了。

然而去哪里呢?从河谷族的地界穿出,下游也是一片开阔地,但那里早被人捷足先登——风口族猎手在周边出没,已经十个年头了。落雨松的人马元气大伤,没有实力与宿敌一争高下。

最终按照乔叶的建议,流离失所的族人向神山另一侧的密林转移,那里曾经是遥远的"归还地"。辛朱统治时期,部落中的妇女每年在花果季末都要结队前往,"将种子还给大地"。这差事听起来简单,其实十分危险,"归还地"遍布致命的茅膏菜,不少人一去不复返,其中就包括落雨松曾经的搭档雾月——如今却要披荆斩棘,率领族人长途迁徙而去,他不禁感慨自己责任沉重。

"你可看住乔木。"他特意叮嘱乔叶,"别让他乱摸乱碰,万一沾到茅膏菜可不是好玩的!"

除火蚁外,成群结队的胡蜂和细腰蜂也为迁徙带来巨大隐患。虽然这些昆虫不像火蚁那般滥杀无辜,但也必须提高警惕,绝不能冲撞它们的巢穴或者洞穴,否则后果不堪设想。

其中最危险的是胡蜂。崔玮说它们有很强的"领地意识",极易向任何靠近的敌人发起疯狂进攻。它们身形硕大,又善于像火蚁一样分工合作。任何人遭受袭击,几乎就是死路一条!

还有不可预知的危险。第三天傍晚,丛林深处飘来一片动荡的"乌云"。开始谁也没看清到底是什么,近在眼前才发现是数量惊人的飞蛾。飞蛾个头不大,崔玮说它们是"少数三万年间没什么变化的昆虫"。在落雨松的印象中,飞蛾没有任何危害,它们个体娇小,轻盈美丽,点缀着丛林中的色彩。然而那天傍晚让落雨松明白了一个道理：无论什么东西，只要超过适当数量都会成为噩梦。

铺天盖地的飞蛾，冰雹一般敲击在族人的四肢、身体和头上。它们无孔不入，直往口鼻中钻！就连崔玮都始料不及，想要取出喷雾对抗，行囊却因先前扔在地下，被飞蛾覆盖，一时无法找见。有人恐怖地尖叫，但立刻就被飞蛾乘虚而入，阻塞了喉咙，剧烈咳嗽着弯下腰，脸憋得通红。落雨松、蓝鸟和追风用手挡住口鼻，四处奔走，教族人"不要张嘴、不要喊叫"。

蛾灾过去后，共有六位族人和两名科学家死于窒息，其中包括在第一时间推举落雨松做大首席科学家的撒该。落雨松看到他嘴张得老大，枯柴般的双手扣进土里，双眼圆睁，一副死不瞑目的样子——在狰狞的自然面前，人类的挣扎是多么微不足道！

"报应啊，报应……"驷水在尸体前嘟嘟囔囔，落雨松知道他是想起了赤土讲的"罪行"。

五天辛苦的历程几乎可以写成一部史诗，然而当"归还地"在脚下铺陈的时候却没有人欢呼雀跃。除了河谷族妇女，族人大多从未来过这片土地——如果先前有谁在脑中勾画过"应许之地"的图景，一定会大失所望！除了一道浑浊弯曲的河水，这里和艰苦跋涉过来的丛林没有任何分别。河水细弱得似乎随时可能断流，与河谷族那一捧清澈丰盈的水面不可同日而语——然而从今往后，这里将是他们的家园！

"我不喜欢这里！"驷水宣布。

"不喜欢你就搬回去喂火蚁！"南木半开玩笑半吓唬他。

"归还地"中丛林密集、草木嚣张、枝繁叶茂，几乎完全遮蔽了天空。藤条无比疯狂，将高大挺拔的树干紧紧抱死。树干则竭力向上挣扎，拼命逃脱藤条的死亡陷阱。想找到一块平稳的立足之地尚且困难，更别提"开辟出来修建茅棚"了。抵达当晚，落雨松只好让族人们在树根下、枝丫间休整安顿。

夜晚，丛林中照例泛起迷雾，打湿了人们颠沛流离的梦。

张有怀倒下了。接连不断的失望、背叛、灾难和奔波让他已被冷冻舱耗得油尽灯枯的身体彻底垮掉，抵达"归还地"当晚就发起高烧、说起胡话来——一会儿嘟囔着"让飞船即刻返航"，一会儿高呼"外星人来了，拿起武器！"艾琳目不交睫，照顾他一晚，情况却越来越糟。

第二天从日出到日落，张有怀没有醒来。落雨松摸摸他的额头，烫得吓人。他原本苍白暗淡的皮肤被烧得红通通，却薄得像一层霜，下面缓缓流淌的血液都能看到，嘴唇也干裂开来，仿佛久旱的大地。

"他活不成了。"落雨松想。

"冰袋！要是有冰袋就好了！"艾琳急得团团转，将同伴脱下来的衣服不断浸湿在河水中，给张有怀降温。然而湿衣服刚一搭上额头，立刻温热起来，根本起不到多大作用。

张有怀一整天水米未进，艾琳用树叶捧着滤过泥沙的水喂到他嘴里，大部分却都流了出来，与眼泪混在一起，滴在落叶与腐土中。

傍晚时分，张有怀的身体似乎已经对热度屈服，不再痛苦地翻来覆去。艾琳提心吊胆坐在他身旁，听着完全无法理解的喃喃呓语，想起三万年前这男人以同样的语调向自己说起过的喁喁情话。

三万年！简直无法想象——弹指一挥，漫不经心地逝去。张有怀将多一半生命留在冰冻漆黑的梦里。然而每次醒来他都充满干劲，风风火火地走来走去，仿佛年龄不曾拖累身体，他还是当初那个血气方刚、朝气蓬勃的青年舰长。

不过这一次醒来，张有怀变了，顽固、暴躁、沉不住气——但艾琳能体会到他心中的焦虑与折磨。在垂垂老去、危机四伏的时刻，他是多么希望拖住生命的脚步，让自己羸弱如同枯叶一般的身体燃烧起来，照亮最后的旅程！

艾琳后悔了。最近变故频仍，件件惊心动魄，她也乱了方寸，与这曾经深爱的男人发生过多次争吵，两人间一度竖立起多么厚重的隔阂！她决定：熬过这一关，今后无论如何要对他全力支持，在煎熬的时刻陪伴他、守护他，不要再让他倒下……

半夜，浅浅睡着的艾琳被熟悉的声音唤醒。她惊讶地看到张有怀坐了起来，但随后就明白了。冰冷的悲伤冻结双唇，她只能泫然倚在张有怀身边，就像曾经热恋中那样。

"别哭。"张有怀轻声安慰，"我累了，该休息了。"

艾琳点点头。

"把落雨松叫过来吧。"张有怀知道自己时间不多，顾不及儿女情长。

落雨松已经醒了，他也明白回光返照的道理，早已等候在一旁。曾经对这老人无比厌烦，觉得他目中无人、霸道专横，如今他就要溘然长逝，却忽然觉得有些悲凉。执着于梦想的人，无论有怎样的缺陷，不都值得尊敬吗？

"外星舰队还会回来——永远永远，不要答应他们的要求！"张有怀目光炯炯地望着他，完全不像行将就木的病人。

"你放心。"落雨松握住他的手。

"我还有一个请求——不要再让人类回到曾经的蒙昧，让真正的科学传承下去。我们曾经做错了一件事，妄图用宗教保留科学。这个错误，我希望由你来更正……"

落雨松没有说话。

"你不答应我吗？"张有怀急了，奋力挣扎着想坐起来。

有时候，必要的妥协是生存的选择——但这句话，怎能对死不瞑目的老人说？落雨松垂下头，避开他的眼睛。

"我答应你。"

张有怀重重靠在身后的大树上。

"你去吧……让我和艾琳单独待一会儿。"

头顶的星空和弯月被浮云阻隔，夜色格外深沉。落雨松走出几步，回头再望，就什么也看不到了。

第二天，科学家和族人得知了张有怀的死讯。硕果仅存的十九位科学家聚集在遗体旁边，默默向曾经的舰长告别。本应是细雨绵绵的天气啊，却不料晴空万里，就连枝叶都无法阻隔。斑驳树影在脚下绵延，像一句意味深长的嘱托。

族人们很快将长眠的老者抛在脑后，吵吵闹闹、忙忙碌碌地在树丛中着手开辟家园。地面上不行，可以暂且在树上将就，反正有的是时间，有的是精力，只要有水有猎物，总可以从头再来。

在艾琳和崔玮的带领下，科学家们安葬了张有怀，就像埋葬了自己的心。纵使有再多抱怨和不满，张有怀曾是他们的精神支柱，是他们前进的信念和动力，然而如今……他们聚在一起，相对无言。

"你们和他一道去吧。"落雨松带来追风，对艾琳说。

"去哪里？"

"神山啊！去'圣殿'里，把该带来的东西都带来。"落雨松回答。

艾琳和崔玮对视一眼。

"你们的科学我不懂。但是我答应过他，要让火种延续下去。我猜，'圣殿'中有你们不可或缺的'工具'——带来吧，神山不能再待下去了，但这里可以做你们新的起点。"

追风点点头："现在出发，明天傍晚应该能赶回来。"

没有人回应。

落雨松有些惊讶，想了想，转头叫来在一旁嬉笑欢歌、没心没肺的乔木。

"看看他。我们曾经以为他是部落中最不成器的孩子,不爱狩猎,游手好闲,成天说些稀奇古怪的话,比如'和松鼠做朋友',还有'想把天上的星星数清楚'……但是如今我想通了,狩猎不是唯一的正经事——你没见他天天缠着'瘸腿大叔'吗?说不定从今往后,会有更多孩子和他志趣相投,追随你们,就像你们追随张有怀一样。猎物归于猎手,科学归于'圣殿'。我希望有朝一日在这里,能看到重新立起的'圣殿'。"

崔玮的眼睛亮了,望向艾琳。艾琳想了想,勉强挤出一个笑容。

"你就别去了,'瘸腿大叔'。"她对崔玮说,"我和江辉他们跑一趟,把所有能带来的资料、仪器都带来。他说得对:毕竟人还不算太少,兴许一切都有转机。"

第二十六章

奥苏震惊于眼前的一切。神山已经变了模样,不再是先前圆滚滚的平滑山坡,而成了怪异的锥体,就像一把锋利匕首,向着危险天空奋起反抗。地球科学家的操作舱也踪迹不见,被倒塌滚落的土石和大树遮盖得严严实实,从高处不可能找到。

"看好了吗?"咪咪问。

冰冷对峙毕竟不是常态,两人已经恢复了基本交往。奥苏找咪咪帮忙,带他"到神山看看",咪咪二话不说就让他上了飞船。但只是基本交往,火花已然不再,整个飞行期间两人都关闭了信息素收发,说话也只限于最基本交流。在咪咪可能是尴尬,在奥苏却是顾不上。

"等等,再去那边——神山族看看。"

飞船调转方向,朝"一步之遥"的部落驶去。

景象同样令人揪心。咪咪特意将飞船降低一些,几乎"站"在树上。奥苏趴到舷窗旁边,仔细搜索——那里曾经是人类的定居点,可如今什么都看不出来。只有一些倒塌断木,隐隐约约仿佛曾经的茅棚,族人却不知踪迹。

"他们去了哪里?"奥苏迷茫自语。本打算来看望一下遭受重创的科学家,提供些力所能及的帮助,谁知神山一带的人类就像狂风中的一片叶子,消失得无影无踪。

"回去吧。"他惆怅地说。丛林广袤,没有线索根本无处找寻。

舰队中却歌舞升平,一片昂扬,很多人都在传言"近期还要有大动作"。奥苏不知道会是什么,也不好向咪咪问起。在蠢蠢欲动的舰队成员中,他再一次感到格格不入。只不过,曾经是人们不接纳他,现如今是他主动"自我放逐"。在他心里,实不愿融入身边的欢声笑语——那是建立在另一种生物、另一种文明的悲剧命运上的!

他还能去哪儿呢?只有步行道是散心的好地方了。今天的布景是一片沙漠。他几乎不知道脚下的绿色星球还有沙漠!玫瑰色的沙海起伏不定,广阔无垠。沙海中,巨大的风蚀石块零星矗立,近旁一座上大下小,就像单腿站立的人,摇摇欲坠。远处更加奇妙,水平石板搭在两根石柱上,成了鬼斧神工的天然石桥。"风的力量是多么不可思议。"奥苏不禁感慨。

他忽然有一种莫名其妙的预感:又会在这里遇见弗洛。果然,他转过头四处张望,就看到弗洛迈着一如往常的平稳步伐向他走来。

"我知道可以在这里见到你。"弗洛向他问好后说。

"为什么?"

"因为你一早去了神山。"

"你怎么知道?"

"飞船的动向都可以追踪。"

"哦,当然,是我没多想……"奥苏毫不在意被别人知道,哪怕是蒲迪思——反正这家伙已经打定主意跟自己对着干了。

"这只是个开始。"弗洛平静地继续,"各飞船已经接到指令,过几天就要采取行动了。"

"这么快?"奥苏大吃一惊,"委员会那边已经决定了?"

"倒没有。是我们的总执行官已经决定了。"

"真是胆大妄为!"奥苏气愤地回答,"他怎么敢置母星民意于不顾,单方面主动出击!"

"倒也算不得出击。"弗洛边微笑边观察他的反应,饶有兴味,"只是将舰队分散开来,悬停在不同神山附近——你知道,神山附近一般都有两足群居动物活动。"

"这么做有什么用?"奥苏困惑了。

"我们的总执行官人虽然专横,脑子却不笨。"

"我不明白……"

弗洛却没有直接回答,转而问他早上去神山见到了什么。

奥苏叹口气:"什么都没见到。"

"那么,这十天的例行通稿你打算如何交差?"

"这个嘛……"奥苏确实犯难,"没的写也不好胡乱拼凑,只能把科学家的数据拿来改装一下,算作'实况转播'。"

弗洛笑了:"我再问你,飞船悬停在不同神山上面,你觉得下面的小人儿会怎么做?要不要写在报道里面?又该如何报道?"

原来如此!奥苏恍然大悟。没见过世面的地球人突然看到"天上的眼",当然会像驷水见到"圣殿"一样五体投地。作为记者,他有义务在例行通稿里转述这一现象——由于科学家踪迹不见,这将是报道中唯一的亮点,势必对母星舆论造成新的影响!

"太卑鄙了!"奥苏愤愤地说。被人用作工具却无可奈何的屈辱感油然而生。

"你明白了吧。"弗洛严肃地转过身,"舆论是可以操控的,只要方法得当。"

"但他这样胡来,毕竟是违背了行星开发委员会'近期不采取行动'的指令!"奥苏争辩道。

"没错。然而蒲迪思看得比你明白——指令就像通过双缝的光子,是该遵从还是违拗,要看结果如何……"

"等等,我没懂。"

"你当然不懂。"弗洛叹了口气,"你是个记者,虽然有头脑、有胆识,却没有在执行官的位子上坐过一天。这里面的政治,在你眼中一片空白……你想想,舰队为什么要等待行星开发委员会的决定?委员会为什么要听取民意?"

"这……"

"其实很简单,是为了免责。说得透彻一点:行星开发中一旦出现问题,舰队可以推卸给委员会,委员会则可以怪在民意头上。这就叫'免责'。"

奥苏点点头,示意自己明白了。

"问题是,什么时候需要免责?当然是在有人责怪的时候!但如果没有人责怪呢?是不是就不需要免责,也就不需要顾及民意和委员会的指令了?蒲迪思的想法简单明了:只要无人出言责怪,就不必遵从指令——这就像参加一场奖金丰厚的比赛,如果知道裁判是瞎子,谁还会踏踏实实遵守规则?"弗洛似笑非笑地看着奥苏,等他反应过来。

"但是,蒲迪思怎能确定'无人出言责怪'?"

"你记得他说过的话吗？'只要能给舰队带来利益，就是大功一件'——他说到点子上了。"弗洛摇头感慨，"利益永远是舰队、是母星追逐的核心。在所有人不愿正视的天平上，一边是'利益'，一边是'道义'，永远有几颗砝码是提前压在'利益'这边的。很不幸，第三行星太完美了，太适合移民了，这就意味着——带给舰队、带给母星的利益太大了……蒲迪思当然不能保证无人责怪，但胜算很大，而且报偿更为丰厚。一旦押中这步棋，功成名就自不必说，随之而来的财富也不在话下——诱惑大风险小，何乐而不为呢？其实从一开始，第三行星的命运已然确定。那些小人儿生在资源如此丰富的星球，注定要成为舰队的牺牲品。别以为从中获利的只有蒲迪思一人啊，那其中也包括你、包括我，包括母星坐享其成的每一个人！蒲迪思便是看准这点：只要利益足够大，心就可以硬，手就可以狠，至于'道义'说辞，总会像衣服上的花边，由匠心独具的小文人点缀起来。想想你在书上读到过的那些开疆拓土的故事吧，哪一桩不是这样？"

"黑暗！太黑暗了！"奥苏咬牙切齿地说。

"是啊……"副执行官感慨道，"我告诉你，在年少轻狂的时候，我打算一心投入科学，不愿参与政治。现在你明白我的苦衷了吧？"

奥苏沉默不语。弗洛的高谈阔论残酷得令人心悸，也将疑虑的楔子打入他心底。

"为什么要告诉我这些？"他小心翼翼地问。

"因为我想帮你。"副执行官的声音平淡如常。

"为什么？怎么帮？"

"你难道不同情那些小人儿吗？"弗洛又笑了，笑得和先前一模一样，仿佛戴上同一副面具，"你和它们共同生活过，你熟悉它们的喜怒哀乐、它们的梦想与追求——难道不想帮它们一把？"

"当然想。但是——怎么做？你能帮我？"

"不能。"弗洛意味深长地转过身去，"能够救它们的，只有你。"

"我？我只是个无足重轻的小记者！"

弗洛忽然转移话题，指着步行道外面的沙海："你刚才在看那些石头吧？它们是多么庞大、多么坚固，可是终有一天会轰然倒塌，而让它们倒下的，却是微不足道的风！"

"请说明白一些！"

"好的。"弗洛优雅地摆了摆手，示意他不要着急，"刚才我们谈到天平和砝码……你知道什么叫文明进步吗？就是不断撤走加在'利益'这边的砝码，让'道义'那侧更容易翻盘。幸运的是，这四十年来，母星文明已经悄然进步。蒲迪思走了一步高明的棋，但他没有发现棋盘已经老了——你，有机会让他满盘皆输！"

"就靠写几篇文章？不可能！"

"那要看你愿意不愿意尝试。从我第一次见到你，就听你不断提起'客观'和'中立'——似乎对你来说，记者的天职就是客观报道。"

"难道不是？"

"有时候是……但有时候，中立只是怯懦的托词。比如现在，你继续保持中立的后果就是被不中立的'敌人'当作工具，你可愿意看到那些小人儿死在你中立的笔尖之下？"

"不愿意。"奥苏低下了头。

"也许我开始老了。"弗洛长叹一声，"我越来越觉得世界上没有'客观'，没有'中立'——'中立'本身就是立场。如果打算帮助你那些地面上的朋友，恐怕从现在起就要打破中立，写有倾向性的文章。只有这样，你的笔才能化为利剑，替那些小人儿守卫家园！"

奥苏沉默了。不得不承认，弗洛的言论有些道理，但似乎故意省略了什么东西，重要的东西……

"请你明明白白告诉我：为什么要对我说这些话？为什么要挑动我与蒲迪思直接对抗？对抗他，你有什么好处……啊！"他猛然醒悟，"难道你想取而代之！"早已呼之欲出的答案，怎么迟钝至斯，刚刚反应过来……

弗洛耸了耸肩，似乎在表示"我什么都没说"。

"我不能答应你。"奥苏决然反对，"无论如何诡辩，'记者的报道要保持中立'，这是明确的行业准则。如果我贸然打破，受人指摘不说，还将面临永远失业的危险！"天哪，他多么羞愧：在地球人的命运和自己的前途之间，他毫不犹豫地把后者摆在首位！然而……这不也是事实吗？

"唉，你啊……"弗洛惊讶地退后一步，"为什么非要把话挑明呢？如果——我们假设如果，你的猜测是正确的，那么在成功之后难道不能考虑摆脱漂泊状态，永远留在这里，做一名专职记者？"

"专职记者？只有总执行官才能任命专职记者！"

弗洛叹了口气："简直拿你没办法……好吧，如果当上总执行官，我保证任命你为专职记者！"

"我凭什么相信？"奥苏义愤地追问，"在这件事里，你完全不用出面——这番对话不会有人知道，我将是一个人孤军奋战！成功了，你爬上高位；失败了，你完好无损，我却不知要面临何种困境。我一样还是工具，不过换了不同的人使用！"

"然而，对下面那些小人儿来说，意义却大不相同。"弗洛冷静的一句话，立刻扑灭了奥苏的怒火。

隔了片刻，弗洛重又开口："你看到近处那块巨石了吧？它的根基已经极其脆弱，只要一阵强风就能让它倒下。"

他在说什么啊？奥苏只觉得莫名其妙。

"为了让你安心，可以告诉你一个秘密：蒲迪思这块巨石的根基已经被我亲手挖松了！"

奥苏大吃一惊，瞠目结舌地等待下文。

"在第一次行动中，是我怂恿他发动进攻。"弗洛的口气就像谈到昨晚的餐桌，"'舰队防御准则'——我告诉他，根据那上面的规定，'小规模袭击'达到十次，舰队就有权发起反击……这得感谢他自己不学无术，也得感谢'舰队防御准则'写得实在太长。根本没有这样一条规定啊，蒲迪思的指令属于"主动入侵"——毫无疑问，他在我们文明的脸上狠狠扇了个巴掌！这件事可大可小，就看你如何落笔。不是刚说过吗？舆论是可以操控的，只要方法得当……"

"你真是个魔鬼！"奥苏愤怒得通体鲜红。

"也许吧。"弗洛缓慢而悠长地叹了口气，"但如果魔鬼诚心实意对你好，又有什么理由执意拒绝呢？说实话，我原本没打算这样——与小人儿谈判那天，你没听到我还试图为它们说几句话吗？那是认真的！但蒲迪思一意孤行，我也无计可施。与其这样，还不如让一切为我所用。承认吧，我坐在总执行官的位子上，总比蒲迪思要好得多……既然结果是好的，又何必介意采用哪种手段呢？"

"当然要介意！你为了一己私利，让人类遭受重创——真应该带你去看看那一片狼藉的神山，看看他们毁于一旦的家园！你坐在高枕无忧的飞船里，用一句轻轻巧巧的谎言，就让无辜的人类饱受磨难！"

弗洛皱起眉头："别太天真！我们不都是这样吗？你那些小人儿，当它们为填饱肚子，残忍猎杀其他生灵的时候，能体谅那些冤魂的苦楚吗？当母星纵横四海，让文明之花在其他星球盛开的时候，不也是你们这些文人大费笔墨、高唱赞歌吗？那时候，怎么没有人去想花朵根下的土壤——是血液和尸骨，让它绽放得格外鲜艳？文明如此，个人也不例外。翻翻历史书吧，有多少可歌可泣的英雄人物，怀揣最美好的愿望，却不得不踏着无辜者的身体爬上高位？因为真相是残酷的：没有无辜者的献身，就没有志向高远者手中的权力，就没有成千上万苦难者翘首期盼的救赎！你以为崇高理想可以像飞船一样直上云霄，然后一呼百应？才不会呢！它就像一面旗帜，你必须扛在肩头，一步一步地走过泥泞山路，爬上高峰。最后，在山巅冰冷的湖泊中，你要洗去旗帜上的污点，让它迎风飞扬——只有这样，后继者才有可能抬头看到——他们将绕开你曾走过的肮脏小道，沉醉在'为理想献身'的美梦之中，奋勇向前，抒写波澜壮阔的诗篇……"

"强词夺理！"

"如果非要这么想，随你吧。"弗洛摇摇头，恢复常态，"无论如何，对你那些群居朋友来说，我今天的提议可能是最有利、也是最后的机会。我不在意你如何看待我，但现实就是这样：一件事，对你、对我、对它们都有好处，真不明白你为什么犹豫不决……"

两个日出日落之后，弗洛的预言成为现实。舰队分散行动，悬停在三十余座神山之上，大批蒙昧部落将飞船视若神明，行色各异的祭天、膜拜仪式成了舰队成员茶余饭后的笑谈。然而地球科学家所在的神山却没有动静，听第五飞船舰长说，那一带已经看不到两足群居动物活动的迹象……

蒲迪思甚至没有找奥苏谈话，他对咪咪说："记者的天性一定会促使这小文人奋笔疾书。那样，他可就帮了我的大忙！"

咪咪不置可否地笑了笑，身上笼罩着粉红色的荧光。

然而奥苏迟迟没有动笔。疑虑就像贪食的毛虫，一口一口地把心底咬穿，叫人空落落的不知所措。弗洛是否可信？他的计划能否成功？那摸不透的男人是否还有未曾说明的打算？会不会让自己平白无故成了炮灰？然而再次相见，弗洛就像什么都没有发生，依旧坦诚而友好地与他打招呼，站下来攀谈几句。哪怕没有旁人在场，也绝口不提那包藏祸心的谋划。奥苏甚至开始怀疑自己做了个梦——这彬彬有礼的男人与那城府深重的野心家，会是同一个人吗？

为保险起见，奥苏特意调出"舰队防御准则"，一字一句地读了下来。真的很长，他从日出读到日落，方才将将读完——难怪蒲迪思对它不熟，以他那火爆急躁的脾气，怎么可能耐着性子读这干巴巴的文字？不过至少明确了一点：真的没有"十次小规模袭击"的规定。

"蒲迪思这笨蛋，上当了。"想到这儿，奥苏忍不住幸灾乐祸，随即又想起自己的难题，愁苦起来。

舷窗外满天星斗，每颗光洁闪烁的星都是一个世界。可是，为什么偏偏是这里？为什么他会来到这颗让人纠结的星球，遇到所有人一辈子都不可遇到的困境？何去何从，该如何选择？纸已经铺就，故事已经编好，只等落笔写成文章，然而他竟然如此犹犹豫豫，难以下定决心！夜色铺满舷窗，就像一句猜不透的谜。他忽然想起在另一个夜晚，和落雨松并肩站立的时刻，那坚定、刚强的男人说过的话：

"……爬就好了，跟决心没有关系。"

从落雨松，奥苏又想到驷水、张有怀、艾琳、安底特——难道他们的未来就掌握在自己手中？说不定命运已然写好，一番努力，最终于事无补……但不试一试，谁又说得准呢？奥苏回忆起在神山中的日日夜夜。当时无知无觉，现在想来，那单纯的日子多么令人怀念！文明就像人的成长，渐渐失落了曾经的单纯。但是，就像长大成人的父母守护尚且单纯的孩子，文明就不该做些有意义的事吗？落雨松说得对：写就好了，跟决心有什么关系？况且，写下的仍是事实，跟决心有什么关系！

强烈的责任感和英雄情结充斥头脑，奥苏奋笔疾书，一挥而就。写完后他气喘吁吁，就像绕着神山跑了一圈。他再次给文章起了个俗气而抓人眼球的名字——《菲米星系第三行星：惊天罪行》。随后，他按下发送键，火辣辣的檄文通过十个版本、四种途径向母星回传。

第二十七章

落雨松没想到，蓝鸟竟会与他当面对峙。

"合并两个部落，今后更进一步，向风口族扩张，我都没有意见。但是，我无法接受这些乌七八糟的东西！"蓝鸟态度坚决。

"怎么叫'乌七八糟的东西'？"落雨松莫名其妙。

"你编造的这一套——'十诫'，就是乌七八糟的东西！就是亵渎神明！神的教导世代流传，在你我之前就是这样，怎能只凭你一句话便从此废止？更别提还要另立门户，创立新教——你以为自己是谁？大能的神吗？"

落雨松很无奈："原来那一套你也见过。猪笼草、大祭神——难道你愿意在垂垂老去的时候，被扔在地牢里面做牺牲吗？"

"我没说那个。"蓝鸟顿了顿，"猪笼草这件事，南木说是辛朱他们搞错了神的意思，所以应当废止……姑且这么认为吧。然而神是不容置疑的！我不能忍受你让族人不再敬神——那跟畜生有什么分别？"

"唉，我没打算让族人不再敬神。新的'十诫'还是敬神的戒律，只是和过去的经文有些出入……"

"有些出入？"蓝鸟激动起来，"是完全改头换面了啊！神的教导成了你的教导,这难道还叫'敬神'?!"

落雨松伸手拍了拍他的肩头:"冷静些。你说原先的经文是神的教导,其实神高高在上,说出的话难以捉摸,谁说得清哪一句是神的原话,哪一句是后人提炼?想想吧,原先我们坚信的很多东西都是谬误,都是讹传。比如神山,我们从小就知道不能进入,进入者必死无疑。可是,我进去了,你进去了,那么多族人都进去了,不也完好无损吗?如果旧有的东西只是错误,为什么非要抱定不放呢?"

"可是神就是神啊……"

"不错,所以只要心中念的是神,就不算背弃,对吗?"

蓝鸟没有被说服,但口气缓和下来:"雨松哥,自从与你搭档以来,我佩服你的身手,敬重你的胆识。照理说,你提出的意见我应该完全赞同。可是啊,雨松哥,你觉得现在这样好吗?看看你的族人:流离失所、危机四伏,部落中一下出现那么多奇奇怪怪的人,天上有魔鬼的兵将飞来飞去,地下还有斗不完的火蚁和野蜂。这一切是从什么时候开始的?雨松哥你想想呢——不都是从你和驷水冒冒失失闯入神山那天开始的吗?你说,神山只是个谣传,然而在我看来恰恰相反……"

他沉默片刻,望着夜色中的丛林。有几处稍显平整的地面已经开辟出来,族人搭建了简易茅棚,三五成群地挤在其中。更多人选择树根和树梢作为临时居所,零散火光在看不见的丛林中闪烁,仿佛旧日集体狩猎的场景。

"你想家了吗,蓝鸟?"落雨松问。

"哪有什么家啊,不过是从小长大的地方,从小习惯的生活。"蓝鸟诚恳地回答,"雨松哥,我不喜欢现在这样,一切都变了,一切都没有定数。原本唯一能让人安心的只有神的教导——只有它是亘古不变的,是说得清、道得明的。雨松哥,我没有说你编的经文不好，但它已经不是我们熟悉的样子了……"

落雨松看着蓝鸟，双目炯炯有神。

"我能和你说几句心里话吗？"他问，不等蓝鸟回答，便说了下去，"你不喜欢现在的生活，我也不喜欢……混乱、疯狂、看不清前方。只是原先的生活在我看来，同样污浊不堪。"

蓝鸟抬起头想插嘴，却被落雨松止住了："让我说完吧……如果不是你来对峙，这些话，我可能永远没有机会说出……也许我和你们不同，从小到大，没有一个人说过的话，让我完全信服。辛朱曾指责我'不敬神明''胆大妄为'，其实我只是不愿盲目遵从而已，只有亲眼所见、亲身经历的事，我才愿意相信！神山中奇迹般的遭遇就是如此，它明白无误地告诉我：原先的教导、经文、程式都与事实相距甚远，必须做出改变！然而怎么改？'圣殿科学家'说，应该按照他们的教导走下去，推行'真正的科学'。我不这么认为——'真正的科学'就能回应部落的呼唤？就是一切问题的答案？辛朱曾声称他讲的就是真理，如今'圣殿科学家'也同样武断——会不会只是推翻一种执迷，换来另一种执迷？没有人能向我保证……"

蓝鸟眼神迷惑："难道你的'十诫'就能……"

"不是的。"落雨松坚定摇头，"'十诫'只是一道手势、一种姿态、一个方向，具体怎么走，还要一步一步慢慢看……但无论如何，'走'是必须的！"

"雨松哥。"蓝鸟叹了口气，视线模糊，"真的，回不去了吗？"

"对不起，蓝鸟。"落雨松低下头，"真的回不去了……"

夜色中丛林一片静谧，隐约可见的藤条从树上根根垂下，缠绕纠结，编织着凌乱不堪的梦。蓝鸟在丛林中游走，心情无比低落。一个念头在心底轻轻呼唤：离开。从未想过有这样一天，自己会决心离开熟悉的族人，离开他所敬重的雨松哥。就在不久前，生活还是那样一成不变，简单而令人满足。不大不小的部落，亲切友好的族人，神一般的狩猎搭档，水一般的风口族姑娘。然而转头间这一切都变了，像沙滩上的脚印被浪花舔舐，一丝痕迹都没有留下。部落变得杂乱无章，神山族的猎手强悍而不通人情，雨松哥执意要将亵渎神明的"错误"坚持到底，他的风口族姑娘也留在遥远的河滩。

他不是个例。河谷族旧人中，有好几位表达过同样不适。世界变化如此迅猛，就像春汛的乱流，让人措手不及。有没有一方净土让人挣扎上岸，喘一口气？有没有一片天地让人自给自足，延续曾经习以为常的简单生活？

蓝鸟决心离开，已经不止一日了。刚才与落雨松对峙是他最后一次绝望的尝试，结果一无所获。如今，只有"离开"这一条路了……该如何对敬爱的雨松哥说出口？

他犹豫不决，在丛林中漫步，迟迟不肯归。

夜风吹来刻意压低的说话声，引起蓝鸟的警觉。他轻手轻脚地走向前方，扒开密密层层的草叶，侧耳潜听。

"不能再犹豫了。你已经一错再错，神的怒火不远了！"竟然是辛朱。

"难道你不想回到原来的日子，回到我们身边？"另一个声音说，虽然竭力控制，在万籁俱寂的夜晚依旧十分响亮，"曾经多好啊——背诵经文，在神的关爱下活得心安理得。哪里像现在这般，无家可归，背弃了一直爱你的神？"

"可是，雨松哥他……"蓝鸟惊讶地听出那是驷水。

"什么'雨松哥'！"辛朱咬牙切齿，"那个叛徒，胆大妄为的渎神者，他能给你什么？不过是在部落里做一名无足轻重的小猎手罢了。"

另一个声音也说："我想好了，只要你答应帮这一个小忙，从前的过错我们既往不咎。今后，你还是大首席科学家的继承人——这不是你从小的梦想吗？"

"赤土伯，但是雨松哥他对我很好啊……"驷水几乎带着哭腔。

"我就告诉过你，他不行。"赤土转而对辛朱说，"这孩子太胆小、太软弱，办不了大事！"

"唉，有多大事？"辛朱不甘心地把赤土拉到一旁，离蓝鸟更近，压低声音劝说，"不过是在落雨松的水里洒两滴'花蜜'——这事他做最合适，没有人会起疑。再说，现在这景况，我们还能找谁？安底特死了，追风倒戈投降，族人没有哪个可以信任，就连你我那些随风倒的助理都跑的跑、逃的逃，只剩三个……除了这孩子，还能想出第二人选吗？"

"可是，我总有些不忍心……驷水是个好孩子，心地善良，让他做这歹毒事，我怕日后他心神不得安定。"

"什么歹毒事！除掉一个魔鬼，能算歹毒事吗？"

"好吧，我再去试一试。"

蓝鸟恨得牙根痒痒：这本性难移的辛朱、不知好歹的赤土，竟然还敢回来作龌龊打算！他立时就想上前把两人制住，但又停了下来。"且慢，看看驷水到底是否靠得住！"他想。

赤土回到驷水身边。驷水跪在地下，瘦小身体颤抖不已，就像发了高烧。赤土不禁有些心疼，过往生活一幕一幕在眼前浮现。他就像自己的孩子啊，那么脆弱、那么无助，需要人保护，需要人指点迷津。曾几何时，在神山族的茅棚里，赤土将神的教导传授给他，当这天资聪颖的孩子有所领悟的时候，他不是诚心实意地喜悦吗？多希望这日子永无终了，多希望看到有一天驷水继承自己的衣钵，成为部落中神的使者。然而，好日子已然水流云散，两人相见尚且如此困难，更别提朝夕相处了。这都要怪那个落雨松，是他亲手撕碎了梦想!

想到这里,赤土俯下身,语重心长地对驷水说:"孩子,没有神的日子,你现在过得好吗?"

"我……不知道!"

"你不知道,我却知道。"他指向"归还地","那里不是你的家,只是客居的恶土。不熟悉的人,不熟悉的事,每天变化无常,凶险不断,你得不到内心的安宁,因为你得不到神的关爱,还有……我的关爱……"

驷水眼泪汪汪地抬起头。

"有件事我追悔莫及,这么多天,一直想对你说,就怕再没机会了……那次你跑去河谷族,是我太过严厉——你还是个孩子啊,犯些许错误,应该给你机会……当时我不懂,但是这些日子在丛林中流浪,我时常记挂着你。从小到大,你带给我多少快乐啊——你就是我的孩子,我唯一的孩子……"

"赤土伯……"驷水扑在他怀里,号啕大哭。

"好了好了。"赤土任他恣意流泪,拍打后背安慰,许久才继续,"现在一切都好了,我不是又回来了吗?只要这件事办成,我们还是从来的样子……不对,比原先更好……你可乐意?"

驷水止住悲声,从赤土的怀里挣脱开:"赤土伯,我……做不到……"

"说什么呢,你这傻孩子。"

"赤土伯,你是我唯一的亲人。但是雨松哥,他也救过我的命啊……"驷水绝望地看着他,"跟我回去吧,赤土伯!雨松哥……我保证他不会为难你的!"

"糊涂!"赤土一怒而起。

"赤土伯,你不知道,在你离开之后,我曾经偷偷见过你一次,也是在丛林中，也是这样一个夜晚。"赤土目瞪口呆地听着，"我听见你和那个人密谋把雨松哥赶下台……我就在旁边啊，赤土伯！但是我什么都没有说，雨松哥一无所知。后来追风发难，雨松哥受伤，你知道我有多痛苦吗？赤土伯，从小是你将神的教导传授给我，告诉我什么是对、什么是错。难道这会是神的意思吗——伤害曾经对我有恩的人？跟我回去吧，赤土伯，你和雨松哥都是我的恩人，我绝不会让他动你一根手指！

"你……你……"赤土气得直跺脚，"什么恩人！他是个魔鬼，是诱惑你的魔鬼！你忘了神的教导吗？如何抵御身边的魔鬼？！"

驷水低下头，声音微弱而顽强："赤土伯，这段日子发生了太多事，一时没有办法细说。但是你曾经告诉我的神的教导，在很多时候让人困惑……神山里面，我见到了难以想象的'圣殿'、不可思议的人。很多道理，神没有教给过我，我想不明白，可是他们——'圣殿科学家'——他们能解释得清。他们说：神山不是神的道场，'圣殿'不是神的居所。他们说：神山族猎手离奇早逝，不是神的责罚，却是蒙昧科学的代价。他们还说：神不是世间唯一的答案，科学不是神的代名词……"

"'他们说''他们说'，你还要听多少人说那些亵渎神明的话，在背弃神的道路上越走越远？！"

"算了吧！"辛朱走上前来，手中擎着一把石刃，"让我们简单些——生还是死，由你自己决定！"

驷水手脚并用，一边向后退缩，一边恐惧地摇着头。

"没错，生还是死，都是自己决定的！"蓝鸟看够了，从藏身处一跃而起，沐浴着明亮的月色，决绝地说。

辛朱和赤土回过头，难以置信地望着他，就像望着席卷而来的浪涛。

同一片月色，也照在落雨松和乔叶身上。"归还地"条件艰苦，所有人住得紧凑密集。两人虽然已经公开在一起，但想做起"好事"来，还得躲到僻静的草叶间。

乔叶趴在落雨松汗涔涔的胸膛上，听着心爱男人动荡起伏的呼吸。

"这些日子，你辛苦了。"

"没有什么。"落雨松吻着她的额头，"很快，一切都会走上正轨，茅棚还将搭起，部落仍会恢复，狩猎、采果、生儿育女，多好啊……"

"说到生儿育女，部落中有好几对男女像我们一样，稳定下来了呢。"

"是啊，不过在茅棚搭好之前，他们也得像我们这样，跑到外面来吧。"

两人对视一眼，笑得心安理得。

"明天，就打算与族人订立'十诫'了吗？"乔叶又问。

"没错，南木觉得，及早订立有利于稳定人心。否则像现在这样，大伙儿无依无靠，总有一天还会出乱子的。"

"蓝鸟——他同意了吗？"

提到这件烦心事，落雨松一声叹息："没有。真没想到，他竟然如此固执，抱着旧日习惯不肯放手……而且，不止他一个，族人里面心存犹豫的还有好几位，比如飞果就说过同样的话，还有原来神山族的那个巢蜂。这也是南木催我及早订立'十诫'的原因。"

"订立'十诫'，就能让人心安稳下来吗？"

"不知道。"落雨松承认，"至少总得试一试……估计会有不少人难以接受吧。先前砍断猪笼草，他们就捶胸顿足，好像我触犯天规似的，唉……"他不再说话，眼神中一片苍茫。

乔叶靠着他坚实的胸膛，感到没有说出的苦恼像老树根一样，在下面盘桓。

"真不容易啊。"她伸手抚摸着男人的脸,"最强壮的鸟儿总是飞得最高。但是,飞得最高的鸟儿,总要忍受寒流……"

"谢谢你。"落雨松转过头,与她对望。

第二天,阳光像被水洗过一样,干净得仪态万方。落雨松号召族人不要外出狩猎、采果,聚集在"归还地"外靠近神山的一侧。忽然有一种不可思议的迟疑:这曾是辛朱的把戏,是自己表面遵从、内心抗拒的程式,如今却要由自己亲手延续。他能做得好吗?能为部落打开一片新天地吗?能避开辛朱的老路,让族人信任和不执迷吗?

"一定行的。"他对自己说。

族人们聚在一起,男女老少,黑压压的就像黎明前的夜晚。他们都知道"神要与部落重新立约",有人期待,有人迟疑。此刻,他们就站在脚下,等待首领落雨松宣读神的教导。

落雨松爬上高处,开口说话:"族人们啊,你们都知道,我们的生活已经完全变了模样。神山不复神山,河谷不复河谷。在这片荒凉的'归还地'里,我们结绳记事,开始新的征程。我知道,很多人像我一样,对这些变化感到不适。我也知道,你们怀念旧日生活——尽管有很多地方不尽如人意,但在遥远的过去,看起来还是那么亲切!然而族人们啊,我们已经回不去了。一步一步,我们是被逼迫走到今天的。试问,除了沿着这条路继续走下去,我们是否还有别的选择?"

一片肃静,没有人说话。阳光也像忽然有了重量,从树叶间压下来,压在人们肩头。

"你们都知道,今天在这里,神将与我们订立新的约定。有人问我,旧日的约定有什么不好?我的回答是:不合时宜!请想一想吧,好猎手怎能举着没有尖锋的石刀追捕猎物?好女人怎能擎着磨损的石针缝纫兽皮?部落要向前走,我们要向前走,怎能拖着旧日的影子,一步一回头？"

"没错！"忽然有人在外围大声回应，"但是旧日的影子未必会自行消散！"

落雨松吃了一惊，看到蓝鸟带着十余位猎手穿过众人向自己走来，前面两人被藤条捆绑得结结实实，赫然是辛朱和赤土！赤土身边跟着驷水，这个孩子正抽抽搭搭，悲伤不已。

"这是怎么回事？"他愕然问。

"这就是旧日的影子啊。"蓝鸟回答，"而且是有毒的影子！"他义愤填膺，将丛林中的密谋带到光明之下。

第二十八章

檄文在舰队中迅速流传。人们震惊了：这"嚼舌头的小文人"竟然硬气起来，公然挑战总执行官的权威！奥苏走到哪里都成为焦点，诧异的、好奇的、愤怒的、赞成的目光就像黏在身上，让人无处可逃。

"这下没有退路了。"他对自己说。与上一次成为焦点不同，这一次他不想与任何人闲聊吹嘘。前途未卜让人揪心，但撰写檄文引发的义愤更令他不屑于巷议街谈。虽说是自己把自己"逼上绝路"，他却莫名其妙地感到"奋起反抗"的激情。

蒲迪思勃然大怒，传呼信号从下午开始闪烁，直到第二天早上依旧没有熄灭。奥苏不去理会。真忍受不住的话，他自己会找上门来吧？

"狂风暴雨要来了。"他告诫自己，紧张地盯着舱门，一夜没睡好。

谁知蒲迪思没有找上门来，咪咪却来了。

"你疯了吗？"她劈头盖脸就说，"怎么敢写这样的报道？"

"是蒲迪思让你来的吧？"

咪咪避而不答："你知道不知道惹恼总执行官是什么后果？！原来最多顶撞两句，他不跟你计较，现在居然明目张胆地批判起来——你到底怎么回事，你说话啊！"

空气中飘荡着愤怒和关切的气味，看来咪咪是真的为他担心。

"好了，没事的。"奥苏有些感动，"惹恼又能怎样，行星开发委员会不可能坐视不管……"

咪咪急得身体一亮一暗："行星开发委员会只是个摆设，舰队离得这么远，手怎么可能伸得过来？"

奥苏叹了口气："那也没有办法了。报道已经公之于众，想后悔也来不及。"

"至少可以补救！"

终于说到正题了。奥苏盯着她的眼睛，一字一顿地问："蒲迪思要你传什么话来？"

咪咪犹豫了一下，那绞尽脑汁思考的样子真有些可爱，奥苏心底忽然萌生碰一碰她手臂的冲动，或者更进一步……啊，在这孤立无援的时刻，如果有她陪在身边该多好！

虽然两人一直小心翼翼地避免信息素连接，咪咪还是本能地觉察到他蓬勃又突兀的情欲，体色暗淡下来，无奈地看着奥苏。

"都什么时候了，还不正经。"

"越是这种时候，就越要不正经啊。"奥苏忽然有了胆量，仿佛战斗的意志也波及私生活中，让他对自己的"魅力"有了信心。

咪咪软下来："说实话，你真不怕蒲迪思报复？"

"说实话，我怕……但有些正确的事，怕也要做。"

"唉……就知道没法跟你讲理。"

"那就抓紧时间,完成任务,把该转达的话都说出来吧。"奥苏心不在焉地说,眼神不安分地在她身上游走。

咪咪躲开他的注视:"好吧。蒲迪思希望——不,是命令你,写一篇公开致歉信,承认先前报道有误,至于如何更正、如何自圆其说,要你自己考虑。"

"我猜到了——如果不呢?"

信息素忽然连通,山一般沉重的忧思迎面压来。

"天啊。"奥苏忙安慰道,大胆地拉住她纤瘦的小臂,轻轻爱抚起来,"放心吧,我不会有事的。"

咪咪窘迫地抽回手臂,动作却有些犹豫:"你真是变了啊。"

"要不然,你也不会回来找我。"

"我没有回来……无论如何,蒲迪思警告你,如果不按照他的要求做,总指挥官有权将你放逐!"

"什么叫放逐?"

"就是驱逐出舰队,任你自生自灭啊。你不知道吗?舰队都有这条规定。虽然极少发生,但是在必要时候,总执行官有权力'驱逐危及舰队安全'的成员,不必事先得到行星开发委员会的认可。"

奥苏吃了一惊:"但是,回到母星,驱逐原因总要向委员会解释的吧?"

"如何解释不是你该操心的事。"咪咪同情地叹息,"一旦遭到驱逐,恐怕就再也回不去了!"

"这么说,我面前只有两条路。要么低头认输,为人耻笑;要么遭到驱逐,生死难料。真是有些难办呢……"他竟然笑了。

咪咪吃惊地瞥了他一眼。

"这么说,你真不打算……"

"去告诉蒲迪思吧——他做他该做的事,我做我该做的事,仅此而已。"奥苏再也按捺不住,一把将咪咪拉到身边,两人面颊贴在一起,一个火热,一个冰凉。管他明天景况如何,不如珍惜眼前欢愉!

"哎呀,你怎么敢……"咪咪挣扎着跳出来,一把拉开房门,逃得无影无踪。

奥苏颓然坐在床上。

"我这是怎么啦?"他想,"什么时候变得如此胆大包天、厚颜无耻?是不是压力太大,让人也神经质起来?"压力当然很大,以蒲迪思胆大妄为的作风,既然以放逐相威胁,难保不会付诸实施。怎么办?到地面上去,和那些茹毛饮血的小人儿一道生活?不行,得去找弗洛问个明白!

他刚打开房门,就看到弗洛风风火火地由远及近。

"今天真是稀客不断。"奥苏一边嘲弄地说,一边把副执行官迎进屋里。

和刚才咪咪一样,弗洛顾不上寒暄便直奔主题:"出大事了。我听说蒲迪思打算将你驱逐出舰!"

"而你竟然特意跑来通告,真让人受宠若惊。"

"咦,你把我当成什么人了?"弗洛惊讶地说,"亲口承诺的事,我从来不会食言!"

"但愿如此……"

两人都沉默半晌,各自心事重重。弗洛坐在床上,奥苏在狭窄舱室中间走来走去。

"说说吧,你有什么打算?"弗洛终于抬起头。

"我能有什么打算……舰队这一套我完全不懂,就连'放逐'也是刚刚听说。实话告诉你吧,方才开门就是打算找你去的 ——首先,真有放逐这回事喽?"

弗洛点点头。

"一旦被驱逐出舰，还有没有可能回来？"

"理论上说，有。二十年前，'巴克号'上发生哗变，被赶下台的总执行官在卡莱星系第七行星遭到放逐。'巴克号'回到母星后遭到委员会严肃处理，所有负责人几乎全部入狱。随后，总执行官的放逐令被撤销，搜救飞船火速赶往第七行星——可是，哪还有影子啊？人大约早就死了，尸骨都没有发现。"

奥苏想起自己刚落到神山就险些被茅膏菜吃掉。如果咪咪的警告成为现实，仓皇间又找不到落雨松他们，能撑过多少时日确实不容乐观。

"唉，这可怎么办？"他愁云惨淡。

"为今之计只有一个。"弗洛叹了口气，"按照规定，遭到放逐的舰员有权利进行一次公开申辩，就是在舰队所有成员面前公开陈词。如果成功说服半数以上，放逐令就会自动失效。"

"天啊，半数以上！"奥苏哭丧着脸。

"是不太容易……但请放心，我会尽全力帮你做好准备。毕竟，这是你唯一的机会！"

弗洛离去的时候，意味深长地回头看了一眼。奥苏觉得那一眼几乎就是临终道别。他呆呆地站了一会儿，心中一片空白，就像暴雨前的天空。他迷惑地看看身边，又看看自己，全都那么陌生，仿佛第一天来到舰队，第一天认识自己。他决定做点什么，于是走到操作台前，将那剑一般锋利的檄文调出来重读。

"难怪蒲迪思恼羞成怒。写得太刻薄了！"他自己都有些惊讶。

奇怪的是，压力虽大，奥苏却没有感到恐慌。"遭到放逐"的灰暗命运竟将他带入古怪的兴奋当中，撰写报道前的犹疑荡然无存，久违的兴奋反倒带着乐音般的美妙，在心底某个角落震颤、扩散、滑向全身。人们说得没错啊,一段旅程,最困难的部分是第一步,一旦迈出这步,后面的路只需"接着走"就好。

他想起热血沸腾的年轻时代,谁没有过建功立业的梦想?那时,星际移民史中的高大背影鼓动着他,从遥远疆域传来的壮阔诗篇吸引着他。不就是因为怀揣一颗不甘平庸的心,他才毅然决然踏上远征舰队的甲板吗?然而,平淡如水的生活磨平了斗志。他懊恼地发现:原来那些激动人心的传奇都是源远流长的故事,停留在披荆斩棘的探索时代。而现在,无论是技术还是经验,母星舰队都独步寰宇,鲜有敌手——哪里会给他这样的小人物留下空白,书写自己的诗篇?再后来,弗洛用冷酷无情的大手,将星际开拓中的最后一丝浪漫扯掉,赤裸丑陋的现实让人难以接受。再没有英雄,再没有传奇,只有逐利的舰队和商人,为罪行涂抹金粉。

悲哀啊,生于一个没有英雄的时代!

可是命运无常,谁又能料到机缘巧合,他的命运与萍水相逢的另一种生物纠缠不清,从此对他们的命运牵肠挂肚?更不可思议的是,一个独裁者和一个野心家的斗争竟给了他千载难逢的机会。捍卫脚下那一片绿色中苦苦奋斗的人类,虽然与曾经向往的"事业"大不相同,但在如今这蝇营狗苟的世间,还有比这更令人自豪的事业吗?

他望着紧闭的舱门,仿佛望着不可预见的明天。

"让我们来拼一拼吧!"他气度非凡地说。

三个日出日落之后,蒲迪思终于向他摊牌。奥苏按照弗洛的安排,要求公开申辩。

"公开申辩?"蒲迪思狞笑着,"好!让我们看看舰队中,能有多少人站在你这一边!"

申辩于当晚进行,主舰全体成员现场出席,其他飞船互动转播,地点就选在步行道上。不过这一次再没有赏心悦目的风景，取而代之的，是各飞船中憋闷的会议室，和舰员们好奇而兴奋的互动投影。弗洛说，他已经与不下十艘飞船的舰长和成员秘密碰面、沟通，然而奥苏举目四望，没有见到一张友善面孔——偶尔是愤怒，更多是冷漠，这就是他即将面对的观众，命运的决定者！

朋友们啊，我知道，我站在这里是多么不合时宜。我的职业是滑稽可笑的，我的事业是微不足道的，我的行为是莽撞冒失的，我的报道是不计后果的。而我也知道，听我申辩的你们，是母星文明培育的精美之花，是舰队的中流砥柱，是星际开拓中不可或缺的栋梁。跨越一千万光年，我们来到这绿意盎然的星球上空，我知道啊，你们早已迫不及待，想在新天地大显身手，建功立业；我也知道啊，是我一次又一次摇唇鼓舌，让你们的激情耗散在无尽的等待之中。朋友们啊，对这一切，我深表歉意！

这一段故作谦虚的开场白是弗洛硬让他加上去的。弗洛认为，这足以打动最顽固的听众。

然而朋友们，看啊，我这不值一提的小人物站在这里对你们申诉，是因为有一些话不得不说，有一些事不得不做。我知道，在你们心底，我将为其辩护的地球人只是结绳记事的野蛮生物，是附在鞋底的肮脏尘土——你们称其为"两足群居动物"，用"它们"指代！当然，我们鱼尾座 α 第四行星有理由骄傲。我们创造出璀璨光辉的文明，傲视天宇，至今没有遭逢旗鼓相当的对手。然而在地面上生活的九个日出日落，让我明白一个道理：我们，并非拥有天赋异禀的头脑，却是冥冥中受到眷顾的幸运儿。我们脚下的星球，小人儿们称为"地球"，曾经也有过朝气蓬勃的年代，也有过励精图治的昨天。然而灾变将美梦击碎——无声无息的植物联合起来，一场惊心动魄的阴谋将人类文明的链条拦腰截断，让他们在濒临消亡的悬崖上蹒跚了整整三万个年头。朋友们，想一想吧，三万个地球年，相当于5.3万个母星年！如果这漫长岁月没有蹉跎而逝，如今统治这片宇宙的，应该是他们，而非我们！再想一想那些被我们征服、被我们利用的星球吧，有多少也经历过同样惨痛的灾难，被无情命运截断了手脚？而我们的母星呢，自文明伊始便顺风顺水，虽然也有过困难时代，但都可以补救，可以绕道而行。朋友们啊，我们的确应该骄傲，但骄傲的理由并非发达的文明，而是起步早、灾变少的运气！

也许有人会说，母星并非文明乐土：几个世代以来，资源匮乏就困扰着我们，让文明束手束脚，无法大步向前。然而你们错了，这恰恰也是我们幸运的地方！正是恰到好处的资源让我们免于文明飞跃的两个陷阱：疲于果腹和饱食无忧！再想一想我们曾经征服的星球，有多少是奋斗在死亡线上的生灵，为寻觅一口食粮奔波劳碌，从未有时间仰望星空？又有多少是因为资源唾手可得，而放慢了进化的脚步，直到舰队将他们从果树下的美梦中惊醒？反观我们，如果不是因为资源匮乏，怎能有迈向天际的冲动，怎能有今天纵横四海的传奇？所以朋友们啊，我们真应该庆幸：生在一个得天独厚的星球、得天独厚的年代，一手捏住多少星球、多少文明的命脉，受到多少尊崇，收获多少回报！

奥苏停了一下，观察听众的反应。很不错，有不少人调整了体色，从冷漠的淡灰转为饶有兴味的橙色，还有一些闪烁起来，等着听他如何继续。

然而，在我们傲然四顾的同时，是否应当心存愧疚？那些对我们顶礼膜拜的文明——是我们剥夺了他们发展的机会，是我们让他们与可能更美好的明天彻底绝缘！假以时日，他们本可以与我们并肩站立，优雅而自信……

　　在地球的日日夜夜，我见证了蹒跚学步的文明。在你们心里，可能除了那二十六位科学家，地球上没有任何智慧存在的影踪。但你们错了：那些身着兽皮草衣的小人儿具有同样发达的头脑，丝毫不逊色于我们。只要时机恰当，他们可以在一夜间走出丛林，改写地球的面貌！遗憾的是，这一切可能都要成为泡影。是我们，将他们置于脆弱冰层上，只要我们跺一跺脚，他们就将坠入万劫不复的深渊。

　　文明的朋友们啊，我向你们提一个问题：地球人毫无同情心地猎杀丛林中的飞禽走兽，我们则毫无同情心地攫取其他生命赖以维系的资源。地球人是为了生存，而我们是为了过得更舒适，两相比较，到底谁更站得住脚、谁更文明？也许宇宙间本没有绝对的正确与错误，但是请你们想一想自己蹒跚学步的时代，如果有人将成长的权利残忍剥夺，你们会不会奋起反抗？母星永远自诩文明，但文明本不过粉饰太平的言辞，那下面蠢蠢欲动的，依旧是亘古不变的贪婪和残忍！"移民"也好，"贸易"也罢，掩盖不住"统治"的决心！也许我这样说，很多人无法认同，也许我没有权利妄谈宏伟的移民计划，但作为唯一在地球上生活过的人，我为脚下的生灵请求你们宽恕——将地球留给地球人！

　　奥苏激动起来，在原地走来走去。他看到蒲迪思几次打算站起来反驳，都被弗洛压了下去。弗洛告诉过他：申辩期间，不允许任何人打断——当然，如果被强行打断也不必紧张，因为那样，他会在最后的投票中收获至关重要的加权分。

　　朋友们啊，最后让我们谈一谈现实。在你们眼中，脚下星球资源遍地，是移民的理想空间。但是正如我刚才所说，这里有一个极其特殊的情况：植物统治者！地球科学家曾经向我描述过人类在植物的强大攻势面前溃不成军的惨状,我相信,以母星的实力,当不至于此。然而,我们也不能太过乐观。如此庞大的生命体,其思维模式和智慧水平都是难以想象的。在我归来之后,丁尼他们试图与植物统一体建立联系,却失败了,它们沉默不语,完全无视我们的呼唤。丁尼一度认为,植物统一体不过是地球人荒谬的幻觉,不值一哂的迷信。然而,在蒲迪思第一次胆大妄为的行动中,神山受到惨烈进攻,立刻就有奇异的电波在枝叶掩盖下动荡,其强度和周期性完全符合大脑运动的特征!现在,已经没有人怀疑植物统一体的存在。请你们扪心自问:如果强行移民,在一个无比强大却拒绝交流的智慧生物身旁,会不会寝食难安?

丛林中,地球人经过三万年的艰苦摸索,才开始与植物和平相处。他们说起的几种现象令人困惑,回来后我向总科学顾问弗洛提及,他认为那是人类与植物建立初步共生关系的证据。比如血腥的"活体祭祀",比如"归还种子"的古怪习俗,很可能就是在无意中为植物的生存繁衍尽一份力。还有更加神秘的体验,不止一位地球人宣称听到过"神的声音"——你可能以为那是愚昧,但是弗洛认为,那有可能是植物电波与人类建立沟通的尝试!朋友们啊,人类走到这一步,付出了5.3万个母星年的痛苦努力,我们又有多少把握,能在朝夕之间与植物和平相处?我在此大胆提出:也许,地球根本不适宜移民——为什么不退后一步,耐心等待,等待地球文明从沉睡中醒来,与我们的后代子孙友好地坐在谈判桌前?朋友们啊,我恳请你们思考,不要再步地球人的后尘。让我们离开这里,将地球留给地球人吧!

奥苏长出一口气。终于讲完了,他如释重负:守住了对张有怀的承诺,没有辜负落雨松的信任,至于结果如何,几乎已经不重要了……

雷鸣般的掌声猛然响起,现场和转播间的舰员全都站立起来!奥苏仿佛落入兴奋的橙红色海洋，赞许的、钦佩的、支持的、鼓励的信息在四面八方旋涡般搅动。只有蒲迪思通体墨黑，怒不可遏。

一阵眩晕冲上头脑，奥苏疲惫地坐倒在地。后面还有答问，还有投票，但是没关系。"我赢了。"他想，随后就昏了过去。

第二十九章

"归还地"一片喧嚣。两位"大首席科学家"的出现给族人带来巨大震动，特别是赤土，很多神山族旧人不禁靠到近前，同情地望着他们曾经视若神明的领袖。赤土低下头，似乎羞于在这样的窘境与族人见面。辛朱则一言不发，不但没有得到赤土那样的同情，反倒有几位河谷族旧人嗤笑起来，幸灾乐祸，还有人戏谑地向"大首席科学家"问好。然而辛朱没有任何反应，木讷得仿佛被人抽走了灵魂。

蓝鸟走到落雨松身边："雨松哥，这两个人屡次图谋不轨，终于天网恢恢，被我擒住。该如何处理，你来定吧！"

无数道灼人目光落在他身上，仿佛要把空气点燃。落雨松颇为踌躇。作为族长，他知道杀伐决断没有踌躇的余地。然而这件事太过敏感，情况也格外复杂。辛朱还好说——无论如何发落，他有把握族人不会反对。但赤土就麻烦了。看看神山族的反应吧，还不够说明问题？

果然，正想着，就有两位神山族猎手单膝跪倒，大声向他求情："大首领，赤土他曾在神山族鞠躬尽瘁，请看在神山族族人的面上，放他一马！"话音未落，又有三位猎手出言求情，驷水也哭着跪倒在地。辛朱一脸惊恐,赤土神情复杂。

不行,这样下去将难以收拾!落雨松正要开口,追风忽然跳上高台,对他打了个手势,意思是:"让我来说吧。"

"神山族的朋友们,请容许我问他两个问题。"追风伸手指向赤土,"你是大首席科学家,我要你对着神明起誓,实在地回答我的问题!"

赤土面如死灰,仰面朝天,长叹一声。他已经看到自己的末路,他认命了……其实早在多少天前,被落雨松逐出部落的时刻,命运不就已经决定了吗?只是他痴心不改,垂死挣扎,只是辛朱巧舌如簧,信誓旦旦——到头来一事无成,颜面扫地,还有什么好抵赖的呢?

"我起誓。"

追风指着蓝鸟,提出第一个问题:"这个人说的阴谋,你是否承认?"

"我承认。"

四周传来一片叹息。

"如果今天放过你,你能否诚意悔改,今后接受大首领的统治,永无异心?"

赤土沉默半晌,终于还是摇了摇头:"不能。"

"赤土伯……"驷水在脚下泣不成声。

"你呢?"旁边的南木嘲讽地对辛朱说,"同样两个问题如果问你,估计会有不同答案吧?"

辛朱脸色煞白,身体止不住地颤抖,哪儿有半分先前的威严?

"神山族的朋友们啊,"追风声音洪亮地说,"我站在这里,很多人会以为是旧日积怨吧——赤土让我当上族长的希望彻底落空?说实话,我的确怨愤过他。在赤土被赶下祭台后,我又将这怨愤转到大首领头上。也是因此,我才一时糊涂,被这两人蛊惑,险些犯下大罪！然而如今，我幡然悔悟：诚如大首领所说，世界已经变了模样，旧日成规已成为今日藩篱，不破不立！大首领说他们是'旧日的影子'，我觉得更应该说，他们是背上的毒疮——纵使疼痛难忍，纵使伤及骨肉，终究是要剜去的！"

死一般的寂静，像尘埃在阳光中飞荡。

"朋友们啊，我知道很多人对赤土心存好感，杀掉他让你们难以接受。但是赤土的回答再清楚不过了——如果饶恕他，无异于将危险的蛇放归丛林！"

求情的猎手仍不甘心："可是，赤土他毕竟为神山族做过不少好事，功过相抵……"

"功过相抵？"追风怒目而视，"同样罪行如果重演，我们防不胜防。一旦危及大首领性命，你可担当得起？！又有谁能代替大首领的地位，带领部落继续前行！是你，还是这两个走投无路的狂徒？"

没有人答得上来，一只鸟儿在高处嘲弄地唱起歌来。事已至此，求情的猎手只能无奈起身。辛朱和赤土被带到旁边，等待处置。

一切归于平静，秩序再度降临，落雨松站在高处，面对黑压压的人群，举起一只手来。人群鸦雀无声。

"神与我们重新立约，你们要谨记神的教导。"落雨松大声宣布。人们呼啦啦地跪倒在地，仿佛等待收集的果实。

要敬畏神，除神以外，不可有别的神。

神是否存在？落雨松也不清楚。"圣殿科学家"对此闪烁其词，没有人愿意正面回答，但自幼耳濡目染的经验，让他不愿断然否认。无论如何，相信冥冥中有一位大能的领路人总是好的——在艰难困苦的时刻，最值得依靠、值得托付的，不就是信念吗？

神不可见。不可跪拜偶像,也不可侍奉它,因为神是忌邪的神。

然而有这样一位隐而不显、高高在上的领路人就足够了,千万不要再出现一棵张牙舞爪的猪笼草,等人顶礼膜拜。

不可以活物祭祀,不可以死物祭祀,因为只有你的敬畏是神所喜悦的。

大祭神仪式这样血腥残忍、有害无益的事,该彻底结束了。况且生活如此艰辛,即便用死去的猎物献祭,也是令人惋惜的浪费。从今往后,族人可以免于恐惧,心安理得、安详平静地老去、死亡,再没有人会等在一旁,用他的身体换取虚无缥缈的祝福;也再不需要长途奔袭,用自己的性命与他族猎手相搏,将那无辜的人带回来,做猪笼草的牺牲了。

当记念科学,守为圣学。

落雨松答应过张有怀,科学之火将永远不会在部落中熄灭。然而多么无奈,那句承诺他只能实现一半。张有怀在天之灵,如果看到他的心愿在"神的教导"中传承,该无比失望吧?然而,"圣殿科学家"的手段,真的可以斩断一切荆棘,带领族人一往无前吗?即便在他们那遥远得不可思议的时代可以,在今天这迥然不同的丛林,依旧如此吗?没有人说得清。

当敬重科学家,因为他使你的眼睛明亮。

无论如何,科学家是应该被尊重的,毕竟是他们让落雨松认识了一片崭新天地,将从未光顾梦境的奇思妙想带到眼前。当然,科学家也是人,有张有怀那样傲慢自负的,有崔玮那样脚踏实地的,有安底特那样卑鄙无耻的,也有江辉那样摇摆不定的——敬重也就好了,不必言听计从。

当敬畏自然,因为自然是神所喜悦的。

这本来不必多言,但科学家们说,"自然"不只是天地、丛林,还有很多看不见、摸不着的东西,称为"规律"。落雨松理解,那就是道路:只要沿着大道,不偏不倚地走下去,就永远不会误入歧途。崔玮说过一句意味深长的话:"植物并非对人类怀有恶意,只是人类没有像昆虫那样,学会与它共存。"落雨松深受启发——像昆虫那样生存,在丛林中会是怎样的逍遥?

不可背弃对你有恩的人。

落雨松想到了驷水。这孩子夹在他与赤土中间,真不知受了多大煎熬。刚刚他哭得撕心裂肺,但是蓝鸟说昨夜在丛林里,他又坚定地拒绝背弃自己。这无依无靠的孩子,今后要多给他些关怀。

不可杀你的邻人,不可杀放下武器的敌人。

辛朱和赤土就是因为顽固地不肯放下武器,才将被处死的。虽然有些遗憾,但落雨松只能教自己硬下心肠。然而有时候,是否"放下武器"多么难以判断!神的教导是简单直接的,人的行为却千差万别，公道还在心里。

不可强求没有名分的女人。

"名分"这词，是从艾琳那里听来的，落雨松认为就是"关系"的意思。只与建立起关系的女人在一起，就像他和乔叶那样，再不要让紫兰山和飞果的悲剧在部落中重演。不过科学家说，只要人数足够多，"紫兰山生下魔鬼孩子"这样的怪事就不会发生。希望有朝一日，更多族人像他与乔叶那样，结成更加稳定的关系，因为……真的很美好。

不可贪念邻人的猎物和他一切所有的。

这最难办。部落中还好说——在这"归还地"大伙儿两手空空，也没什么好贪念的。不过，有朝一日部落发展壮大，约定一下还是有必要的。然而部落之外呢？不是雄心壮志，打算向其他部落进发吗？这算不算"贪恋邻人的猎物"呢？唉，真想不明白！

"族人们！"落雨松请大伙儿站起来，朗声说道，"从今以后，要谨遵神与你们的约定，诸事小心。神的教导将成为我们的律法，冒犯者必将受到责罚！"

族人散去，留下的是一直站在后排的"圣殿科学家"。

"祝贺你。"艾琳走上前说。

落雨松摇了摇头："没有什么好祝贺的，不过是走一步看一步而已。只是，让你们失望了……"

"没有。"艾琳诚恳地望着他，简单而确定地回答。

在订立"十诫"之前，落雨松特地跑去找科学家解释自己的苦心。

科学家们一时无法接受，对他暴跳如雷。艾琳更是激动得掏出枪来，好在被崔玮拦住了。

"让我们考虑一下吧。"他对落雨松说。

当晚，科学家们在一片林中空地坐下来，就像张有怀还健在的时候那样。

"多奇怪啊。"艾琳望着头顶漆黑的天空，"外星舰队在神山上晃了一个面，就再也不出现了。真不知道打的什么主意。"

"说不定是在谋划大动作？"瘸了一条腿的崔玮猜测。

"不太可能吧。你看他们那天的力量——根本没有必要谋划，只需弹弹手指就能把神山磨平。"

"没准大个子真的信守诺言，把舰队劝阻了呢？"江辉说。他已经走出"反叛"阴影，重新成为大家庭的一员。

艾琳笑了："这孩子，太天真。"

"不讨论外星人了吧。"崔玮乐观地说，"科学实证原则告诉我们：观测不到的，就当它不存在好了。反正做什么都没有用，不妨假定他们已经不在地球上了。"

艾琳点点头："大伙儿还是说说想法吧，落雨松那个'十诫'，该怎么办？"

一片沉默。

"这时候就觉得，要是有怀还在就好了。他一个人拿定主意，我们只管反对就好。"崔玮一半玩笑一半感慨地说。

大伙儿都笑了，就连艾琳也淡淡一笑。时隔多日，张有怀的死她已然接受，与他之间发生的一切已成为心底最美好、最珍视的回忆。

几位科学家开口，表示"不能让宗教再度盛行"。

"这明显是'开倒车'嘛。"有人用古老的比喻说，"明明有科学坐镇，还要编造'神的教导'，真不明白这些人是怎么想的！"

"我不这么认为。"江辉红着脸反对,"我们也有走错路的时候,比如安底特那次……"他不好意思继续说了。

"谁都会犯错误。"艾琳忙安慰道,"当初是我提议实行宗教复兴计划,也是我设计了那一套经文,结果不但没有促使人类解开经文中的密码,重拾科学,反倒阻碍了文明进程。所以今天,我坚决反对落雨松与族人订立新的'十诫'……"

"我倒是有不同看法。"崔玮头摇得像拨浪鼓,"宗教复兴计划未必就是个错误,文明进展缓慢也不能全怪在宗教头上。说不定,你的设想是正确的,如果不经历这一连串始料未及的变故,人类真的会破解精心设计的密码,打开科学圣殿之门。只是这一切,已经无法验证了……"

"真的是始料未及……"艾琳遥望头顶的璀璨星空,"有生之年,能见证这些骇人听闻的变故,也不知道是幸运,还是不幸。"

"恐怕没有人知道。"崔玮也感慨起来,"但是有一点我们都该清楚:在这三万年间,科学没有为人类带来一点福音。我们所做的各种努力,还比不上落雨松一朝一夕做的一件事——将人类联合起来!保卫神山的经历,让我领悟一个道理:活下去才是最重要的,因为只有活下去,才会有希望!想想吧,以我们十九个人的力量,以我们有限的技术和生命,能够带领人类走出蒙昧,闯出丛林,恢复旧日辉煌吗?不可能的。我的想法是:既然落雨松尝试着将人类联合起来,而这联合部落中又有科学的一席之地,我们为什么要阻挠他成长,阻挠他用宗教将人心凝聚起来?"

科学家都沉默了,就连风也平息下来,仿佛侧耳倾听。

崔玮接着说:"我还在想,这次醒来所经历的一切,应该让我们明白一个道理:在如今的丛林世界中,我们未必永远是正确的。三万年了,我们现在还在奢谈'带领人类重夺地球统治权',是不是痴人说梦？也许三万年前，正是这危险思想，激起了植物的反抗。也许是时候了，我们放开手，让丛林中成长起来的一代自己走下去。说不定他们会选择一条更好的道路，与植物共生共息，就像如今的昆虫那样。"

"这么说，我们没有用了？"艾琳苦笑着问。

"谁说没有用的！我们仍然是科学的传承者，这是新部落与旧部落迥然不同之处。仔细想想落雨松的'十诫'吧，难道你们都看不出他的良苦用心？落雨松是个聪明男人，和所有聪明人一样，不会被轻易说服——无论是原先的宗教，还是今天的科学，都要证明给他看！我觉得，与其说'十诫'是在树立新的宗教，不如说是给宗教和科学留下较量的空间。宗教和科学，各自在新部落中摸索前行，究竟哪一方会给出终极答案？"

"哪儿有什么终极答案啊。"艾琳说，"三万年前，科学如此昌盛，依旧有许多无法解答的问题。人类躺在科学的怀抱里衣食无忧，却像呱呱落地的婴孩，渴望宗教的关怀……"

"那也不错啊——宗教与科学并肩站立。"崔玮微笑着回应，"所以我们不能输掉这场比赛，不能让科学的火焰刚刚燃起，就被狂风吹灭在暗夜中。我已经决定，正式收乔木为学生。我劝你们也都物色些好苗子吧——这，才是真正实现张有怀的遗愿，让科学之火永远流传！"

艾琳沉思半晌，终于点了点头。就像从河水湍急的岸边退后一步，她如释重负：三万年了，她几乎已经忘记自己曾经也是名教徒……否则，怎么会在科学生死存亡的危急关头，第一时间想到"利用宗教流传科学"。然而，经历了一场又一场失望与绝望，特别是这次醒来，非左即右的尖锐冲突，她不得不艰难选择：宗教抑或科学？作为科学家，她痛苦放弃了自幼耳濡目染的信仰，与它分庭抗礼。然而灵魂深处的苦恼，又该向谁诉说？她曾经对张有怀提起，但那固执男人嗤之以鼻，嘲笑她"愚昧无知"。艾琳很伤心，只能继续将信仰困守在内心不起眼的角落，甚至公开与它为敌！然而今天，落雨松和崔玮的许诺带来新的希望——如果有一天，无须隐藏内心的信仰，无须维持表面的刚强，无须为了一方而攻击另一方，该有多美好。

"十诫"订立的早晨，艾琳带领科学家前来观礼，真心实意地因"新的希望"而振奋起来。

"科学是我们不变的信念。"她对落雨松说，"但你，是我们信念的守护者！"

科学家们散去，蓝鸟又回来了，还带着先前跟在身边的十余位猎手，落雨松瞥了一眼。

"雨松哥，"蓝鸟眼圈红了，"我是来向你道别的。"

"你终究还是要走？"失望难以遮掩。

他望着蓝鸟，望着他将要带走的十多位精壮矫健的小伙，沉重地叹了口气。他想起雾月死后，自己对这对新搭档如何不适，如何口传心授，教他狩猎技巧；又想起逃脱火蚁追逐，重归河谷族的时候，蓝鸟如何激动得涕泪横流。还有两个部落合并伊始，他怎样不遗余力地辅佐自己。这一切，从此再不会有了！

"雨松哥，"蓝鸟还是那么爱哭，说话间潸然泪下，"也许你有你的难处和考量……但是，'十诫'我无法接受，你要开辟的新天地，我也无法适应……多想让一切回到从前啊，没有'圣殿'、没有科学家、没有那些令人眼花缭乱的新奇玩意儿，简简单单地吃饭饮水、狩猎求欢……雨松哥，我请求你允许我带走这十余位猎手，让我们寻觅一方净土，忘记这里的所有，靠自己的双手重新开始生活……"

说什么都没有用了，落雨松张开双臂，两人简单而沉重地拥抱作别。

蓝鸟走出几步,又停了下来。他回过头:"雨松哥,你还欠我一个承诺。"

"什么……"落雨松稍一迟疑,立刻明白过来,"我向你保证,在我有生之年,永远不会与你的部落为敌。如果有朝一日,你我在丛林中相遇,我保证从你的领地退出,不动一分一毫。"

多么伤心的时刻,两位患难与共的同伴相对无言。

"但是你要明白。我的承诺只能约束我一人。也许终有一天,你我的后人会兵戎相见,那时……"

"后人自有后人的故事,由不得我们操心了。"蓝鸟惨然一笑,带领追随者转头走远。

草叶如此茂密,几步之遥,就不见了踪影。一片寂静,落雨松举目四望,族人、科学家、蓝鸟全都一走而空,就连乔叶都不在身旁,从未体会过的感觉忽然像冷风一样吹过心头——孤独。从今往后,即便有族人的拥戴,即便有科学家的支持,即便有乔叶的陪伴,他依然会是孤独一人。走在高耸入云、风雪交加的山峰,没有人搀扶,他能保证永远步伐稳健,不会踩空吗?他能保证永远目光敏锐,不会迷途吗?

丛林静默无语,没有回答——谁又能真正猜到答案呢?

第三十章

奥苏睁开眼睛,咪咪就坐在床边。

"真棒,你成功啦!"她说。

咪咪告诉奥苏,由于他昏厥过去,其后的答问自然无法继续。只得按照弗洛的建议,直接进入投票环节。结果不出所料:申辩引发巨大共鸣,奥苏在投票中以压倒性优势取得胜利。

"蒲迪思什么反应?"

"他当然怒不可遏。但是也没有办法,申辩结果已经在第一时间向母星传输回去——你安全了!"

奥苏想坐起来,然而浑身虚脱,一丝力气都用不上。他刚刚支起身体,臂膀就是一软,脑袋重重倒在床上,磕得生疼。眼前金星乱窜,冷汗像流水一般从面颊流下。

咪咪的惊呼从天边传来:"哎呀,你怎么回事?"

奥苏大病一场。持续紧绷的神经和高强度申辩在无形中耗费了大量体力,他甚至顾不及疲惫就倒下了。不过没有大碍——这家伙躺在床上睡得那么香,以至咪咪觉得说他"病倒",还不如说"战后休息"来得贴切。

病情好转后,咪咪常来陪伴他,将舰队中的新闻讲给他听——在奥苏申辩后,舰队中新闻不断,咪咪每天都能眉飞色舞讲上半天,其中最重要的段落都是关于弗洛的。咪咪告诉奥苏,如今弗洛已经公开和蒲迪思分庭抗礼,不遗余力地抨击总执行官"愚蠢、妄为和残忍"。

"他真是个天生的政治家。"咪咪对奥苏评论,"你的事情一出,他立刻就抓住机会,在舰队中到处登台宣讲,把蒲迪思攻了个措手不及!"

奥苏苦笑,哪是什么"抓住机会",分明就是他策划好的时机。

"宣讲效果怎么样?"

"好极了!有你之前的申辩做底子,弗洛的宣讲大受欢迎,据说已经有十六艘飞船同意联名上书了!"

"联名上书?"

最近事态进展一日千里,令人眼花缭乱。奥苏躺在床上不便打探,完全跟不上节奏，只好央求咪咪给自己补课。

"哎呀，你赶紧好起来吧，能出门走走，与人聊聊……要不然，跟你说话实在费劲。"咪咪调笑着答道，"联名上书是三位舰长自发组织的，打算收集足量的信息素签名向行星开发委员会递交，要求把蒲迪思免职。一旦成功，蒲迪思的好日子就算到头啦！"

"怎么叫'足量'？"

"听说需要舰队数和人员数双双过半。所以弗洛才这么卖力啊——他运气可真好，不用自己动手，就有人替他发起进攻！"

奥苏没搭腔。"三艘飞船自发组织"这点非常可疑，几乎和自己"自发报道""自发申辩"的模式完全相同。"计划肯定早已制订好了：申辩、宣讲、联名上书，环环相扣。真是个步步为营的家伙！"奥苏不禁感慨：幸而自己和他站在同一方阵，否则恐怕就会像蒲迪思那样，被揍得体无完肤，还不知道拳头来自何方。

不过，这么说也不公允。蒲迪思当然知道：弗洛赫然站到自己的对立面，成为有力的竞争对手，但弗洛在他眼里只是个善于抓住时机的卑鄙之徒。"落井下石的小丑！"有人听到他在公开场合这样称呼副执行官。恐怕，这目空一切的妄人绝想不到，舰队副执行官会"屈尊"和一名小记者联手，将自己玩弄于股掌之上。他甚至无法想象会有人躲在暗处，让别人替自己出力吧？

"弗洛到哪儿去了？把他给我找来！"那几天，他逢人便吼。

弗洛早躲到其他飞船上去了，以免和他发生正面冲突。这让蒲迪思更加愤怒。

"敢做不敢当的胆小鬼！懦夫！无耻之徒！"他暴跳如雷。

蒲迪思真是个笨蛋，永远只会把自己摆在明处——与弗洛相比，他多么单纯啊！奥苏几乎有些同情他了：在突然而至的凌厉攻势面前只会大吼大叫，将反攻的希望建立于怒火和辱骂之上。他还是一位旧时代的独裁者啊，完全不知道时代变了，他的专横早该收敛。可能在他心里，舰队仍是一人做主的地方，是只能用铁腕管控的空间。应对任何人的挑战，他只有强硬这一种态度，只有压制这一种手段，因此一夜间转向的人心让他措手不及。这老兄恐怕想破脑袋也不明白：原本温顺如白矮星一样的下属为何突然张牙舞爪，变得难以控制？他愤怒、惊慌，无计可施。

"也真是奇怪，大伙儿怎么就像睡了一觉，突然醒来似的，闹起抗议来了？"咪咪困惑不解。

"大伙儿从来也没有睡着。"奥苏告诉他，"他们一直在赶路，只是领路人变了。"

奥苏觉得这就叫"文明的号召力"。冠冕堂皇的理由——比如"将文明带给目的星"，就像一件衣服，让人们心安理得地躲在里面，生活、工作。然而如果有一天，谁低下头，发现衣服已经支离破碎，自己赤身裸体站在光天化日下，他会怎么做呢？当然是火速找寻另一件衣服！弗洛张开双臂挥舞的，正是另一件衣服。先借助奥苏和自己的宣讲，让人们惊觉"原来我一直在从事野蛮、残暴的事业"，其后又张开文明之布，高呼"保护地球"，让走投无路者一头撞进来，当作衣服裹在身上。其实奥苏明白，这两件衣服并无大异，都是用来遮羞的障眼法。然而有什么办法呢，人人都需要一件衣服啊，否则……太难为情了！弗洛正是摸准这点，一破一立，轻而易举地将舰队成员收到麾下。

"他可真聪明啊！"奥苏由衷感慨。

"他还很有风度呢。"

弗洛从不辱骂敌手，永远只用那沉静平稳、洞见深刻的嗓音述说"既成事实"，即便在纵声疾呼的时刻也显得风度翩翩，这为他赢得了大批女性舰员的好感。

"你似乎对他情有独钟。"奥苏取笑她。经此一役,奥苏信心大涨,曾经的思虑、游移消失不见。特别是在面对咪咪的时候,不再瞻前顾后,患得患失。"她没有理由拒绝我。"奥苏就是这么想的。

咪咪嗔怪地噘了噘嘴:"怎么叫情有独钟?不过是因为谈笑风生就让蒲迪思众叛亲离,实在不可思议。"

"有什么好奇怪的。你自己不也背弃蒲迪思,回到我身边来了"

"哎呀。"咪咪又急又窘,体色微微发红,"背弃?我什么时候和他在一起了?那不过是……"

"好了好了,不用解释。"奥苏呵呵笑着,一把拉住她的小臂,"你着起急来真可爱,要不是病还没好,身上没劲,我就……"

"病成这样了还不正经。"咪咪放下心,嗔怪地瞪了他一眼。

过了一会儿,她又说:"不过,你那篇报道确实让我刮目相看。'怎么回事?'我想,'这还是我认识的那个小记者吗?'所以我就跑回来看看你啊——谁知道一进门,就再也出不去了……"

"提起报道,我倒是打算再写一篇——把我的申辩改成通稿,发回母星。前几天太疲惫,一直没有动笔,今天精神尚佳……能不能请你帮个忙,将申辩记录调取出来?"

说是通稿,其实又是一篇檄文:不仅全文引用了申辩内容,而且控诉了蒲迪思的对自己的"迫害"、对舰队的"专横",还有对民意的"践踏",毫不客气地将他比作"新时代暴君""文明脸上的一颗黑斑"。

通稿再次引起轰动。咪咪给他看过母星统计数据,现在支持地球人为智慧生物的民众,已经占到85%以上。

"不可思议,你这支笔太厉害了!"咪咪赞叹道。

奥苏得意地笑着,心满意足地叹了口气,暗自思量:"该说的都说了,该写的都写了。剩下的事,就看弗洛的手段吧!"

弗洛的手段自然非同凡响。他先暗地授意奥苏向蒲迪思发起反攻，向行星开发委员会控诉"在舰队遭受迫害"，一举切断蒲迪思的退路——即便全面停止开发地球，也对摆脱困境无济于事，因为那相当于承认"指令错误"，也就间接承认了控诉事实！弗洛逼得他只有一条路可以走：硬下心来，坚持己见，与副执行官领导的反对派继续斗争！

然而谈何容易。蒲迪思几番下达指令，打算继续对地球采取强硬手段，都被弗洛利用职权予以否决——有时自己出面，有时指导舰长反驳。否决理由呢，不是违反《行星开发通则》，就是违反《远征舰队管理规定》，再不然就是违反《星际移民条约》，不一而足。总之，这博学多才的野心家总能找出依据，让总执行官的指令成为一纸空文！

"真难以想象，他为这一天做了多少准备啊！"奥苏想起那份从早读到晚的《舰队防御准则》，不禁头皮发麻。

然而这还不算，无法贯彻的指令又化作利箭，接二连三地向总执行官心口射去！弗洛将被否决的指令和否决原因整理成章，一边在舰队中宣讲，一边向母星发送。在他的煽动下，舰队中抗议活动仿佛浪涛般此起彼伏。

"他精力可真旺盛啊！"奥苏惊叹。

"是啊，不知今天又跑去第几飞船了……"

弗洛就像一根针，在飞船之间游走穿行，将零散抗议织成一张大网，让蒲迪思无处可逃。在他的号召下，二十艘飞船公然违反总执行官先前的指令，从神山撤退。蒲迪思怒火中烧，竟然昏了头，向执行任务的其余十艘飞船下令"半路拦截"。这下麻烦大了，不仅那十艘飞船违令不从，而且一大批原本犹豫不决的舰员也转为坚定的反对者。

"这就是我们的总执行官!"弗洛大声疾呼,"让舰队自相攻击!置同胞的性命于不顾!"

弗洛已经许久不在主舰上露面了,他以率先从神山撤退的第五飞船为大本营,建立了自己的根据地。他频繁游走于飞船之间,所到之处无不受到热烈欢迎。大批支持者公开宣布"脱离主舰统领",还起了个响亮的名字,叫"反抗者同盟",赫然与主舰划地为界。

"何止划地为界啊。"奥苏评论道,"简直就是包围圈——蒲迪思无处可逃了!"

"不会打起来吧?"咪咪忧心忡忡。

"放心吧。主舰同样人心浮动,早被弗洛洗了脑,谁还会听从蒲迪思调遣?现在的蒲迪思啊,光杆司令一名!弗洛不过是在等候母星回复,名正言顺地接管主舰——早晚的事!"

这一天终于到了。五个母星日过后,行星开发委员会做出决定,撤销蒲迪思"总执行官"的职位,由弗洛全权代理,同时命令蒲迪思"即刻返回母星接受调查"。听到这一消息的时候,奥苏淡淡一笑——完全不出意料的事,就没有必要激动了。

蒲迪思临行那天,大病初愈的奥苏特意跑去"送行"。弗洛也在现场,依旧那么温文尔雅,丝毫看不出幸灾乐祸或者落井下石的样子。他甚至还向蒲迪思伸出手去,但蒲迪思对他怒目而视。弗洛抽回手,就像天空散尽了最后一抹晚霞。

"胜利者对失败者的微笑,才能如此优雅从容。"奥苏想。

然而同为"胜利者",奥苏却被"忽视"了。蒲迪思的目光从他脸上扫过,甚至没有稍作停留,就像看着所有曾经背叛了他的亲信、随从一般。在他眼中,奥苏永远是个小人物——纵使将第一块石头从山顶推下,他依旧只是"嚼舌头的小文人"。蒲迪思很清楚:真正的敌手、真正将他赶下"宝座"的元凶是弗洛。就这一点来说,他还是个聪明人呢。

弗洛接管了飞船,第一时间实现承诺,将奥苏提升为舰队专职记者。

"我不会像蒲迪思那样,对你的报道指手画脚。"他对奥苏说,"不过作为记者,你应该知道有些东西是不能说的。"

奥苏明白,就像埋在堡垒下的一枚炸弹,堡垒既已摧毁,炸弹就该销声匿迹了。

弗洛正式撤销了飞船悬停在神山上的指令,虽然没有实际必要,曾经得到指令的飞船早已悉数返回。同时,他又下令让舰队科学家"在不干扰地球人的前提下"加紧对第三行星进行采样研究,尽可能多收集些标本和数据。

他说:"舰队撤离第三行星的决定指日可待,我们必须在此之前做好收尾工作——有朝一日如果故地重游,至少有案可查,不至于像暗夜行路一样两眼茫然,不至于再一次无功而返。"

"真的要回家了吗?"咪咪欢天喜地。

"估计是吧。蒲迪思撤职只是第一步。母星民意如此倒向地球,委员会还不下令撤退的话,就太不识时务了。"

"都是你的功劳。"咪咪真心实意地钦佩,"让那么多人幡然醒悟……"

"你呢?你原来不也坚持说,'两足群居动物'不是智慧生物吗?"

"我也是被唤醒的啊……读你那篇报道的时候,我就在想:真是蠢到家了!被骗得团团转,竟然毫无觉察!不过后来我又安心了——舰队那么多人,大都和我一样嘛!幸好到头来,你让我们睁开双眼,认清真相……"

"唉,真相……"咪咪兴奋地滔滔不绝,奥苏心里却感慨万千。弗洛说得没错,任何报道都是有倾向性的,都是为达到某一目的而精心讲述的"故事"。这头脑简单的姑娘竟然认为从"故事"中读到"真相",奥苏不禁莞尔。

"你笑什么?"咪咪不悦地问。

"我看你今天晚上特别漂亮,忍不住想接下来该做点什么……"

香飘飘、软绵绵的气息卷在奥苏身上,咪咪体色微微发亮,忸怩着嗔怪:"你这下作的小文人!"

奥苏心神一荡,拉住她的手……

又过了四个母星日,委员会终于做出决定:"鉴于菲米星系第三行星情况特殊,着令舰队终止一切行动,即刻返航。"

"我们有幸目睹了文明的又一次飞跃!"弗洛对全舰队成员演说,"史无前例地从资源丰富的星球主动撤退,说明在我们心中,生命才是最值得珍视的!"

返航那天,奥苏和很多人一道站在主舰操作室的巨大舷窗下。窗外,丛林永远绿意盎然,平静得犹如一池春水。它们似乎根本不知道:曾经迫在眉睫的危险即将远去。或许……它们知道,只是并不在意?就像曾经的舰队,对地球人那般熟视无睹?

奥苏有些遗憾。最近他每天都要求咪咪带自己出去"兜风",在神山附近转了一圈又一圈,却再也无法找到张有怀和落雨松的影踪。他们就像一把盐,撒在一望无际的绿色海洋中,消失得干干净净,似乎那段际遇只是冥冥之中的安排,为了将希望带给人类,让地球摆脱危机。

"太不可思议了,我塑造了一段传奇!"他想。

然而更不可思议的,还是他自己。遥想当年,第一次飞向群星,雄心壮志多么火热!当时怎能料到,接踵而来的碌碌无为,又是多么消磨人心!如果没有这一次意外旅程,大约他的人生就会像冰川融化的一滴水,顺势而流,随遇而安,渐渐浑浊,被不知所终的大地吞噬……幸而同样冥冥中的安排,让自己来到这颗梦幻星球,遭逢奇遇,重拾血气方刚的理想——用笔,守护值得守护的一切!

"人人都有需要守护的东西,一个人、一段理想、一种文明,或是一颗星球。"他把这段话记下来,打算用作下一篇报道的开篇。

奥苏打算再写一篇报道——毕竟人心不稳,需要不断加固,操控过舆论的他对此深有感触。今日地球危机缓解,只因机缘巧合,被舰队内部争权夺势的野心家用作炮弹,也是母星民众一时头脑发热,舆论支持的结果——靠不住的舆论啊,一旦重蹈覆辙,好景还能持续多久?

"只希望那时,地球文明浴火重生,能够与一切危机抗衡。"奥苏暗自期许。

舷窗外,绿色海洋渐行渐远,平静得犹如一封古老的书信。可惜信上惊心动魄的故事已经不再鲜活,要不了多久便会被风吹干,变得脆弱而古怪。飞船开始加速。地球越来越小,小得缥缈难寻,小得微不足道,终于融入茫茫宇宙的漆黑背景中,看不见了。